<태원지>의 종합적 연구

옛한글문헌연구총서 2

〈태원지〉의 종합적 연구

임치균 외

역락

장서각본 〈태원지〉 1권 권수

장서각본 〈태원지〉

한문본 〈태원지〉 표지

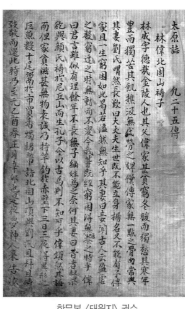

한문본 〈태원지〉 권수

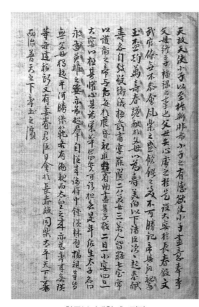

한문본 〈태원지〉 권말

한문본 〈태원지〉 필사기

옛한글문헌연구총서를 내며

10여 년 전부터 한국학중앙연구원과 성신여대의 고전문학 전공자들이 모여서 서로의 관심사를 학문적으로 연구하고 토론하는 <한국고전서사문학회>를 자발적으로 운영해왔다. 아무도 관심을 가지지 않았지만, 그 안에서 이루어진 발표들은 속속 전문 학술지에 논문으로 실리는 성과로 이어졌다. 즐거움이 없는 것은 아니었지만, 우리들끼리만 공유하고 함께 한다는 아쉬움도 컸다. 이 연구 모임을 좀더 확대하고 공개하고 싶은 욕심이 생겼다. 물론 여기에는 우리들의 모임이 시간이 흐름에 따라 처음에 가졌던 긴장감과 열정이 약해지고 있다는 자각도 있었다.

이에 새로운 연구회를 결성하기로 하였다. 이를 위해 먼저 연구회의 정체성에 대하여 진지하게 고민하였다. 지금까지 이어져 온 수많은 학회나 연구 모임과는 결을 달리해야 한다는 부담감이 짓눌렀다. 발의를 한 몇몇 사람들이 진지하게 머리를 맞대고 토의하고 논쟁하며 검토하였다. 그리고 마침내 '옛한글'을 핵심어로 상정할 수 있었다. 시기의 중심에는 조선을 놓았다. 조선 시대에 쓰였던 한글은 어휘나 표기, 표현 등에서 지금과는 많이 다르다. 결국, '옛한글'이라는 말은 현재 우리가 쓰고 있는 한글을 염두에 둔 어휘이다.

'옛한글'은 단지 국어학과 문학에서만 찾을 수 있는 것이 아니다. 역사, 철학, 고문서, 의학, 지리, 언해 등등 다양한 분야가 '옛한글'로 기록되어 있다. 이들 분야의 전문가들과 함께 학제간 연구를 통하여 '옛한글' 문헌들을 풀어낼 때가 왔다. 이러한 시의성을 고려하여, 연구회의 명칭을 <옛한

글문헌연구회>로 하였다. 특정 전공의 전유물이 아닌, 모든 학문 분과가 함께 할 수 있는 길을 열기 위해서이다. 이와 함께, '옛한글 문헌'의 내용을 일반 교양인들도 이해할 수 있도록 현대어로 번역해낼 필요성도 제기되었다. 연구 성과에 대해 학자들끼리만 즐기고 만족해하지 말자는 취지였다. 이렇게 함으로써, 탈초와 주석과 번역을 각각의 전문가가 협력하여 수행하는 일이 가능하게 되었다.

<옛한글문헌연구회>는 이러한 결과물을 지속적으로 산출해낼 것이다. 그리고 이것은 "옛한글문헌연구총서"와 "옛한글문헌자료총서" 시리즈로 출판될 것이다. 또한 "옛한글 강독회와 자료 발표회"를 한 달에 두 번 개최하여 '옛한글과 옛한글문헌'에 대한 이해와 해독 능력을 확산시키고자 한다.

비로소 한 발을 내딛었다. 앞으로도 지금의 시작하는 마음이 그대로 이어질 것이다. '옛한글'에 관심이 있는 모든 분들의 많은 참여를 기대한다.

옛한글문헌연구회 회장 임치균

머리말

　옛한글문헌연구회의 출발을 앞두고 옛한글문헌연구총서 첫 번째 책을 세상에 내놓는다. 자료는 <태원지>를 선택하였고, 옛한글문헌연구회를 함께 만들어가는 연구자들의 연구성과를 모으기로 하였다.

　<태원지>는 18세기 전반에 창작된 고전소설이다. 이 작품은 조선시대 전무후무한 해양탐험담을 다루고 있으며, 18세기 지식인들의 변화된 대중국인식이 잘 반영되어 있다. 뿐만 아니라 한문본과 한글본이 동시에 남아 있고, 현대 대중문화와 소통할 수 있는 다양한 콘텐츠적 요소를 갖고 있는 작품이기도 하다. 2009년 임치균의 국적비정 연구를 시작으로 2018년 현재까지 '국적 및 창작 시기, 이본, 내용과 구조의 서사성, 중국소설과의 비교, 장서각본의 국어학적 특징, 문화콘텐츠' 등의 분야에서 다양한 연구가 진행되었으며, 이를 모아 '<태원지>의 종합적 연구'라고 제목을 달았다.

　기왕의 연구를 다시 책으로 내는 것에 대하여 고민이 많았다. 그러나 이 책을 엮으면서 <태원지>가 우리 문화사에서 차지하는 위치와 무게를 다시금 확인할 수 있었고, 아직 연구되지 못한 주제가 많음을 깨달을 수 있었다. 도약을 위해 땅을 단단하게 고르는 작업으로 이해해 주길 바란다.

　옛한글문헌연구회는 '<태원지>의 종합적 연구'를 시작으로 전통시대 한글기록문화유산에 대한 심층연구를 꾸준히 진행하여 학계 및 대중들 앞에 내놓을 것이며, 이러한 우리들의 노력이 옛한글문헌 연구 및 향유의 지평을 넓혀줄 것으로 기대해 본다. 이를 위해 노력한 많은 연구자들에게 고마움을 표한다. 특히 상업성이 떨어지는 학술 총서의 출판을 흔쾌히 수락해준 역락 출판사의 이대현 대표님, 생경한 옛한글이 어지러이 펼쳐지는 어려운 책의 편집을 맡아준 권분옥 편집장님에게 감사와 신뢰를 보낸다.

'<태원지>의 종합적 연구' 연구팀

차례

Ⅰ. 총론

Ⅱ. 〈태원지〉의 국적문제

Ⅲ. 〈태원지〉의 작품분석

IV. 〈태원지〉와 문화콘텐츠

Ⅰ. 총론

〈태원지〉에 대한 개괄적 이해*

1. 우리나라 소설 〈태원지〉

낙선재본 소설 〈태원지〉는 현재 한국학중앙연구원 장서각에 소장되어 있다. 4권 4책으로 되어 있는데, 한때 중국소설로 알려져 연구가 거의 이루어지지 않았다. 하지만 〈태원지〉는 분명히 우리나라 소설이다. 그 근거는 다음의 세 가지이다.

> 가) 조정 왈 "내 일즉 드르니 동방(東方)의 흔 나라히 이시니 굴온 됴션(朝鮮)이라 본디 산쉬(山水) 명녀(明麗)ㅎ고 인물이 번화(繁華)ㅎ며 녜악법되(禮樂法道) 삼황(三皇) 오뎨(五帝)롤 본바드니 의관문물(衣冠文物)이 쏘흔 셩뎨명왕(聖帝明王)을 법(法)밧고 능히 부즈즈효(父慈子孝)와 군의신튱(君義臣忠)과 부부유별(夫婦有別)과 댱즈유(長慈幼) 유경댱(幼敬長)을 삼가는 고로 텬보동방녜의지국(天寶東方禮義之國)이라 혼다 ㅎ니 아등(我等)이 이제 새도록 비롤 투고 갈진디 가히 챡혼 나라흘 어더 무옴의 품은 일을 도모(圖謀)ㅎ야 게 가 의지(依支)ㅎ리라"

---

* 이 글은 임치균, 「〈태원지〉 연구」, 『고전문학연구』 35, 2009와 임치균, 「조선후기소설에 나타난 청나라 지배의 중국에 대한 인식의 변화와 양상」, 『장서각』 24, 2010을 토대로 기술하였다. 이에 따라 구체적인 인용 정보는 생략한다.

　나) 우리 드르니 듕국 사룸의 ᄆᆞ옴이 젹고 의심(疑心)이 만타 ᄒᆞ더니 과
연 올토다

　다) 대개 텬디(天地) 처음으로 열니며 음양(陰陽)이 비로소 분(分)ᄒᆞ야
셩인이 웃듬으로 나샤 하늘을 니어 법을 세우시니 텬황시(天皇氏) 디황시
(地皇氏) 인황시(人皇氏) 유소시(有巢氏) 슈인시(燧人氏)는 태고(太古) 적이라
셔계(書契) 이젼은 가히 샹고(相考)치 못ᄒᆞᆯ 거시오 복희시(伏羲氏) ᄡᅵ의 니
ᄅᆞ러 비로소 팔괘(八卦)ᄅᆞᆯ 그으고 셔계(書契)ᄅᆞᆯ 무어 결승(結繩)ᄒᆞ던 졍ᄉᆞ
(政事)ᄅᆞᆯ 디(代)ᄒᆞ고 신농시(神農氏)는 ᄯᅡᄒᆞᆯ 보아 줌기ᄅᆞᆯ 믄ᄃᆞ라 녀룸지ᄅᆞᆯ
ᄀᆞᄅᆞ치고 의약(醫藥)을 믄ᄃᆞ라 ᄉᆞᄉᆡᆼ(死生)을 건져너고 황뎨(黃帝) 헌원시(軒
轅氏)는 간과(干戈)ᄅᆞᆯ 믄들며 쥬거(舟車)ᄅᆞᆯ 믄들고 칙녁(冊曆)과 산슈(算數)
ᄅᆞᆯ 지으며 음늌(音律)을 믄ᄃᆞ니 이는 삼황(三皇)이라

　가)는 "조선"에 대한 예찬이다. 한마디로 "조선"은 도덕과 예의가 살
아 있는 나라라는 말이다. <태원지>의 배경이 원나라 말기이니, 당시 우
리나라의 왕조는 고려이다. 그런데도 작가가 "조선"이라고 한 것은 자신
이 살던 시대를 드러낸 결과이다. 이것이 의도적인지 아니면 착각인지는
단언할 수 없다. 의도적이라면, 작가는 자신이 작품을 창작한 시대를 분
명히 하려던 것이라고 볼 수도 있다. 어쨌든, 중국인이 작가라면 작은 나
라라고 생각했던 "조선"에 대하여 이런 극찬을 할 수 있을까?
　설사 그럴 수 있다고 하더라도 나)가 문제가 된다. 나)의 내용은 '중국
인은 마음이 좁고 의심이 많다'는 부정적인 평가이다. "조선"은 찬양하
고 "중국"은 비하하는 중국인이 아주 없다고 할 수는 없겠지만, 가능성
으로 보면 작가는 우리나라 사람일 확률이 매우 높다. 이는 3에서 언급
할 내용인 '새 대륙의 발견'과 결부시킬 때 더욱 그렇다.
　게다가 다)는 <동몽선습(童蒙先習)>에서 중국 역사를 서술한 부분을 번

역한 것이다. 이 번역은 약 7쪽의 분량으로 명나라가 시작되기 전까지 계속된다. <동몽선습>은 왕세자의 교육에도 쓰였던, 우리나라 책이다. 혹자는 중국 소설을 번역하는 과정에서 <동몽선습>의 일부를 삽입했을 가능성도 있다고 생각 할 수 있다. 그런데, 최근에 漢文本 <太原誌>가 발견되었다. <동몽선습>의 내용은 그 안에도 그대로 실려 있었다. 따라서 번역가가 의도적으로 넣었을 것이라는 추측은 하지 않아도 된다.

　이러한 모든 점들을 고려할 때, <태원지>는 우리나라 소설이 분명하다. 몇몇 연구자들은 <태원지>를 고찰하면서도 여전히 국적문제에는 신중한 입장을 취하기도 한다. 그러면 이렇게 물을 수 있다. 우리나라 소설이 아닐 수도 있는 작품 분석을 우리나라 고전소설 전공자가 연구해야 할 이유가 있는가? 이럴 경우, 만약 해야 한다면, 작품의 인물이나 주제가 아니라 수용 미학적 측면에서 접근하는 것이 마땅하지 않을까?

2. 해양 탐험의 극치

　<태원지>의 사건 전개에서 가장 흥미로운 것은 해양 탐험이다. 마치 서양의 <오디세이>처럼, <태원지>의 주인공 임성은 바다를 항해하면서 다양한 사건을 겪는다. 그런데, 임성이 바다로 나가게 된 동기가 흥미롭다.

　임성은 오랑캐의 나라인 원(元)이 중국을 지배하는데 대해 심한 반감을 갖고 있었다. 그래서 원나라를 몰아내고자 한다. 이를 위해 집단을 만들며 힘을 키워갔다. 그 이유는 자신이 나라를 세울 수 있는 천명(天命)을 받았기 때문이다. 하지만 놀랍게도 원나라의 천명(天命)이 여전히 남아 있었

다. 중국에 두 천명(天命)이 공존하고 있는 것이다. 바로 그 순간, 원나라 조정에서 임성을 잡기 위해 군사를 보낸다. 이로써 천명이 남아 있는 원나라에게 또 다른 천명을 가진 임성이 쫓기게 된다. 임성과 그 일행은 바다 건너에 있는 예의지국인 "조선"으로 도망치고자 배에 오른다. 그러나 예기치 않은 큰 바람으로 인하여 이들은 알지도 못하는 엉뚱한 공간으로 향하게 된다. 이들의 해양 탐험이 시작된 것이다.

> 믄득 대풍(大風)이 니러나니 듕인(衆人)이 닐오디 "아등이 다 슈로(水路)의논 싱소(生疎)ᄒᆞ거늘 이제 대ᄒᆡ(大海) 듕의셔 ᄇᆞ람을 만나니 이 무슴 징죈(徵兆)고" 미빅이 ᄉᆞ미 안흐로셔 ᄒᆞᆫ 괘(卦)ᄅᆞᆯ 엇고 대경(大驚) 왈 "이 ᄀᆞ장 불길ᄒᆞ도다 반ᄃᆞ시 대풍을 만나 무변대ᄒᆡ(無邊大海)의 표박(漂泊)ᄒᆞᆯ 징죄라" ᄒᆞ고 급히 비ᄅᆞᆯ 옴겨 편ᄒᆞᆫ 언덕의 미고져 ᄒᆞ더니 이윽고 급ᄒᆞᆫ ᄇᆞ람이 믈 가온디로 조ᄎᆞ 니러나 믈결이 하늘의 다핫고 젹은 비 업더졋다가 다시 니러나기ᄅᆞᆯ 여러번 ᄒᆞ니 쥬듕졔인(舟中諸人)이 다 졍신이 업서 비젼을 붓들고 업더엿더니 돗대 썩거지고 닷줄이 ᄭᅳᆫ혀져 비 ᄇᆞ람의 불니여 ᄃᆞᆺ기ᄅᆞᆯ ᄒᆞᆫ 나모닙 ᄀᆞᆺ치 ᄒᆞ니 슌식(瞬息)의 쳔니(千里)ᄅᆞᆯ 갓ᄂᆞᆫ지라

눈 깜짝할 사이에 천 리나 가는 신이함으로, 임성 일행은 영도라고 하는 섬에 이르러 응천장군이라 불리는 괴물을 만난다. 쇠로 된 몸에 구리로 된 머리, 금빛 눈과 옥 같은 이를 가진 응천장군은 물에도 빠지지 않고 불에도 타지 않는 무시무시한 존재이다. 물론 임성 일행은 어렵게 응천장군을 물리치고, 배에 올라 다시 조선쪽으로 방향을 돌린다. 하지만, 또 다시 바람이 불어 배는 반대 방향으로 날려 간다. 그리고 그 때마다 섬에 도착하여 요괴를 만난다. 요괴들의 정체는 쥐, 이무기, 원숭이, 여우(구미호), 지네, 해중 잡귀(雜鬼)이다. 위기 극복은 모두 신술로 만들어낸 천적이나 그들이 취약한 물건에 의해서 이루어진다. 즉, 쥐에게는 고양이,

이무기에는 석웅황(石雄黃), 원숭이에게는 술, 여우에게는 개, 지네에게는 닭, 해중잡귀에게는 은빛 줄을 내세워 제압한다. 그리고 해양 탐험의 끝에 와 천리안과 순풍이를 만난다.

　　미빅 왈 "옛 헌원묘(軒轅墓)의 두 요괴 이시니 ㅎ나흔 천니안(千里眼)이오 ㅎ나흔 순풍이(順風耳)라 천니안은 천니 밧긔 터럭 긋츨 보고 순풍이는 천니 밧 フ만흔 소리롤 드르니 그 흉ㅎ고 요괴롭기 이ㄹ툰지라 녀샹(呂尙)이 무왕(武王)을 위ㅎ야 샹(商) 듀(紂)롤 칠 쩨 이 귀거시 흥요작얼(興妖作孼)ㅎ니 녀샹이 신법(神法)으로써 파ㅎ니 요괴 공듕의 흣터저 이 짜히 써러저 쏘 변ㅎ야 요괴 되야 여러 쳔년을 지닌 고로 흉악흔 요슐이 더옥 신통ㅎ야 능히 이 ㄹ다"

　　흥미롭게도 작가는 마지막 괴물을 중국의 오랜 역사와 관련이 있는 인물로 설정하고 있다. 그런데 이 두 괴물은 전쟁을 통하여 물리친다. 진법을 쓰고, 무력을 시험하며 치열하게 다툰다. 이 싸움은 중국의 오랜 역사 속에서도 사라지지 않았던 존재의 소멸을 보여준다. 이들을 물리치고 난 후, 임성 일행은 중국과는 전혀 다른, 그래서 중국에 대하여 전혀 모르는 새로운 대륙에 이른다. 이는 중국과의 단절을 의미하기도 한다. 아울러, 이 전쟁 경험은 새로운 대륙에서의 전쟁을 예비하는 의미도 있다.

3. 새로운 대륙의 발견

　　천명을 받았으면서도 중국을 떠날 수밖에 없었던 임성이 결국 도달한 곳은 태원이다. 여기에서 의심이 드는 부분이 있다. 우리는 이미 지정 말년이 원나라의 마지막 시기라는 것을 다 알고 있다. 따라서 얼마 지나지 않아 원나라가 망할 것이라는 사실도 알고 있다. 그런데도 천명이 다하지 않았기에 원나라는 존속할 것이고, 그 결과 천명을 받은 주인공이 중국을 떠난다는 사실은 쉽게 납득이 되지 않는다.

<태원지>가 향유되던 시기는 청나라가 중국을 지배하던 때였다. 조선인들에게 원나라, 청나라는 공히 오랑캐가 세운 나라일 뿐이다. <태원지>에 보이는 이 상황을 당시 결코 망할 것 같지 않은 청나라에 대입할 때 비로소 대비가 되며 이해가 된다. 실제로 우리들 생각에 청나라가 곧 망할 것 같고, 그래서 곧 우리의 희망대로 천명을 받은 漢族의 누군가가 출현한다고 하더라도, 청나라 역시 천명이 다하지 않았기에 언제 망할지 모르는, 아니 망하지 않을 수도 있다는 논리가 된다. 즉 청나라는 부정할 수 없는 실체이기에, 여전히 현실적으로 오랑캐 나라는 존재할 수밖에 없다는 입장이다. '밉지만 현 중국의 오랑캐 나라'가 있는 상황에서는 천명을 받았다고 하더라도 임성과 그 무리들 같이 쫓길 수 있다는 말이 된다. 여기서 주목할 것은 오랑캐의 나라에도 천명이 있다는 의식이다.

또한 <태원지>의 작가는 이 세계에는 중국과는 또 다른 공간이 있음을 분명히 한다. 이는 중국 또한 세계의 한 공간일 뿐, 세계의 중심은 아니라는 의미이다. 물론 임성 일행은 해양 탐험의 과정에서 중국이 세계의 중심이라는 데에 전혀 의심을 가지지 않는다. 그들은 잠시 도착하였던 곳에서 늘 중국에 대하여 묻는다. 작가는 이들의 물음에 답을 하거나, 중국과 관련된 서술을 하는 형식으로, 여행의 일정 지역까지는 그 곳에 사는 사람들이 중국에 대하여 인식을 하고 있음을 통하여 보여준다.

한 섬에 도착한 임성 일행이, 응천 장군의 습격을 받았을 때는 그의 휘하에 있는 사람을 중국 사람으로 설정함으로써 중국과의 거리가 멀지 않

음을 표시하고 있다. 그리고는 영도라는 섬에 있는 웅천 장군에 대하여
서는 '복희씨' 때 사람이라며 중국과의 관련을 부각시키고 있다. '쥐의
나라'에서는 그 나라의 임금이 '중국의 교화를 받지 못하고 있다'고 함으
로써 점차 중국과 멀어지고 있음을 표시하고 있다. 또한 바닷가에서 신
인을 만났을 때는 중국과의 거리가 "오만 칠천 사백 삼리"라고 하여 구
체적인 숫자를 들어 중국과 멀리 떨어져 있음을 드러내기도 하였다. 그
리고는 여인국에 갔을 때는 '중국을 알기는 하지만 가보지 못했으며, 중
국에서는 여인국의 존재를 모른다'고 함으로써 점차 중국과는 또 다른
공간으로 이동하고 있음을 알려주고 있다.

　그리고는 결국 중국과는 전혀 다른 새로운 공간인 태원에 도착한다.
태원에서 중국은 미지의 공간이다. 중국에 있어서 태원 역시 미지의 공
간이다. 서로 몰랐기 때문에 한 공간 속에 사는 사람들은 다른 공간의 존
재를 믿지 못한다.

　　도시 왈 태원은 처음의 군댱(君長)이 업고 인류도 아지 못ᄒ야 옷 닙고
　　밥 먹는 즘셩 ᄀᆞᆺ더니 수만 년 전의 다ᄉᆞᆺ 별이 귀향으로 이 ᄯᅡ히 ᄂᆞ려와
　　사롬이 되야 각각 그 디방을 직희여 님군이 되야 나라흘 셰우니 법도롤
　　ᄀᆞ초와 녜의로 빅셩을 ᄀᆞ르쳐 여ᄃᆞᆲ가지 법을 베퍼 인덕의 교홰(敎化) 잇
　　ᄂᆞᆫ지라 녜악 문물이 찬연이 ᄀᆞᆺ더니 오셩(五星) 후의 셩ᄌᆞ신손(聖子神孫)이
　　계계승승ᄒᆞ야 이에 니ᄅᆞ러시니 셰딘(世代) 즉 혹 구쳔여 셰도 되고 혹 칠
　　쳔 셰 팔쳔 셰도 되얏ᄂᆞ니라.

　이 정도의 국가라면 '중국'과 비교하여도 전혀 손색이 없다. 게다가 태
원은 중앙의 한 나라와 주위의 네 나라로 이루어져 있다. 중국을 중심으
로 네 나라가 있는 것과 다르지 않다. 태원은 전혀 새로운 공간이지만,

중국과 비슷하다. 이는 작가가 중국이 아닌 새로운 공간을 설정해놓고도, 구성에 있어서는 기지의 관념에서 벗어나지 못했음을 보여준다.

마침내 임성은 "엇지 텬하의 이러틋시 큰 짜히 이실 줄 알니오?" "태원 말을 비로소 드르니 싀훤ᄒ미 꿈이 쳐음으로 낀듯ᄒ지라."라며 인정한다. "꿈이 처음으로 깬 듯하다"는 것은 중국과 다른 공간이 있다는 점을 인식하고 그전까지 중국을 세계 중심으로 알던 관념이 전환되었음을 의미한다. 이러한 임성의 전환은 결국 독자들로 하여금 상대적 공간으로 중국을 바라보게 한다. 그리고 임성은 결국 이곳에서 천명을 실현하여 대홍국을 건국하고 왕위에 오른다. 이 과정에서 이루어진 전쟁에서는 <삼국지연의>의 영향이 두드러지게 보인다.

사실 '太原'은 중국에 있는 매우 익숙한 지명이다. 조선시대에 '태원'이라고 하면 누구나 중국의 '태원'을 상기할 것이다. 그런데 작품에서는 중국과는 상관없는 전혀 다른 중심 공간이다. 우리에게 익숙한 '태원'이 중국 아닌 곳에 있듯이, 세계에 중국만 있는 것이 아니라는 점을 강조한 것이다.

마지막으로, 고전소설이 옛것으로만 머물지 않고, 현재와 미래에 새로운 문화 상품으로 이어지는 것은 매우 바람직하다고 생각한다. <태원지>에는 다양한 요괴가 등장하고, 새로운 국가를 건설하며 끊임없는 전쟁담이 나온다. 이런 점에서 <태원지>는 문화콘텐츠의 원천 소스가 될 수 있는 여지가 충분하다. <태원지>의 문화적 가치에 대한 진지한 검토와 노력이 필요하다.

〈태원지〉 연구사

1. 서론

　〈태원지〉는 조선후기 소설사의 문제작이다. 일단 원나라를 배경으로 하고 있다는 점, 천명을 받은 주인공이 중원이 아닌 신대륙 태원에서 왕조를 창업한다는 작품의 주지는 여타의 고소설에서 비슷한 내용을 찾아보기 힘든 전혀 새로운 것이다. 또 매우 이른 시기에 기존의 보수적이고 중화주의적인 화이관이 아닌 새롭고도 진보적인 화이관을 보여주고 있다. 작품의 창작연대를 18세기 초반으로 본다면 홍대용이 북경을 다녀온 1765년 보다 한 세대 정도 앞선 시기이기 때문에 작품에 보이는 이러한 사상적 흐름은 문학사는 물론 사상사 측면에서도 획기적인 것이다.

　이 작품의 제목이 현대 연구자들에게 소개된 것은 1966년이었다.[1] 그런데 본격적인 연구—창작시기 추정 및 이본고를 비롯하여 작품의 사상

---

[1] 신문에 「國文學에 劃期的 새資料-昌慶苑藏書閣서 83種발견」이라는 기사에서 제목이 언급된 것이 최초의 소개이다. 그 후 김진세에 의해 논문으로 자세히 고찰되었다. 「國文學에 劃期的 새資料-昌慶苑藏書閣서 83種발견」, 『중앙일보』, 1966년 8월 22일, 1쪽.; 김진세, 「태원지고 : 이조후기 사회인들의 Utopia를 中心으로」, 『영남대학교논문집』 1·2, 영남대학교, 1968.

적 배경인 화이관에 대한 고찰, 본격적인 작품론, 현대 콘텐츠로의 변환까지-대부분이 최근 약 10년 사이에 집중되어 있다. 이는 그간 논란이 되어 왔던 작품의 국적문제가 임치균에 의해 해결되었기 때문이다.[2] <태원지>는 최근 짧은 기간에 집중적인 조명을 받으면서 동시에 다양한 주제의 연구들이 한꺼번에 진행된 만큼 발전적 논의를 위해서 현재까지 진행된 연구사를 점검해 보고 향후 연구가 나아가야 할 방향을 전망해 볼 필요가 있다. 이를 위해 일단 현재까지 밝혀진 작품의 존재양태를 점검해 보겠다. 현재까지 발견된 <태원지>의 이본은 한글본 2종과 한문본 1종으로 총3종이다.

① **장서각 소장 한글본 〈태원지〉(청구기호 K4-6852)**
　표제는 '太原誌' 권수제는 '태원지'로 되어 있다. 4권 4책으로 되어 있으며 낙질은 없다. 1책 50장, 2책 52장, 3책 46장, 4책 46장이며 면당 10행 각 행 22자 내외로 필사되어 있다. 글씨는 단정한 궁서체이다.
② **연세대 소장 한글본 〈태원지〉(청구기호 고서(I) 811.36 태원지)**
　표제는 '太原志' 권수제는 '태원지'로 되어 있다. 전체는 3권 3책으로 추정되며 현재 제2책 권2만이 남아있다. 남아있는 권2는 69장이며 면당 9행 각 행 22자 내외로 필사되어 있다. 글씨는 단정한 궁서체이다.
③ **강문종 소장 한문본 〈太原誌〉**
　표제는 '太原誌' 권수제 역시 '太原誌'로 되어 있다. 1책이며 이서우의 시 등 <태원지>와 관련 없는 글들이 책의 끝에 필사되어 있다. 이중 <태원지>는 69장으로 면당 12행 각 행 24자 내외로 필사되어 있다. 책의 맨 마지막 면에 '歲在丙寅夏月 昌寧 曺命敎'라는 필사기가 있다.

현재까지 대부분의 연구에서 텍스트로 쓰이며 주목받았던 것은 장서

---

2) 임치균⑦, 「<태원지> 연구」, 『고전문학연구』 35, 한국고전문학회, 2009.

각본이다. 본격적인 연구가 시작되기 전부터 이미 장서각본을 대상으로
두 차례 영인3)되었을 뿐만 아니라 교주4) 및 번역5)까지 되었기 때문이다.
특히 임치균에 의해 작품의 국적이 규명된 직후 장서각본을 대상으로 교
주본6) 및 현대어역본7)이 출판되어 작품연구의 편리성을 더한 것이 큰
역할을 했다. 이에 반해 다른 두 이본들이 소개되고 연구된 것은 극히 최
근의 일이다. 구체적으로는 강문종이 한문본을 소개하며 장서각본과 연
세대본을 함께 살핀 것이 유일하다.8)

　〈태원지〉가 등장하는 고문헌은 현재까지 3종이 발견되었다. 이중 시
기가 제일 앞선 것은 1762년 사도세자가 쓴 ≪中國歷史繪模本≫9)이다. 이
책의 〈小敍〉에 다른 중국 소설들의 제목과 함께 '太原志'가 등장한다.
여기서 등장하는 〈太原志〉에 관해서는 '중국소설' 혹은 '동명의 지리지'
로 보는 등 여러 의견들이 존재한다. 이러한 논의들 다음 장에서 작품의
국적문제를 다룰 때 상세하게 다룰 것이다. 다만 이 자리에서는 ≪中國歷
史繪模本≫에 등장하는 〈太原志〉가 '중국소설' 혹은 '동명의 지리지'일

---

3) '〈靈異錄·太原誌〉, 이화여자대학교 출판부, 1973.'; '〈太原誌〉, 국학자료보존회, 1980.'
4) 〈靈異錄·太原誌〉, 이화여자대학교 출판부, 1973.
5) 전규태, 『樂善齋小說-泉水石·落泉登雲·太原誌』, 명문당, 1991.
6) 임치균 교주, 『(조선왕실의 소설 2) 교주본 태원지』, 한국학중앙연구원, 2010.
7) 임치균·배영환 역, 『(조선왕실의 소설 2) 현대어본 태원지』, 한국학중앙연구원, 2010.
8) 강문종, 「한문본 〈태원지(太原誌)〉 연구」, 『고소설연구』 42, 한국고소설학회, 2016.
9) 국립중앙도서관에 소장되어 있다. 청구기호는 '한貴古朝82-11'이다. 표제는 '支那歷史繪
　模本'인데 이는 원래의 표지가 없어지고 일제강점기에 새롭게 만들어 넣은 표지에 써
　넣은 것이다. 이를 영인하여 출판하는 과정에서 '中國小說繪模本'이라고 새롭게 이름 붙
　였고 이 제목이 학계에서 통용되고 있다. 그러나 현재 국립중앙도서관에서 정해놓은 정
　식 서명은 '中國歷史繪模本'이고 이를 최초로 소개한 조해웅도(조희웅, 「낙선재본 번역소
　설 연구」, 『국어국문학』 62·63 합집, 국어국문학회, 1973.) 이 제목을 사용하고 있다.
　필자도 '中國歷史繪模本'이 제목으로 더욱 합당하다고 보아 이를 제목으로 쓰기로 한다.
　이 책의 저자와 창작시기 등은 '정병설, 「사도세자가 명해서 만든 화첩 ≪중국소설회
　모본≫」, 『문헌과 해석』 47, 문헌과해석사, 2009.'와 '정병설, 「사도세자와 화원 김덕성」
　『문헌과 해석』 48, 문헌과 해석사, 2009.' 참조.

가능성도 있을 뿐만 아니라 '우리 고소설'일 가능성 또한 완전히 배제할
수 없다는 점만을 밝히고자 한다.

　<태원지>가 등장하는 다른 문헌으로는 대략 19세기에 필사된 것으로
생각되는 《諺文古詩》10)가 있다. 이 책의 말미에 <언문책목록>이 수록
되어 있는데 그곳에 실린 222종의 서목 중에 182번째로 '틱원지'가 등장
한다. 《諺文古詩》에 민간에서 유행하던 규방가사가 여럿 실려 있는 점,
의복을 세탁 하는 방법 등 생활 상식 등이 기록되어 있는 점, <언문책목
록>에 민간에서 유행하던 소위 전자류 소설이 대거 기입되어 있는 점
등을 고려해 본다면 이 책의 목록은 여항의 독서물, 특히 여성이 주로 읽
던 책을 기록해 놓은 것으로 보는 것이 합당하다. 그렇다면 우리는 이 기
록을 통해 <태원지>가 한글로 존재했으며, 왕실뿐만 아니라 민간에서도
작품을 향유하고 있었음을 알 수 있다. 마지막으로 <태원지>가 등장하
는 문헌은 1920년 이왕직에서 조사해 기록해 놓은 《演慶堂漢文冊目錄》11)
중의 <諺文冊目錄>이다. 이 목록에 '太原誌' 4冊이 기록되어 있는데 정황
상 현재 한국학중앙연구원 장서각에 소장되어 있는 <태원지>가 이 책
일 것이다. 이 기록을 통해 장서각본 <태원지>가 1920년 이전 창덕궁
연경당에 소장되어 읽히고 있었으며 이후 어느 시점에 낙선재 그리고 장
서각으로 옮겨져 소장되고 있었음을 알 수 있다. 또 궁중에서 <태원지>
가 독서되었던 상황을 알 수도 있다.

　지금까지 <태원지>의 이본상황과 기록상황을 일별해 보았다. 이를 통
해 <태원지>가 현재 존재하는 것 보다 많은 수의 이본이 존재했을 것임

---

10) 현재 규장각에 소장되어 있다. 청구기호는 '가람古 811.061 Eo57'이다. 청구기호로 보
　　아 가람 이병기 선생의 구장본이다.
11) 장서각에 소장되어 있다. 청구기호는 K2-4968이다. 이왕직이 1920년 5월 연경당에 소
　　장되어 있는 서적의 목록을 작성하며 만든 책이다.

을 충분히 짐작해 볼 수 있다. 그리고 한문과 한글로 존재했으며 왕족과
여항, 신분의 고하, 남녀의 성별에 상관없이 폭 넓은 독자층을 대상으로
향유되고 있었던 정황 또한 알 수 있다.

2. 〈태원지〉의 소개와 국적문제

<태원지>가 학자 및 국민에게 소개된 것은 신문지면을 통해서였다.
「國文學에 劃期的 새資料-昌慶苑藏書閣서 83種발견」12)이라는 신문 1면의
기사에서 '家系소설, 傳記소설, 歷史人物소설, 言錄, 其他소설, 紀行, 野史'
등이 발견 되었다고 하면서 기타소설에 <태원지> 4책을 수록한 것이 처
음이었다. <태원지>는 여러 다른 낙선재본 소설 및 서적들과 같이 조선
왕실에서의 마지막 소장처가 낙선재였다. 낙선재본은 널리 알려진 것처
럼 일제강점기를 지나 대한민국 성립 후에도 여전히 낙선재에 보관 중이
었던 서적들이 한국전쟁 중 부산으로 옮겨졌다가 다시 낙선재로 돌아가
지 못하고 당시 창덕궁에 있던 장서각에 수장된 것이다. 이를 서울대학
교 동아문화연구소 정병욱 교수의 주도로 정리하였고 그 결과의 일부를
신문에 알린 것으로 보인다.

<태원지>가 학계에 정식으로 보고된 것은 김진세의 「태원지考 : 이조
후기 사회인들의 Utopia를 中心으로」13)를 통해서였다. 김진세는 작품에
서 조선을 동방예의지국이라 부르는 점, 중국인을 부정적으로 서술하고

---

12) 『중앙일보』, 1966년 8월 22일, 1쪽.
13) 김진세, 「태원지고 : 이조후기 사회인들의 Utopia를 中心으로」, 『영남대학교논문집』
    1・2, 영남대학교, 1968.('『국학자료』 28, 문화재관리국 장서각사무국, 1978.' 및 '<태
    원지>, 국학자료보존회, 1980.', 요약 재수록.)

있는 점, 작품에 그려지는 혼인의 법도 등이 우리와 비슷한 점, 작품이 중국의 역사 기록물이 아닌 점 등을 들어 <태원지>를 한국 고소설로 보고 있다. 또 '태원'을 조선 후기 사회인들의 이상향으로 보고, 작품이 기성사회에 대한 반발, 휴머니즘, 왕권에 대한 새로운 해석 등을 형상화 한다고 분석했다. 이후 1969년 '제12회 전국국어국문학 연구발표대회'[14]에서 발표된 「樂善齋文庫 目錄 및 解題」[15]에서 <태원지>는 '번역'이 아닌 '창작'으로 구분되어 소개되고 있다. 줄거리 서술 전 "이 作品 안에 '조선'이란 國名이 보이고 있어 흥미롭다."는 의견이 첨부되어 눈길을 뜬다.

그런데 조희웅은 ≪中國歷史繪模本≫을 근거로 원본을 보지 못해 확언할 수는 없지만 중국소설일 가능성이 높다고 하며 국적문제를 제기하였다. 이후로 <태원지>는 박재연,[16] 민관동,[17] 오순방,[18] 유희준[19] 등 주로 중국학 학자들 사이에서 '원본을 확인할 수 없지만'이라는 수식어와 함께 중국 소설로 거론되어 왔다. 이들이 <태원지>를 중국소설로 보는 이유는 ≪中國歷史繪模本≫의 <小敍> 때문이다. 사도세자가 쓴 이 서문에는 세상에는 사서와 육경 같은 책들 외에도 '稗官少史'가 있다고 하면서 83종의 서명을 나열하고 있다. 그중 7종을 제외한 76종은 소설이며 실체를 확인할 수 없는 '涿鹿演義', '太原志', '士範'[20]을 제외하면 모두 중

───

14) 1969년 6월 28일~30일
15) '정병욱, 「樂善齋文庫 目錄 및 解題」, 『국어국문학』 44 · 45, 국어국문학회, 1969.'에 재수록.
16) 박재연, 『중국소설회모본』, 강원대학교 출판부, 1993.
17) 민관동, 「중국고전소설의 한글 번역문제」, 『고소설연구』 5, 한국고소설학회, 1998.
18) 오순방, 「韓日學者研究中國小說的一些優勢」, 『중국소설논총』 14, 한국중국소설학회, 2001.
19) 유희준, 「韓國所藏的中國文言小說版本研究」, 『중국문화연구』 21, 중국문화연구학회, 2012.
20) 실체 미상의 <士範>은 규장각 소장 <古今士範>(청구기호 : 奎 7012-v.1-2)일 가능성이 크다. 중국 명사 158인의 고사를 서술한 것으로 <女範編>의 구성과 흡사하다. (明)胡文煥의 <新刻士範>과 같은 책인 듯하다.

국문헌이다.[21] 따라서 '太原志'는 중국문헌이며 소설이라는 것이다. 이 주장은 강력하다. 때문에 30여 년 동안 〈태원지〉는 한국 고소설사에서 크게 주목받지 못했다. 그러나 우리는 사도세자가 본 '太原志'의 실체를 알 수 없다는 점, 중국에서 原本 〈태원지〉 작품을 찾고 있지 못하고 있다는 점, 〈태원지〉 관련 기록을 중국 문헌에서 찾지 못하고 있다는 점 때문에 〈태원지〉를 중국소설로 확증할 수 는 없다.

반면 임치균은 〈태원지〉를 한국소설로 파악하며 김진세의 주장에 더불어 새로운 근거를 제시했다.[22] 첫 번째는 사도세자가 언급하는 '太原志'가 지리서일 가능성이다. 중국 문헌에서 '태원지'가 지리지로 언급되는 부분을 인용하며 그 가능성을 제시했다. 두 번째는 김진세의 기존 주장을 자세히 살피며 논거를 강화하고 있다. 작품에서 조선을 단순히 동방예의지국이라고 부를 뿐만 아니라 '주인공의 입을 통해 극찬하고 있으며 조선을 착한 나라로, 천자를 꿈꾸는 사람이 의지하고 때를 기다리는 적절한 공간으로 설정되어 있음'을 지적했다. 또 이러한 모습은 우리 대장편소설 〈유이양문록〉에도 공히 보인다고 했다. 또 중국 사람들에게 부정적인평가를 하는 장면을 자세히 고찰하며 그 부정적인 평가가 주인공 임성 일행에게 내려진 평가임에 주목하여 '긍정적 인물, 부정적 인물에 대한 고려 없이 중국인들에 대해 일반적으로 가지고 있었던 의식의 표출'이기 때문에 우리 작품임을 지적했다. 세 번째는 〈동몽선습〉의 수용이다. 작품 중반 중국 역사를 약술하는 부분에서 〈동몽선습〉을 그대로 인용하고 있는 것이다. 잘 알려진 대로 〈동몽선습〉은 중종년간에 박

---

21) 그동안 〈女範〉이 暎嬪李氏의 작품으로 거론되었으나(박재연, 앞의 책, 189쪽.) 영빈이씨의 〈女範〉은 (明)黃尙文의 〈女範編〉을 언해한 것이다.
22) 임치균㉠, 앞의 논문.

세무가 지어 출판한 책이다. 네 번째는 작품의 공간 인식이다. 중국 이외의 대륙 태원이 있으며 그곳 또한 중국과 같이 태원을 중심으로 주위에 네 나라가 있는 것으로 묘사되는 점이 18세기 실학자들의 생각과 일치하고 있다고 했다. 이러한 증거들은 매우 설득력이 있어 이후 <태원지> 연구에 물꼬를 터주는 계기가 되었다.

이어 홍현성[23]은 조선에서 17세기 후반 출현하여 18~19세기 널리 퍼진 조선 특유의 원형 <천하도>를 언급하며 중원 외에 바다 밖 신대륙이 존재하고 있다는 사실이 이미 알려져 있었음을 지적했다. 또 ≪직방외기≫ 등의 세계 지리서가 수입되어 중원 밖 문명국의 존재와 지리 등에 대한 정보가 이미 기지의 사실이었음을 지적하여 <태원지>의 국적문제를 더욱 확실히 하였다. 강문종은 <동몽선습>이 18세기 영조 대에 들어 영조의 서문, 송시열의 발문 등을 수록하여 중간되는 등 가장 주목 받았음을 지적하며 이는 18세기 초반으로 생각되는 작품의 창작시기와 겹친다고 하였다. 또 한문본을 포함하여 이본 3종에 대한 이본고를 진행하면서 한문본의 존재를 근거로 중국소설을 번역 혹은 번안하는 과정 중에 여러 한국적 요소들이 추가될 수 있다는 가능성을 배제하여 우리 고소설임을 더욱 정확히 밝혔다.[24] 오화[25]는 한문본 <太原誌>를 대상으로 실제 지리에 대한 인식, 그리고 어휘와 문장의 사용을 통해 국적 문제를 진단하였다. 작품에는 金陵·赤壁·北固山·吳江 등의 지명이 등장하며 모두 근처에 자리하고 있는 것으로 나타나지만 이는 실제는 이와 크게 다른데

---

23) 홍현성, 「<태원지> 시공간 구성의 성격과 의미」, 『고소설연구』 29, 한국고소설학회, 2010.
24) 강문종, 앞의 논문, 157쪽.
25) 오화ⓒ, 「고전소설 <태원지>의 국적 구명-지리 공간과 어휘를 중심으로」, 『장서각』 38, 한국학중앙연구원, 2017.

이는 작품의 작가가 중국의 실제 지리에 대한 이해 부족한 사람임을 보여준다고 했다. 또 중국과 다른 어휘와 한국어순을 반영한 표현들이 다수 사용되고 있음을 들어 작품의 국적을 우리나라로 비정하고 있기도 하다. 이에 대한 반론이 황미숙[26]에 의해 제기되었지만 〈태원지〉가 줄거리만 전하는 중국소설 〈神武傳〉의 번역 내지 번안이라는 주장은 매우 설득력이 떨어지는 것이다.[27]

반면 임치균이 제기한 〈태원지〉의 조선 창작설은 홍현성, 강문종, 오화 등의 연구자들에 의해 꾸준히 지지를 받으며 증거를 확장해 왔다. 이에 국적문제에 대한 연구가 상당히 진행된 현재 시점에서 ≪中國歷史繪模本≫의 기록을 새롭게 바라보아야만 할 필요가 있다.

사도세자는 세자로서 많은 수입 도서를 자유롭게 읽을 수 있는 위치에 있었고 〈小敍〉에 실체를 확인할 수 있는 책들 모두 중국의 것인 만큼 ≪中國歷史繪模本≫에 등장하는 〈太原志〉 또한 중국 책일 가능성이 큰 점은 인정된다. 다만 이 책이 중국책이라면 임치균이 제시한 지리지, 구체적으로는 ≪太原縣志≫ 혹은 ≪太原府志≫일 가능성이 전혀 없는 것은 아니다. 지리지에는 지역과 관련된 사적과 명사의 일화 및 시문이 많이 실리기 때문에 이 부분만 떼어 놓고 본다면 ≪中國歷史繪模本≫에 실린 7종의 비소설 책들과 많이 다르지 않다. 예를 들어 〈女範〉은 특출난 여성의 전기 모음집이고, 〈七克〉은 당시 널리 알려진 천주교 교리서이며

---

26) 황미숙, 「〈태원지〉 서사분석에 의한 국적 규명」, 『한국고전연구』 29, 한국고전연구학회, 2014.
27) 작품이 아닌 『중국통속소설총목제요』의 줄거리만으로 비교 분석하고 있는점, 〈신무전〉의 주지(주원장이 유백온의 신묘한 지략을 이용해 천하를 제패하는 것)와 〈태원지〉가 비슷하기 때문에 번안이라고 주장하고 있는 점 등은 반론의 근거로 매우 부족한 것이다.

<養正圖解>는 임금의 수양을 위한 역대 제왕의 언행집이다. 이들은 새로운 생각을 담고 있거나 일반적이지 않은 특출한 일화·고사 등을 담고 있다는 공통점이 있다. 지리지 또한 '稗官少史'를 즐기던 사도세자 입장에서 재미를 느낄만한 요소가 있다면 위 목록에 오르지 못할 이유가 없는 것이다.

또 다른 가설을 제시하자면 <태원지>가 우리 소설임을 사도세자가 인식하지 못했을 가능성도 충분하다. ≪中國歷史繪模本≫에 등장하는 <탁록연의>는 영조가 중국에서 구입해 오라고 명령한 기록28) 때문에 중국소설로 취급되었지만 <태원지>와 마찬가지로 중국에서는 이 작품과 관련된 기록을 찾을 수 없다. 반면 황윤석의 ≪이제난고≫에는 이 작품을 우리나라 사람이 지은 것이라는 황윤석의 설명29)이 등장한다. 현재 실체를 확인 할 수 없는 <탁록연의>에 대하여 영조는 중국 소설로 황윤석은 우리 소설로 생각하고 있는 것이다. 실제 작품을 향유한 당대 사람이라고 하더라도 작품의 국적은 충분히 상반되게 인식할 수 있다는 실제 예이다.

나아가 사도세자가 <태원지>를 우리 소설이라 인식했음에도 ≪中國歷史繪模本≫의 목록에 올렸을 가능성도 없는 것은 아니다. ≪中國歷史繪模本≫은 미완의 책이다. 제목조차도 불분명하며 현재의 제목은 일제시기 책을 새롭게 장정하며 붙여 놓은 것이다. 사도세자가 불행을 당하지

---

28) 仍教命膺曰, <涿鹿衍義>·<南溪衍譚>, 卿抵燕後, 求問得來, 可也. 命膺曰, 當依聖教, 求來矣. (≪승정원일기≫, 영조45년(1769년) 10월 2일, 18번째 기사.) 上御崇政殿月臺, 召見冬至三使臣, 手書御製以賜. 又賜貂帽, 胡椒等物, 宣醞以送, 命畫來瀋陽朝鮮館, 貿來<涿鹿衍義>·<南溪衍譚>.(≪조선왕조실록≫, 영조 48년(1772년) 11월 1일.)

29) 上特教購<涿鹿演義>一部東來. 故徐台承命購于燕, 萬方未得, 及歸廣詢. 始知此乃東人所贗製, 而非漢人所製. 今俗婦女閨閣, 只有諺傳者而已.(「1770년 윤5월 29일」, 『이제난고』 3, 한국정신문화연구원, 2001, 207쪽.)

않았더라면 이 책을 어떤 방식으로 완성했을지 우리는 알 수 없다.

이와 같은 이유로 ≪中國歷史繪模本≫의 기록은 새롭게 해석될 소지가 충분하다. 물론 이러한 공격적인 추론은 그간 연구를 통해 축적된 증거들 때문에 가능한 것이다.

3. 창작연대와 이본문제

한문본에는 전술한대로 '歲在丙寅夏月 昌寧 曺命敎'라는 필사기가 등장한다. 조명교는 1687년(숙종 13)에 태어나 1753년(영조 29)까지 살았고, 본관이 창령이며 예문관대제학을 지낸 인물이다. 이 필사기를 준신한다면 병인년은 1746년이다. 이 필사기의 기록을 준신할 수 있는가 하는 문제를 제기할 수 있으나 여타의 증거가 없는 현재 상황에서 정황만으로 이 기록을 무시하는 것은 소모적인 논쟁을 야기할 뿐이다. 한문본에 <태원지> 외에 다른 문예문 들이 수록되어 있기는 하지만 이 기록은 책의 끝에 기록된 필사기인 만큼 전체 책의 필사기로 보아야 한다. 따라서 한문본 <태원지> 창작의 하한선은 필사기에 기록된 1746년 이전이 된다. 이를 근거로 강문종은 <태원지>의 창작 시기를 18세기 초반을 전후한 시기로 보고 있다.30) 아울러 강문종이 <태원지>의 창작시기로 예측하는 18세기 초반은 원형 <천하도>의 유포되고, ≪직방외기≫의 수입과 독서된 시기이면서,31) <동몽선습>의 중요성 확대된 시기이기도 하다. 이는 본고 2장

---

30) 강문종, 앞의 논문, 154쪽.
31) ≪직방외기≫는 인조 8년(1630) 진주사 정두원(鄭斗源)이 수입한 이후로, 이익(李瀷, 1681~1763)의 <職方外紀跋>, 신후담(愼後聃, 1702~1761)의 ≪西學辨≫ 등에서 거듭 분석되고 비판되었다.

에서 제시된 것이기도 하다. 1746년은 이러한 기존의 여러 증거와 잘 합치되는 시기이다. 따라서 여타의 다른 증거가 제시되지 않는 한 18세기 초반을 작품 창작시기로 보아도 무리가 없을 것으로 보인다.

현존하는 <태원지> 3종의 이본에 대해 이본고를 진행한 사람은 강문종이 유일하다. 각 이본의 회명을 정리하면 다음과 같다.[32]

	한문본		장서각본		연세대본
1회	林偉北固山禱子	1회	북고산님위도스		
2회	林德哉密圖大事				
3회	林德哉飄風東海				
4회	何勝斬海賊胡悝	2회	하승참히적호리		
5회	鍾璜神法殺異人	3회	종황신법살이인		
6회	美伯授計救諸軍	4회	미빅슈계구졔군		
7회	鍾美伯禱天得甘水	5회	종미빅도텬감슈		
8회	林應殺妖猴猛虎	6회	님시경탈츌요혈		
9회	林德哉幾惑妖物	7회	님덕지고호교물		
10회	德哉海中得玉璽	8회	덕지히듕득옥시		
11회	?(낙장)	9회	미빅언텬니구쥬	2_1	미빅언쳔니구쥬
12회	林應何勝被困群鬼	10회	사입귀도봉괴물	2_2	응승피군군흉귀
13회	美伯天文陳破妖	11회	삼걸신법시냥괴	2_3	텬문딘미빅파요
		12회	텬문진미빅파요		
14회	美伯論古今歷代	13회	덕지힝션입태원	2_4	동황논고금녁디
15회	趙平討取青陵城	14회	미빅뎡계취쳥능	2_5	됴령계취쳥능셩
16회	鍾美伯智定十州	15회	종미빅댱수대진	2_6	종미빅디령십쥐
		16회	미빅츌긔파진방		
17회	林時卿大戰方爽	17회	님시경대젼방艭	2_7	님시경대젼방艭
18회	林成立爲大洪王	18회	님셩닙위대홍왕	2_8	님셩닙위대홍왕
19회	鍾璜與兵征金國	19회	종황흥병취금국	2_9	동황흥병취금극
20회	鍾美伯西江鏖兵	20회	종미빅셔강오병		
21회	鍾美伯計斬呂榮卿	21회	미빅계참녀영경		
22회	鍾美伯智敗安定國	22회	미빅진파안졍국		
23회	鍾美伯平定金國	23회	미빅유살안졍국		
		24회	평뎡금국입도셩		
24회	大洪王一統五國	25회	대홍왕일통오국		
25회	長春殿林偉富貴	26회	댱츈뎐님위부귀		

---

32) 강문종, 위의 논문, 160~161쪽.

강문종에 의하면 한문본과 연세대본은 회목에서 많은 친연성이 발견
되며 연세대본의 내용 또한 한문본의 번역에 가깝다. 반면 장서각본은
한문본과 친연성이 떨어지며 회목을 나눈 것과 권차를 나눈 것에서 많은
비합리성이 발견된다. 따라서 〈태원지〉는 한문본 계열과 장서각본 계열
둘로 나뉠 수 있다고 분석하고 있다.

이본고와는 별도로 이래호는 장서각본을 대상으로 국어학 연구를 진
행하여 작품의 필사시기 등을 추측했다.33) 이래호는 '밋', 'ᄲᅥ' 등 전이어
의 출현 빈도가 높아 장서각본은 한문본을 번역한 것이라고 보았다. 또
표기법과 어휘, 형태소 결합 양상 등을 통해 볼 때 18세기 말 이후 필사
되었으며 그 상한선을 1777년으로 보았다. 이러한 결과는 임치균이 박부
자의 도움을 받아 추측한 결과(19세기 초반)와34) 비슷하거나 약간 앞선 것
으로 평가한 것이다.

이러한 이본의 상황을 고려해 보면 〈태원지〉는 현존하는 이본보다
훨씬 많은 수의 이본이 존재했음이 명확하다. 현존하는 한문본은 필사본
일 뿐 창작자의 원본은 아니다. 따라서 다른 한문본이 존재했을 것이다.
또 장서각본은 현존 한문본을 보고 직접 번역한 것이 아니라 다른 번역
본을 보고 필사한 것으로 보인다. 따라서 작품의 창작시기와 장서각본
필사시기의 시간적 거리를 생각해 본다면 다른 한글 이본의 존재를 충분
히 상정할 수 있다. 아울러 장서각본은 그 소장처를 미루어 생각해 보면
왕실도서인 것이 자명하며, 연세대본 또한 표지, 공격지의 존재, 미려한
궁체 등으로 미루어 보아 왕실도서로서 손색이 없는 형태를 지녔다. 이

---

33) 이래호, 「근대국어 후기 자료로서의 한글 고전소설-장서각 소장 고전소설 〈태원지〉
를 중심으로-」, 『영주어문』 31, 영주어문학회, 2015.
34) 임치균ⓙ, 앞의 논문, 357쪽, 주석2번 참조.

에 반해 ≪諺文古詩≫에 기재된 <퇴원지>는 여항의 독서물이었을 가능
성이 높다. 그렇다면 현전하는 한글본의 형태와는 다른 형태를 지녔을
것으로 보이기 때문에 현전하는 이본과는 다른 계열의 <태원지>가 존
재했을 가능성 또한 있다. <태원지>는 현전하는 이본의 수와는 상관없
이 더 많은 수의 이본이 존재했을 가능성이 매우 크며 이는 작품의 파급
력이 컸을 것임을 충분히 예측하게 한다.

4. 작품론

1) 작품 이해의 거시적 관점 ː 화이론과 조선중화

임치균은 <태원지>의 국적문제를 해소하며 아울러 작품의 몇 가지
특징을 제시했다. 구체적으로는 작품이 구조적으로는 해양 탐험담과 건
국담의 조합으로 이루어 있다는 점을 지적했다. 또 중요 모티브인 천명
을 분석하며 오랑캐라 할지라도 천명이 있다면 그 누구라도 천명을 어길
수 없음을 그리고 있다고 하며 이는 곧 청나라에 대한 인정을 뜻하는 것
이라고 보았다. 이러한 인식에 대한 분석은 후속논문35)에서 더 구체적으
로 수행되었다. <王會傳>, <징세비태록>, <태원지> 세 작품을 분석하
며 <왕회전>에서는 현실의 청나라를 인정하려는 의식이 보이고, <징세
비태록>에서는 청나라에 대한 인정을 넘어 주류로 보려는 시각이 의식
이 보이며, <태원지>에는 중국을 세계의 중심이 아니라 상대론적인 대

---

35) 임치균ⓒ, 「조선후기 소설에 나타난 청나라 지배의 중국에 대한 인식의 변화와 의미」,
『장서각』 24, 한국학중앙연구원 장서각, 2010.

상으로 보려는 의식이 보인다고 분석했다. 임성 일행은 중원을 떠나 바다를 여행하며 중원과 점점 멀어진다. 그리고 중원과 대등한 크기와 문화를 가진 태원에 이르러 그곳의 사람들과 대화를 하는데 태원의 지식인들은 중국을 알지도 또 인정하지도 않는다. 서로의 역사를 이야기 한 후 임성은 "엇지 텬하의 이러트시 큰 짜히 이실 줄 알니오?", "태원 말을 비로소 드르니 싀훤ᄒᆞ미 꿈이 쳐음으로 ᄭᆡᆫ닷ᄒᆞᆫ지라."라며 탄복한다. 또 이러한 상대적인 인식을 가능하게 한 '태원'이 하필이면 중국의 지명과 동일하게 설정된 것은 우연이 아니라 의도적인 것임을 밝히고 있다. 또 이러한 생각이 북학파의 생각과 일치함을 밝히고 있다.

홍현성36)은 임치균의 논의를 수용하면서 작품의 시공간에 대해 분석했다. 작품 속 시간의 흐름은 중간 중간 기술되는 간지를 통해 제시되는데 이는 실제 역사의 시간과 흡사하도록 짜여저 있음을 밝혔다. 특히 무신(戊申)년 주인공 임성이 태원을 통일하는데 이는 바로 명나라가 세워진 무신년(1368)이며 "이러한 역사의식을 환원하면 중원 아닌 다른 곳의 천명 역시 온당한 천명"임을 밝혀 작품의 상대적 인식을 밝히고 있다. 또 공간은 기지의 공간인 중원과 중간지대인 바다, 그리고 새로운 공간인 태원으로 나누어 배치되었는데 이는 서양 지리서 그리고 <산해경>의 영향으로 보았다. 이러한 작품의 시공간 속에서 주인공 임성은 태원에서 오랑캐 취급을 받게 되어 기존의 화이질서가 무색해 지게 되었다고 분석했다.

반면 김경미37)는 <태원지>가 그리는 세계가 소중화 의식이 표출된

---

36) 홍현성, 「<태원지> 시공간 구성의 성격과 의미」, 『고소설연구』 29, 한국고소설학회, 2010.
37) 김경미, 「타자의 서사, 타자화의 서사 <홍길동전>」, 『고소설연구』 30, 한국고소설학회, 2010.

조선중화주의를 형상화 한 것으로 보았다. 김경미는 <홍길동전>을 전반
부의 주류사회에서 소외된 홍길동을 그린 '타자의 서사' 그리고 후반부
의 율도국 정벌담을 그린 '타자화의 서사'로 나누어 분석하며 비슷한 작
품으로 <태원지>를 들어 <홍길동전>과 비교하고 있다. 이러한 인식은
허순우[38])에게로 이어지고 있다. 허순우는 임성이 자신에게 천명이 있음
을 아는 대륙에서의 사건들을 중화주의의 균열로 파악한다. 그리고 해양
에서 보여지는 인물들의 불안과 혼란 심리의 원인을 중화주의 질서의 변
화 때문으로 파악한다. 표류와 정벌을 통해 주인공들은 혼란을 극복하고
질서를 찾게 되는데 이는 현실의 청이 중원을 지배하는 상황에 대해 조
선의 독자들이 가지고 있었던 의식을 표출한 것이라고 보았다. 그런데
이 의식은 북학파의 것이 아니라 기존의 화이관을 계승한 조선중화주의
적인 것이라고 분석하고 있다.

이명헌[39]) 또한 태원이 새로운 세계라기보다 기존 중원과 다름없는 유
교적 질서가 구현되는 곳이고 태원의 정벌 또한 실제 역사에서 흔히 확
인할 수 있는 익숙한 패턴임을 지적하며 이전과 동일한 세계의 반복임을
지적했다. 명시적으로 분석하지는 않지만 북학파의 새로운 세계관이 아
닌 기존 화이관의 반복임을 주장한 것으로 보아도 무리가 없을 것이다.

2) 세부적 작품의 이해

김용기[40])는 작품의 가장 중요한 모티브를 왕조교체로 보았다. 이 왕조

---

38) 허순우, 「중화주의 균열이 초래한 주체의식의 혼란과 극복의 서사」, 『고소설연구』 33,
2012.
39) 이명헌⊙, 「<太原誌>의 표류와 정복에 나타난 타자인식」, 『다문화콘텐츠연구』 14, 중
앙대학교 문화콘텐츠기술연구원, 2013.

교체를 해석하기 위해 <장백전>, <유문성전>과 비교해 분석했다. 또 전반부의 해양 탐험담은 천명이 강화되는 과정을, 중반 태원에서 만난 평이기와의 대화는 기존 화이론의 탈피를, 태원을 정복하는 후반부는 탈역사·새로움을 전달하는 것으로 해석하였다. 나아가 <태원지>의 해양 표류에 착목하여 자세히 분석하고 있다.[41] 김용기는 작품의 주인공들이 해양 표류를 통해 경험하게 되는 시련을 통해 정체성을 확립하게 되며 이렇게 형성된 정체성은 이후 대흥국을 세우고 대륙을 정복하는 것으로 실현된다고 했다. 이 건국과 정복이 곧 주인공들의 자아실현이라는 것이다.

홍연표[42]는 <삼국지연의>·<서유기> 등과 <태원지>를 비교 분석하고 있다. 우선 임성의 나약함과 미백의 탁월함은 <삼국지연의>의 유비와 제갈량의 관계가 수용된 것으로 보았고 해양 탐험담과 해양의 요괴는 <서유기>의 모티프를 수용한 것으로 보았다. 특히 태원은 오덕종시설(五德終始說)에서 영향을 받아 형상화 된 것으로 태원은 천명이 용인되는 이상세계로 축조된 유사현실로 규정하였다. 나아가 임성과 미백의 관계는 유교의 전통적 군주론의 맥락 하에서 창작되었다고 했다.

3) 한·중 비교와 콘텐츠화

오화는 한국과 중국의 고소설에 나타나는 해양탐험담에 착목하여 양

---

40) 김용기㉠, 「<태원지(太原誌)>의 서사적 특징과 왕조교체」, 『고소설연구』 34, 한국고소설학회, 2012.
41) 김용기㉡, 「<태원지>의 海洋 漂流와 島嶼間 이동의 의미」, 『島嶼文化』 41, 도서문화연구원, 2013.
42) 홍연표, 「<태원지> : 문화중화주의의 이상과 당위」, 『국어국문학』 172, 국어국문학회, 2015.

자를 비교하는 연구를 수행하였다. 구체적으로는 중국 고소설 2종과 <태원지>와 비교하였는데 하나는 <鏡花緣>[43]이고 다른 하나는 <三寶太監西洋記通俗演義>[44]이다. 2종의 중국 고소설과 <태원지>의 해양 탐험담의 구체적 양상을 자세히 비교하고 있고 또, 이에 담긴 한·중 두 나라 인식의 지향을 고찰하고 있다. 그 결과 중국 고소설의 경우 주인공들은 바다에서 중국 특유의 중화주의의 인식을 유지하면서 적극적인 탐험을 통해 중화주의의 확대를 모색하는 반면 <태원지>의 주인공들은 바다를 표류하며 천명을 확인하고 표류의 그 결과 중화를 벗어나 천명을 실현할 새로운 세계를 찾는 통로가 된다고 하였다.

　<태원지>는 매우 흥미로운 줄거리와 구성방식 때문에 현대의 대중문화와 접목하려는 노력이 시도되었다. 이명헌[45]은 작품의 핵심서사를 '해양표류와 요괴퇴치', '태원정복과 대흥국 건국'이라고 하면서 요괴퇴치 과정은 MMORPG 게임에서 아이템 획득과 전투 등의 임무를 수행하는 퀘스트와 흡사하고 정복과정은 전략 시뮬레이션 게임의 진행과 유사함을 지적했다. <태원지>가 게임의 서사와 많은 유사점을 갖는 이유가 태원이라는 현실과 관련 있는 환상의 세계를 만들어 마땅히 지켜야 할 당위적 명분을 실현시키는 대중 서사이기 때문이라고 했다.

　반면 김인회[46]는 <태원지>의 스토리를 MMORPG와 전략 시뮬레이

---

43) 오화㉠, 「<태원지>와 <경화연>의 해양 탐험담 비교 연구」, 『한중인문학연구』 42, 한중인문학회, 2014.

44) 오화㉡, 「한·중 고전소설의 해양체험담 비교 연구-<태원지>와 <삼보태감서양기통속연의>를 대상으로」, 한국학중앙연구원 한국학대학원 박사논문, 2017.

45) 이명헌㉡, 「<태원지>의 서사적 특징과 대중문화적 가치-게임 스토리텔링과의 유사성을 중심으로-」, 『동아시아고대학』 39, 동아시아고대학회, 2015.

46) 김인회, 「<태원지>의 MMORPG 콘텐츠화 가능성 탐구-세계관과 공간의 제시를 중심으로-」, 『동양고전연구』 68, 동양고전연구학회, 2017.

션에 비교하는 것은 표면의 비교일 뿐이라고 비판하였다. 작품을 게임화하기 위해서는 스토리를 피상적으로 차용하기보다 더욱 구조적인 접근이 필요함을 말했다. <태원지>의 경우 해양탐험담의 천명, 태원에서 주인공 일행이 오랑캐 취급을 받는 전복의 충격을 게임의 유저가 맛보게 하는 것이 중요하며 나머지 스토리의 적용은 부차적인 것이라고 보았다. 아울러 인문학자가 현대의 콘텐츠에 기여할 수 있는 것은 구체적인 문제가 아니라 거시적인 관점 제시이며 그것이 전문 연구와 멀지 않은 것임을 말했다.

5. 연구의 전망

앞으로의 연구과제와 전망을 간략히 언급하면 다음과 같다.

첫째, 국적 문제에 대한 계속된 규명이 필요하다. 작품의 국적은 중요하다. 따라서 중국에서 <태원지>의 자취를 찾는 작업을 소홀히 할 수는 없다. 다만 이것 때문에 향후 연구가 지체되거나 소모적인 방향으로 흘러서는 안 될 것이다. 현재 제출된 증거로 미루어 보건대 <태원지>는 조선에서 창작되었을 가능성이 매우 클뿐더러, 이 작품이 우리 문학사에 끼친 영향이 크기 때문이다. 만에 하나 작품의 국적이 중국으로 결론 나더라도 다양한 작품 분석은 사라지는 것이 아니라 한·중 비교문학적 관점에서 작품을 이해하는데 유용한 논거들로 쓰일 수 있다는 점을 강조해 둔다.

둘째, 소설사에서의 위치가 비정되어야 한다. 기존의 연구사에서 <왕회전>, <징세비태록>, <홍길동전> 등의 작품과 함께 논의되거나, <삼

국지연의>, <서유기> 등의 영향이 지적되었지만 아직 <태원지>의 문학사에서의 위치가 정확히 합의되어 있지 않다. 진전된 작품론을 위해 다양한 비교 및 분석이 수행되어야 하며 궁극적으로는 소설사적 의의가 드러나야만 한다.

셋째, 당대 사상사와의 관련성이 탐구 되어야 한다. 모든 작품이 그러하지만 특히 <태원지>는 당시의 사상적 조류와의 관련 속에서 더욱 그 가치가 명확해 진다. 기존 연구에서 이 작품의 사상적 배경으로 전통적 화이론의 붕괴 혹은 조선 중화론의 확대 등이 거론되고 있지만 조금 더 자세한 논의가 필요한 실정이다.

<태원지>는 본격적인 연구기간이 짧다. 아직 작품의 국적 같은 기본적인 문제도 모든 연구자가 인정하는 완전한 합의에 이르지 못했다. 작가와 창작시기 또한 그러하다. 그러나 이러한 문제들에도 불구하고 <태원지>의 연구는 위와 같은 이유에서 매우 의미 있는 작업이다. 후속 연구를 기대한다.

참고문헌

이본

太原志, 4권 4책 한글, 한국학중앙연구원 장서각, 청구기호 : K4-6852

太原志, 한글 1권 1책(全2卷2책) 한글본, 연세대학교 학술정보원소장, 청구기호 : 고서
　　(I) 811.36 태원지

太原志 1책 한문본 강문종 소장

영인

『영이록・태원지』, 이화여자대학교 출판부, 1973.

『태원지』, 국학자료보존회, 1980.

『태원지』, 문화재관리국 장서각, 1980.

교주 및 번역

이태극 외 교주, 『영이록・태원지』, 이화여자대학교 출판부, 1973.

전규태 역, 『한국고전문학대계 6 낙선재소설 : 천수석・낙천등운・태원지』, 명문당,
　　1991.

임치균 배영환 역, 『조선왕실의소설 2 : 태원지』, 한국학중앙연구원, 2010.

임치균 교주, 『조선왕실의 소설2 : 태원지』, 한국학중앙연구원, 2010.

논문

강문종, 「한문본 <태원지(太原誌)> 연구」, 『고소설연구』 42, 한국고소설학회, 2016.

김경미, 「타자의 서사, 타자화의 서사 <홍길동전>」, 『고소설연구』 30, 한국고소설학
　　회, 2010.

김용기㉠, 「<태원지(太原誌)>의 서사적 특징과 왕조교체」, 『고소설연구』 34, 한국고
　　소설학회, 2012.

김용기㉡, 「<태원지>의 海洋 漂流와 島嶼間 이동의 의미」, 『島嶼文化』 41, 목포대학
　　교 도서문화연구원, 2013.

김인회, 「<태원지>의 MMORPG 콘텐츠화 가능성 탐구-세계관과 공간의 제시를 중
　　심으로-」, 『동양고전연구』 68, 동양고전연구학회, 2017.

김진세, 「태원지고 : 이조후기 사회인들의 Utopia를 中心으로」, 『영남대학교논문집』

1·2, 영남대학교, 1968.('『국학자료』 28, 문화재관리국 장서각사무국, 1978.';
'태원지, 국학자료보존회, 1980.'에 재수록)

민관동, 「중국고전소설의 한글 번역문제」, 『고소설연구』 5, 한국고소설학회, 1988.

박재연, 『중국소설회모본』, 강원대학교출판부, 1993.

오화㉠, 「<태원지>와 <경화연>의 해양 탐험담 비교 연구」, 『한중인문학연구』 42, 한중인문학회, 2014.

오화㉡, 「한·중 고전소설의 해양체험담 비교 연구-<태원지>와 <삼보태감서양기통 속연의>를 대상으로」, 한국학중앙연구원 한국학대학원 박사논문, 2017.

오화㉢, 「고전소설 <태원지>의 국적 구명-지리 공간과 어휘를 중심으로」, 『장서각』 38, 한국학중앙연구원, 2017.

유희준, 「韓國所藏的中國文言小說版本硏究」, 『중국문화연구』 21, 중국문화연구학회, 2012.

이래호, 「근대국어 후기 자료로서의 한글 고전소설-장서각 소장 고전소설 『태원지』를 중심으로-」, 『영주어문』 31, 영주어문학회, 2015.

이명현㉠, 「<太原誌>의 표류와 정복에 나타난 타자인식」, 『다문화콘텐츠연구』 14, 중앙대학교 문화콘텐츠기술연구원, 2013.

이명현㉡, 「<태원지>의 서사적 특징과 대중문화적 가치-게임 스토리텔링과의 유사성을 중심으로-」, 『동아시아고대학』 39, 동아시아고대학회, 2015.

임치균㉠, 「<태원지> 연구」, 『고전문학연구』 35, 한국고전문학회, 2009.

임치균㉡, 「조선후기 소설에 나타난 청나라 지배의 중국에 대한 인식의 변화와 의미」, 『장서각』 24, 한국학중앙연구원 장서각, 2010.

정병욱, 「'낙선재문고 목록 및 해제'를 내면서」, 『국어국문학』 44·45, 국어국문학회, 1969.

조희웅, 「낙선재본 번역소설 연구」, 『국어국문학』 62·63 합집, 국어국문학회, 1973.

허순우, 「중화주의 균열이 초래한 주체의식의 혼란과 극복의 서사」, 『고소설연구』 33, 한국고소설학회, 2012.

홍연표, 「<태원지> : 문화중화주의의 이상과 당위」, 『국어국문학』 172, 국어국문학회, 2015.

홍현성, 「<태원지> 시공간 구성의 성격과 의미」, 『고소설연구』 29, 한국고소설학회, 2010.

II. 〈태원지〉의 국적문제

〈태원지〉의 국적비정과 작품의 특징

1. 서론

낙선재본 고전소설은 왕실에서 향유하였다는 특징을 가지고 있다. 주로 왕실 여성들 사이에서 읽혔던 낙선재본 고전소설은 그 분량이 만만치 않다. 마지막 독자 가운데 한 사람인 윤백영 노파는 '낙선재본은 문자가 좋고 윤곽이 크고…… 감정 표현이 풍부하며, 일거일동을 섬세하게 그려 읽을수록 끌려든다'고 하는 한편 '〈춘향전〉은 유식치 못하고, 깊은 뜻이 없고 잡되다'고 하고 있다. 여기에는 내용에 대한 고려도 있었을 것이다. 낙선재본 고전소설, 또는 그와 유사한 형태의 소설들이 왕실과 양반 가문에서 향유된 이유의 일단을 알 수 있는 대목이다.

실제로 낙선재본 고전소설을 연구한 전문가들은 이들 작품의 우수성을 인정하고 있다. 그러나 이들 작품을 연구하는 입장에서 항상 염려되는 것은 국적 문제이다. 홍희복의 〈제일기언〉 서문으로 문제가 어느 정도 해결되었다고는 하지만, 국적 문제는 여전히 논란이 되고 있다.

물론, 조선시대에는 중국과 같은 문화권을 형성하고 있었고, 그에 따라 고전소설에서도 중국의 여러 소설들을 수용하고 변화시킨 것이 사실이다. 우리의 작품 속에서 중국적인 요소를 쉽게 발견할 수 있는 것도 놀랄 일이 아니다. 따라서 우리의 소설 속에서 중국적인 것의 수용과 변화를 찾고 동이(同異)와 그 의미에 대하여 살피는 것은 유용한 연구 방향이다. 하지만, 이 역시 국적 문제가 해결된 이후에 따져볼 수 있는 문제이다. 중국소설일 경우, 이러한 논의 자체가 무의미하기 때문이다.

본고에서 대상으로 하는 4권 4책의 〈태원지〉[1] 역시 국적 문제에서 자유롭지 못하다. 이 작품은 낙선재본 소설 가운데 하나로, 한국학중앙연구원 장서각에 유일본이 소장되어 있다. 그동안 〈태원지〉는 중국소설로 간주되어 고전소설 전공자들 사이에서 관심을 받지 못하였다. 하지만 어떠한 중국소설 목록에서도 〈태원지〉를 찾을 수 없다는 점에서, 중국 소설로 처리하는 데에는 좀 더 신중할 필요가 있는 것도 사실이다. 필자는 〈태원지〉를 읽으면서, 과연 이 작품을 중국 소설로 보아야 하는지에 대하여 의심을 가지기 시작하였다. 후술하겠지만, 중국소설의 영향을 일정 정도 찾을 수는 있지만 분명 우리 작품으로 볼 수 있는 부분도 적지 않았

---

1) 〈태원지〉에는 어떠한 필사기도 없다. 따라서 정확한 창작 시기는 알 수 없다. 다만 〈태원지〉를 국어학적으로 살펴서 필자에게 도움을 준 박부자(성신여자대학교 교수)는 "1. 목적격 조사 '을/를'이나 보조사 '은/은' 등의 문법형태소의 이형태가 간소화하는 현상이 거의 완성단계에 이르렀다. 2. 어간말 자음군 'ㄺ'의 표기가 '붉근'과 같은 연철 표기는 나타나지 않고 '붉은'과 같은 분철 표기만 나타난다. 3. 중세국어 '-오디'는 '-되'로 변화하여 현재에 이르는데 그 과정에서 'ᄒᆞ디'와 같은 '오' 소멸형과 'ᄒᆞ되'와 같이 '오'가 소멸하면서 '디'에 원순성을 넘겨준 형태가 18세기 국어에서도 함께 나타난다. 그러나 '니르-, ᄀᆞᆯ-' 등의 화법동사와 계사 '이-'는 근대국어 시기에도 고형인 '닐오디, ᄀᆞᆯ오디. 이로디'로 실현되었다. 그런데 〈태원지〉에서는 계사의 경우 '십팔이로디'와 같은 고형도 나타나지만 '오'가 소멸하면서 '디'에 원순성을 넘겨준 괴쉬(魁首)되'와 같은 형태가 나타난다. 4. "久"를 의미하는 중세국어 어형 '오라-'는 근대국어 시기 18세기까지도 '오리-' 형과 공존하는데 〈태원지〉에서는 신형이 '오리-' 형만 확인되고 '오라-'형은 나타나지 않는다. 결국 〈태원지〉에서 구개음화나 원순모음화의 변화는 다소 보수적인 경향을 보이지만 위와 같은 사실을 고려할 때 〈태원지〉의 표기 형태는 19세기 초반 정도의 것으로 추정할 수 있을 듯하다"는 의견을 보내주었다. 박부자 교수에게 고마움을 표한다.

기 때문이다. 본고의 주된 관심사는 바로 〈태원지〉가 우리 소설일 수 있는 이유를 찾는 데 있다. 그리고 〈태원지〉의 작품론을 바탕으로 하여 그 속에 드러난 의식의 일단에 대하여서도 살펴보고자 한다. 이때의 논의 결과 역시 국적 문제 해결에 방증적인 근거가 될 것이다. 즉, 이 논문에서는 작품 속에 분명하게 드러나고 있는 요소들을 가지고 국적 문제 해결의 단초를 삼은 후, 작품 속에 내재하고 있는 의식을 찾아내어 그것이 조선 후기의 사회 및 소설에 형성되고 있었던 사상과 밀접한 관련이 있음을 밝힘으로써 〈태원지〉가 우리나라 소설임을 분명히 하고자 한다.

2. 〈태원지〉의 국적 문제

〈태원지〉에 대한 최초의 연구는 김진세에 의하여 이루어졌다. 김진세는 〈태원지〉에서 조선을 동방예의지국이라고 한 점, 중국인을 의심 많은 인물로 서술한 점, 〈태원지〉 속에 드러난 혼인의 법도, 〈태원지〉가 중국의 역사적 기록이 아닌 점 등을 들어, 〈태원지〉를 우리 소설로 보고 있다. 또한 〈태원지〉가 조선 후기 사회인들의 이상향을 그린 것으로, 기성사회에 대한 반발, 휴머니즘의 상징, 왕권에 대한 새로운 의미를 가지고 있다고 보았다.[2] 그런데, 조희웅이 〈태원지〉의 국적에 대하여 처음으로 의문을 제기하였다. 그는 국립도서관 소장의 『중국역사회모본(中國歷史繪模本)』에 〈태원지(太原志)〉가 기록되어 있다는 사실을 들어, 원본을

---

2) 김진세, 「太原誌攷-李朝後期 社會人들의 Utopia를 中心으로-」, 『영남대학교논문집』 1-2, 영남대학교 1968, 13~24쪽. 이 논문은 후에 문화재관리국에서 편찬한 『國學資料』 28(1978)에 실린 "〈태원지〉 해제"에 일부분이 요약되어 실려 있다.

보지는 못하여 확언할 수는 없지만 〈태원지〉가 중국소설일 가능성이 높다고 하였다.3) 박재연은 『중국소설회모본(中國小說繪模本)』4)을 출판하면서 〈태원지〉를 중국소설 가운데 영웅소설로 분류하고 있다.5) 주지하다시피 『중국소설회모본(中國小說繪模本)』에서 언급하고 있는 작품은 거의가 중국소설이다. 따라서 그 기록이 있는 이상 〈태원지〉의 국적문제는 더이상 논란이 될 여지가 없는 것처럼 보인다. 실제로 이 이후에는 〈태원지〉에 관한 연구가 이루어지지 않았기 때문에, 일반적으로 〈태원지〉는 중국소설로 취급되고 있다.6)

결국 〈태원지〉는 『중국소설회모본(中國小說繪模本)』에 이름이 나온다는 이유 하나로 중국 소설로 인정되고 있는 것이다. 그런데 필자는 〈태원지〉를 접하기 전부터 일단 이에 대하여 회의적이었다. 필자가 회의를 가진 이유는 다음과 같다.

『중국소설회모본(中國小說繪模本)』에 실려 있는 〈태원지〉라는 제목의 것(작품 또는 책)을 꼭 소설로 보아야 하는 근거는 무엇인가?

『중국소설회모본(中國小說繪模本)』에는 〈태원지〉라는 명칭만 들어 있을 뿐 그 내용을 알 수 있는 단서는 없다. 소설 내용을 그린 그림에서도 〈태원지〉에 관한 것은 발견할 수 없다. 문제는 『중국소설회모본(中國小說繪模本)』에는 소설 이외의 서명도 꽤 들어 있다는 사실이다. 『성경직해(聖

---

3) 조희웅, 「樂善齋本 古典小說研究」, 『國語國文學』 62·63합집, 국어국문학회, 1973, 266~267쪽.
4) 이 책은 『중국역사회모본(中國歷史繪模本)』의 제목을 바꾼 것이다. 박재연은 삽화가 소설의 내용을 대상으로 하는 만큼 위 제목이 더 합당하다고 보고 있다(박재연, 『中國小說繪模本』, 강원대학교출판부, 1993, 156쪽).
5) 위의 책, 168쪽.
6) 민관동은 〈태원지〉는 중국 소설인데 원본은 일실되어 없고 번역본만 한국정신문화연구원(현 한국학중앙연구원)에 소장되어 있다고 하였다(민관동, 「中國古典小說의 한글 飜譯問題」, 『古小說研究』 5, 한국고소설학회, 1998, 445쪽).

經直解)』, 『칠극(七克)』 등등이 그것이다. 그렇다면 〈태원지〉도 소설이 아
닐 가능성이 남아 있다. 여기서 우리가 주목할 내용이 있다.

> 내가 생각하기에 괄지지(括地志)의 접인지설(接引之說) 같은즉 물은 접
> 인하지 않을 수 없는 것이니 어찌 다만 분수(汾水)가 안읍(安邑)에만 물을
> 댈 것이며, 강수(絳水)가 평양(平陽)에만 물을 대리요? 수비자(守碑者)는 신
> 중해야 할 것이다. 나머지는 태원지(太原志) 진수(晉水)에 자세하다.[7] (밑줄
> 필자, 이하 같음)

이는 『존연루문집(存研樓文集)』[8] 권4 "강수(絳水)"에 나오는 것이다. 분수
와 강수는 모두 태원과 관련이 있는 강이다. 따라서 여기에서 말하고 있
는 〈태원지〉는 지리서로 보는 것이 타당할 것이다. 사실 중국의 태원(太
原)은 현재 중국 산서성(山西省)의 성도(省都)로 역사적 문화적으로 유서가
깊으며, 고래(古來)로 한족(漢族)의 거주지로 알려져 있다. 따라서 지리지가
있었을 가능성이 매우 높다.

〈태원지〉가 지리서일 가능이 높은 상황에서 『중국소설회모본(中國小說
繪模本)』에 언급하고 있는 〈태원지(太原志)〉와 현존 한글 필사본 소설 〈태
원지〉를 무조건 같은 작품으로 보는 것이 과연 타당한지 의문이다.

이러한 근본적인 의심 속에서 필자는, 시각은 다르지만 〈태원지〉의
조선에 대한 서술과 중국인에 대한 설명이 국적 문제 논의의 중요한 근
거가 될 수 있다는 김진세의 지적에 일단 동의를 한다.

---

7) 予謂如括地志接引之說 則無水不可接引 豈直汾水可灌安邑 絳水可灌平陽已 守碑者愼之 餘詳太原
志晉水(『存研樓文集』 券四 "絳水"條)
8) 중국 청나라 강희제(康熙帝 재위 1661~1722) 때의 저대문(儲大文) 문집. 저대문의 자는
육아(六雅). 강희 신축(辛丑)에 진사가 되고 벼슬이 한림원편수(翰林院編修)에 이름, 중국
지리에 대한 자세한 고증이 있어 지리지를 만드는 사람들이 많이 참고하였다고 함.

〈태원지〉에 보이는 그 부분을 보자.

> 미빅이 우러러 텬문(天文)을 오리 보다가 대경(大驚) 왈 "졔셩(諸星)이
> 방위(方位)를 일코 혜불셩(彗孛星)이 나시며 동방(東方)의 지앙(災殃)이 만흐
> 니 크게 불길(不吉)ᄒ고 듕국(中國)은 개개히 명낭(明朗)ᄒ디 다만 우리 동
> 방이 흐리니 이는 하늘이 지앙을 우리게 ᄂ리오시미라 동히 밧긔 만일(萬
> 一) 훈 디방(地方)이 이시면 내 의심(疑心)치 아닐 거시나 ᄌ고로 무슴 디
> 방이 잇단 말을 듯지 못ᄒ여시니 엇지 흐리요" 조졍 왈 "내 일즉 드르니
> 동방(東方)의 훈 나라히 이시니 굴온 됴션(朝鮮)이라 본더 산슈(山水) 명녀
> (明麗)ᄒ고 인믈이 번화(繁華)ᄒ며 녜악법되(禮樂法道) 삼황(三皇) 오뎨(五帝)
> 를 본바드니 의관문믈(衣冠文物)이 쪼훈 셩뎨명왕(聖帝明王)을 법(法)밧고
> 능히 부ᄌᄌ효(父慈子孝)와 군의신튱(君義臣忠)과 부부유별(夫婦有別)과 댱
> ᄌ유(長慈幼) 유경댱(幼敬長)을 삼가는 고로 텬보동방녜의지국(天寶東方禮義
> 之國)이라 ᄒ다 ᄒ니 아등(我等)이 이제 새도록 비롤 트고 갈진디 가히챡
> 훈 나라흘 어더 ᄆ음의 품은 일을 도모(圖謀)ᄒ야 게 가 의지(依支)ᄒ리라"
> ᄒ고 슌풍(順風)의 비롤 두로혀 졍히 힝ᄒ려 ᄒ더니(한자, 띄어쓰기 필자.
> 이하 같음)[9]
>
> 그 녀ᄌ들이 단슌(丹脣)을 열고 옥슈(玉手)를 드러니야 손벽 쳐 낭연대
> 쇼(朗然大笑) 왈 "우리 드르니 듕국 사롬의 ᄆ음이 젹고 의심(疑心)이 만타
> ᄒ더니 과연 올토다"[10]

김진세는 앞의 인용문에 나오는 '동방예의지국'이라는 용어에 주목하
였다.[11] 조선에서 '동방예의지국'으로 자처하였다는 것이다. 그러나 필자
는 하나의 어휘보다는 중국 주인공이 우리나라, 즉 조선을 극찬하는 내

---

9) 〈태원지〉 권1, 25~26쪽. 본고는 낙선재본을 대상으로 하였으나, 이해의 편의를 돕기
   위하여 인용문의 경우, 임치균이 교주한『(조선왕실의 소설 2) 교주본 태원지』, 한국학
   중앙연구원, 2010의 쪽수를 밝히도록 하겠다. 이하 같다.
10) 〈태원지〉 권1, 68쪽.
11) 김진세, 앞의 논문, 14쪽.

용이라는 점에 더 주목할 필요가 있다고 생각한다. 작품 속에서 조선은 착한 나라로, 천자를 꿈꾸는 사람이 의지하고 때를 기다리는 적절한 공간으로 설정되어 있다. 조선을 극찬하는 내용은 〈유이양문록〉에도 나온다.

> 탑이 공즈(公子)롤 당부(當付)ᄒ여 니별(離別)ᄒ고 도라가다 갈셕(碣石) 동녁희 ᄒ 나라히 잇시니 뫼히 놉고 물이 말근 고(故)로 일홈을 <u>고려국(高麗國)</u>이라 ᄒ고 문장(文章)이 빗나니 녜악(禮樂)이 가즌 고(故)로 <u>쇼듕화(小中華)</u>라 일컷ᄂ지라 진시황(秦始皇)의 블ᄉ약(不死藥) 구(救)ᄒ던 삼신산(三神山)이 그 ᄯ희 잇시니 벽히(碧海) 우희 ᄒ 뫼히 잇시니 일홈이 여ᄉ시라 갈온 봉ᄂ(蓬萊)오 금강(金剛)이오 기골(皆骨)이오 풍악(楓嶽)이오 년반(涅槃)이오 기단니니 봉ᄂ(蓬萊)라 ᄒ문 삼가노등 졔일(第一)이오 기골(皆骨)이라 ᄒ문 봉만(峰巒)이 옥(玉)잣트미오 금강(金剛)이라 ᄒ문 쳔봉(千峰)이오 풍악(楓嶽)은 반다시 만산단풍(滿山丹楓)이오 반년[涅槃]은 반야(般若)와 암뎡(暗定)이라 블명(佛名) 니소건이 니로되바다흘 년(連)ᄒ여 구롬과 샌혀난 삼구츄귀라 ᄒ고 블경(佛經)의 왈 ᄒ즁팔금강(海中八金剛)이라 ᄒ나히 몬져 소소나리니 긔특(奇特)ᄒ 일홈이 텬하(天下)의 들니여 동국12) 사롬이 글을 지으되 원컨더 고려국(高麗國)의 ᄒ 번 금강산(金剛山)을 보아지라 ᄒ니 듕국(中國) 스람이 늙기의 니르도록 보지 못ᄒᄂ 지(者) 만흔지라 금강산 풍경(風景)을 듯ᄂ 지 (者) 댱탄(長歎)ᄒ고 쳐연초챵(悽然悄愴)ᄒ여 남이(男兒) 되물 붓그려 ᄒ노라 ᄒ더라13)

〈유이양문록〉은 우리나라 소설이다. 따라서 우리나라를 찬양하는 것이 자연스럽다. 그러나 중국 소설로 취급되고 있는 〈태원지〉에서 대업

---

12) 듕국(中國)의 오기인 듯.
13) 〈유이양문록〉 권26, 20b~21a. 〈태원지〉를 제외한 다른 작품들의 쪽수는 한지를 반으로 접어 장정한 것을 풀어 펼쳤을 때 중앙 접힌 부분 기준 오른쪽 면을 a로, 왼쪽 면을 b로 표시하였다. 이하 같다.

에 뜻을 둔 중국 사람이 조선의 예악 문물을 찬양하며 조선을 목적지로 하고 있는 것은 예사롭게 볼 일이 아니다. 과연 중국 소설에서, 또는 중국 작가가 조선에 대하여 이렇게 긍정적인 평가를 할 것인지 의문이다. 특히 조선 후기 여러 번역 소설 가운데에서도 조선을 의도적으로 찬양하는 서술을 발견할 수 없다는 점에서, 〈태원지〉의 조선 찬양이 번역 가운데에서 이루어진 것으로 보기는 어렵다. 요컨대, 우리나라 소설에서 우리를 좋게 평가하였다고 보는 것이 자연스럽다. 더욱이 〈유이양문록〉에서의 금강산은 주인공인 이연기가 10년의 곤액을 피하여 들어온 것이다. 〈태원지〉의 주인공이 피화하기 위하여 조선을 택하려고 하는 것과 같은 맥락이다.

또한 두 번째 인용문은 김진세의 지적처럼[14], 중국 사람들에 대한 부정적 인식의 일단을 보여주고 있다. 여기서 주목되는 것은 중국 사람이 대상화되고 있다는 점이다. 즉 중국과는 전혀 다른 곳에 있는 사람이 중국 사람을 평가하고 있는 것이다. 더욱이 이러한 평가가 작품의 주인공인 임성 일행에게 내려진 것이라는 점이 중요하다. 이는 긍정적 인물, 부정적 인물에 대한 고려 없이 중국인들에 대하여 일반적으로 가지고 있었던 의식의 표출이라고 볼 수밖에 없다. 중국 사람들을 이렇게 평가한 것은 사실 우리나라 사람이다. 중국 사람들이 마음이 좁고 의심이 많다는 것은 사실 우리나라 사람들이 중국인들에게 가지고 있었던 인식이라고 할 수 있다. 중국 사람들이 스스로를 주관적으로 이렇게 인식하였을 리가 없기 때문에, 이 서술은 중국 작가가 하였다고 하기 어렵다. 또한 번역 작품이라면, 번역자가 긍정적인 작품 주인공의 평가에서 굳이 이러한

---

14) 김진세, 위의 논문, 15쪽.

서술을 임의로 넣었다고 보는 것도 어색하다. 결국 우리나라 작가가 우리들에게 널리 인식되고 있던 중국인에 대한 평가를 자연스럽게 넣은 것으로 보는 것이 타당하다.

마지막으로, 필자가 〈태원지〉를 우리나라 소설로 보는 핵심 근거는 〈태원지〉가 〈동몽선습(童蒙先習)〉의 내용을 거의 그대로 수용하고 있다는 사실이다.

〈태원지〉에서 임성 일행은 바다 가운데에서 요괴들에게 고난을 겪다가 태원의 서안국에 도착하여 도사 평기를 만난다. 그런데 임성 일행은 태원에 대하여, 평기는 중원에 대하여 전혀 모른다.

> 도시 냥구(良久)히 싱각다가 왈 "그디 등이 날을 속이는도다 텬하의 강동(江東) 금능이 이시믈 듯지 못ᄒ여시니 ᄯ또 엇지 젹벽강이 이시리오 뜻ᄒ건디 공등(公等)이 ᄯ오흔 슈적으로서 사롬을 속여 요망(妖妄)흔 말을 ᄒ는다" (…중략…) 미븍(임성의 모사인종황의 자, 필자 주)이 대경(大驚) 왈 "일죽 셔안국을 듯지 못ᄒ여시니 이는 반드시 듕원(中原) ᄯ히 아니오 희듕 각별 고이흔 ᄯ히로다" 듕쟝이 경동(驚動)치 아니 리 업더니 도시 놀나 왈 "고이ᄒ다 우리 텬하의ᄂᆞᆫ 다만 태원(太原)이라 아라시니 엇지 ᄯ또다시 듕원이잇는 줄 알니오" 미븍이 경문(驚問) 왈 "태원이란 말이 더욱 심히 고이ᄒ니 원컨디 ᄌ시닐너 나의 의심을 결(決)케 ᄒ라"[15]

각자의 공간에 대하여 잘 모르던 이들은 서로에게 각 나라의 역사를 알려달라고 한다. 이에 미백이 먼저 중국의 태고 적부터 역사에 대하여 설명한다.

> 미븍 왈 "대개 텬디(天地) 처음으로 열니며 음양(陰陽)이 비로소 분(分)

---

15) 〈태원지〉 권2, 120~121쪽..

ᄒ야 셩인이 웃듬으로 나샤 하늘을 니어 법을 셰우시니 텬황시(天皇氏) 디황시(地皇氏) 인황시(人皇氏) 유소시(有巢氏) 슈인시(燧人氏)는 태고(太古) 적이라 셔계(書契) 이젼은 가히 샹고(相考)치못ᄒᆞᆯ 거시오 복희시(伏羲氏) 쪄의 니ᄅᆞ러 비로소 팔괘(八卦)롤 그으고 셔계(書契)롤 무어결승(結繩)ᄒ던 졍ᄉ(政事)롤 더(代)ᄒᆞ고 신농시(神農氏)는 ᄶᅡᅞᆞᆯ 보아 즘기롤 민ᄃᆞ라 녀롭지롤 ᄀᆞᄅ치고 의약(醫藥)을 민ᄃᆞ라 ᄉ생(死生)을 건져너고 황뎨(黃帝) 헌원시(軒轅氏)는 간과(干戈)롤 민돌며 쥬거(舟車)롤 민돌고 칙녁(冊曆)과 산수(算數)롤 지으며 음뉼(音律)을민ᄃᆞ니 이는 삼황(三皇)이라 지극(至極)ᄒᆞᆫ 덕이 셰샹의 덥혀 히음업시 다ᄉ리고 쇼호(少昊) 금텬시(金天氏)와 뎐욱(顓頊) 고양시(高陽氏)와 뎨곡(帝嚳) 고신시(高辛氏)와 뎨요(帝堯) 도당시(陶唐氏)와 뎨순(帝舜) 유우시(有虞氏)는 이 오뎨(五帝)오 고요(皐陶) 직셜(稷契)이 요순(堯舜)을 도으니 요순지치(堯舜之治) 빅뎌(百代)의 웃듬이오[16]

그런데 이는 『동몽선습(童蒙先習)』을 거의 그대로 번역한 것이다. 『동몽선습』의 원문을 보이면 다음과 같다.

> 蓋自太極肇判 陰陽始分 五行相生 先有理氣 人物之生 林林總總 於是 聖人首出 繼天立極 天皇氏 地皇氏 人皇氏 有巢氏 燧人氏 是爲太古 在書契以前 不可考 伏羲氏 始畫八卦 造書契 以代結繩之政 神農氏 作耒耜 制醫藥 黃帝氏 用干戈 作舟車 造曆算 制音律 是爲三皇 至德之治 無爲而治 少昊 顓頊 帝嚳 帝堯 帝舜 是爲五帝 皐夔 稷契 佐堯舜而堯舜之治 卓冠百王[17]

〈태원지〉에서는 원문의 밑줄 친 부분은 번역되지 않았고, 보충 설명이 될 만한 부분이 첨가되기는 하였지만, 전반적으로 같다고 할 수 있다. 번역하지 않은 부분은 역사와 그다지 관련이 없는 서술이라는 점이 특징

---

16) 〈태원지〉 권2, 123~124쪽.
17) 한국학중앙연구원 소장본 〈동몽선습(童蒙先習)〉. 마이크로 필름으로 여러 본을 검토하였는데, 내용은 거의 차이가 없었다.

적이다. 그리고 보충된 부분은 자세한 설명이 이루어지고 있다. 한글본 독자를 위한 작가의 배려라고 생각한다. 이 이후로도 역사의 서술은 원나라가 송나라를 멸망시킨 데까지 계속되는데, 그 양상은 거의 직역에 가깝다.

> 호원(胡元)이 송을 멸(滅)ᄒ고 텬하롤 통일(統一)ᄒ니 이뎍(夷狄)의 셩(盛)ᄒ미 이ᄀ티업ᄂᆞᆫ지라[18]

> 胡元 滅宋 混一區宇 綿歷百年 夷狄之盛 未有若此者也[19]

<동몽선습>에서는 이후 명(明)나라의 건국으로 이어진다. 그러나 <태원지>의 배경은 원말(元末)이다. 아직 원나라가 멸망한 시점이 아닌 것이다. 이런 이유로 <태원지>의 작가는 의도적으로 밑줄 친 부분을 해석하지 않은 것으로 보인다. 그리고는 명나라 부분은 빼고 총결 부분을 다시 옮기고 있다.

> 삼뎌(三代) 이젼(以前)의ᄂᆞᆫ 셩뎨명왕(聖帝明王)과 현샹냥신(賢相良臣)이 <u>서로 돕ᄂᆞᆫ 고로</u> 다스리ᄂᆞᆫ ᄡᅢᄂᆞᆫ 만코 어즈럽ᄂᆞᆫ ᄡᅢᄂᆞᆫ 젹더니 삼뎌 이후(以後)의ᄂᆞᆫ 용군암쥬(庸君暗主)와 난신젹지(亂臣賊子) 서로 텬하롤 어즈러이ᄂᆞᆫ <u>고로</u> 어즈러오미 만코 다스리미 젹으니 흥망(興亡)ᄒᆞᆫ 바ᄂᆞᆫ 다 도적이 이시며 업ᄉᆞ미 둘녓ᄂᆞᆫ지라[20]

> 三代以前 聖帝明王 賢相良佐 相與<u>講明之故</u> 治日 常多 亂日 常少 三代以後 庸君暗主 亂臣賊子 相與<u>敗壞之故</u> 亂日 常多하고 治日 常少 其所以世之治亂安

---

18) <태원지> 권2, 129쪽.
19) <동몽선습(童蒙先習)>.
20) <태원지> 권2. 129쪽.

危 國之興廢存亡 皆由於人倫之明不明如耳[21]

여기에서도 작품과 원문에서 약간의 차이가 보인다. 이러한 차이를 보이는 이유는 〈동몽선습〉이 인륜을 가르치려는 교육적 목적의 책인 반면에, 〈태원지〉는 일단은 오랑캐에 의한 중원 지배의 문제를 중심으로 하는 작품인 것에 기인한 것이다. 하지만, 전체적으로는 두 부분이 거의 동일하다는 것은 쉽게 수긍할 수 있을 것이다.

이처럼 〈태원지〉에서 〈동몽선습〉의 것을 거의 그대로 번역한 중국 역사 서술은 약 7쪽 정도의 분량으로 되어 있다. 이러한 역사 서술이 반드시 〈동몽선습〉에서만 찾을 수 있는지 의문이 들 수 있다. 그렇지 않을 가능성도 있을 수 있다. 하지만, 필자가 한국고전번역원(www.itkc.or.kr)의 많은 자료와 사고전서(四庫全書)를 검색해본 결과 〈동몽선습〉의 것과 같은 서술은 찾을 수 없었다.

조선시대 〈동몽선습〉은 왕세자의 교육서로 활용되었다. 특히 영조는 왕세자와 원손에게 〈동몽선습〉을 강(講)하고 외우게 하였다.[22] 왕실에서 향유한 낙선재본 소설 〈태원지〉에 이러한 〈동몽선습〉의 내용이 들어가 있는 것은 우연한 일이 아니라고 본다. 소설을 읽으면서 이루어지는 교육, 또는 교양의 제고라는 목적의식에 의하여 이루어진 것이다. 당시 낙선재본 소설을 위시한 대장편소설에서 이러한 경향은 쉽게 찾을 수 있다.[23]

---

21) 〈동몽선습(童蒙先習)〉.
22) 〈조선왕조실록(朝鮮王朝實錄)〉 영조(英祖) 16년 경신(庚申) 10월 정사(丁巳), 33년 정축(丁丑) 12월 병술(丙戌).
23) 〈유이양문록〉, 〈명행정의록〉 같은 작품을 그 예로 들 수 있다. 〈유이양문록〉에서는 금강산 기행문뿐만 아니라 중국 강남 지방을 유람하는 내용이 나오고 있다. 또한 〈명행정의록〉에서는 다양한 한시와 지리서가 수용되고 있다(서정민, 「〈명행정의록〉 연

이러한 여러 근거를 바탕으로 할 때, 필자는 〈태원지〉를 우리나라 소설로 보는 것이 타당하리라고 생각한다.

3. 〈태원지〉의 몇 가지 특징

(1) 탐험과 건국의 조합

〈태원지〉의 주인공은 천명을 받은 임성이다. 임성과, 그를 따르는 호걸들은 모두 중원이 오랑캐, 즉 원나라의 지배에 든 것을 한탄하며 오랑캐를 내치고 새로운 나라를 건국하는 데 뜻을 같이 한다. 여기서 이 작품이 건국을 중심 소재로 할 것임을 암시한다. 그러나 원나라 조정이 미리 알고 이들을 제거하기로 함으로써 이들은 위험을 피하여 조선을 찾아 바다로 나선다. 그러나 예기치 않은 바람으로 인하여 이들은 알지도 못하는 엉뚱한 공간으로 향하게 된다. 이로써 건국에 앞선 이들의 해양 탐험이 시작된다.

> 믄득 대풍(大風)이 니러나니 듕인(衆人)이 닐오디 "아등이 다 슈로(水路)의는 싱소(生疎)ᄒ거눌 이제 대ᄒᆡ(大海) 듕의셔 ᄇ람을 만나니 이 무슴 징죈(徵兆)고" 미빅이 스미 안흐로셔 ᄒᆞᆫ 괘(卦)롤 엇고 대경(大驚) 왈 "이 ᄀ장 불길ᄒ도다 반드시 대풍을 만나 무변대ᄒᆡ(無邊大海)의 표박(漂迫)홀 징죄라" ᄒ고 급히 비롤 옴겨 편ᄒᆞᆫ 언덕의 미고져 ᄒᆞ더니 이윽고급ᄒᆞᆫ ᄇ람이 물 가온디로 조차 니러나 물결이 하눌의 다핫고 젹은 비 업더졌다가 다시 니러나기롤 여러번 ᄒ니 쥬듕졔인(舟中諸人)이 다 정신이 업서 비젼

구」, 서울대학교 박사학위논문, 2006).

을 붓들고 업디엿더니 돗대 썩거지고 닷줄이 끈혀져 비 ᄇ람의 불니여
ᄃ기롤 ᄒ 나모닙 ᄀᆺ치 ᄒ니 슌식(瞬息)의 쳔니(千里)롤 갓ᄂᆫ지라24)

바람이 멈추자 이들은 절도(絕島)를 발견하고 그 섬에 상륙을 하지만,
그곳에서 웅천장군이라는 이물(異物)을 만난다.

이ᄂᆫ 히젹의 웃듬 괴슈(魁首)되 이리로셔 일쳔스빅 니롤 가면 ᄒ 셤이
이시니 쥬회(周廻) 빅 니오 일홈은 영되라 그 가온디 한 뫼히 이시니 호왈
(號曰) 신혈(神穴)이라 ᄃ르니 복희시(伏羲氏) 쎠의 한 사롬이 그 가온디로
셔 나오니 신댱(身長)이 일댱(一丈) 오쳑(五尺)이오 쇠몸의 구리머리며 눈
이 금빗ᄀᆺ고 니 옥ᄀᆺ투니 물의 드러도 썬지지 아니 ᄒ고 불의 드러도 타
지 아니 ᄒ며 금슈(禽獸)도 능히 해치 못ᄒᄂᆫ지라 스스로 웅텬대쟝군이라
ᄒ고 인(因)ᄒ야 여긔 이셔 죽지 아냐시니 만일 표풍(漂風)ᄒ야 드러오ᄂᆫ
사롬이 이시면 힝쟝(行裝)을 아스 냥지(糧財)롤 ᄒ고 그 사롬은 겁박(劫迫)
ᄒ야 제 소졸(小卒)을 삼ᄂᆞ니 그용녁(勇力)과 신위(神威)롤 감히 져당(抵當)
치 못홀지라 아등(我等)이 용녁이 잇고 무예(武藝)롤 슝샹(崇尙)ᄒ디 능히
햐슈(下手)치 못ᄒ야 저의게 항복(降伏)ᄒ엿ᄂᆞ이다" 님셩 왈 "텬하의 엇지
이런 이물(異物)이 이시리오"25)

이후 임성 일행은 고된 항해를 하다가 섬을 발견하고, 그 섬에 오르면
요괴를 만나는 일이 반복 된다. 그 내용을 요약하면 다음과 같다.

① 쥐가 변한 요괴를 고양이 부적으로 잡는다.
② 대망(大蟒)의 작변을 석황(石黃)으로 처리한다.
③ 원숭이의 작변을 술에 탄 독약으로 처리한다.
④ 아름다운 여인으로 변하여 유혹한 여우를 개가죽(후에 개가 됨)으로

---

24) 〈태원지〉 권1, 26~27쪽.
25) 〈태원지〉 권1, 31쪽.

　　물리친다.
　⑤ 거대한 지네를 닭으로 제압한다.
　⑥ 해중에서 옥새를 얻는데, 남해 용왕이 탐을 내다가 도망간다.
　⑦ 사람의 뼈로 된 해중 잡귀를 잡아 죽인다.
　⑧ 천리안, 순풍이라는 괴물을 죽인다.

　이러한 내용은 〈태원지〉 권2 4분의 3부분까지 이어진다. 여기에서
중요한 모티프는 표해(漂海)이다. 이 표해는 작중 인물의 의지와 상관없이
이루어진다. 이들이 육지를 향하여 바른 방향을 잡을 때면 어김없이 바
람이 불어와 훼방한다. 그리하여 그들은 다시 망망대해로 나가게 되고
시련을 겪게 된다. 사실 표해는 우리의 문학 전통에서 쉽게 찾아볼 수 있
다. 〈최척전〉에서 그 일단을 볼 수 있고, 최부나 장한철 등이 지은 〈표
해록〉과 같은 기행문도 적지 않게 전하고 있다.[26] 이는 삼면이 바다인
우리나라의 지리적 여건에서 연유한다. 이들 표해록은 모두 목적을 가지
고 뭍을 출발하지만 뜻하지 않은 바람으로 표류하고 원래 살던 곳이 아
닌, 다른 뭍에 도착하여 그곳을 거쳐 돌아오는 것으로 되어 있다. 〈태원
지〉 역시 조선을 찾아 출발하지만 뜻하지 않은 바람으로 표류하다가 태
원이라는 뭍에 도착하여 그곳을 정복한다. 거쳐 돌아오는 표해록의 내용
을 그곳에 터를 잡고 자손이 대대로 유전하는 것으로 바꾼 것이다.

　〈태원지〉에서의 표해는 건국을 위한 예비 고난의 성격을 띠고 있다.
또한 건국을 위한 천명과 능력 검증 과정이라고도 할 수 있다. 일종의 통
과의례이다. 이들이 요괴와 싸울 때는 신술(神術)을 이용하기도 하고, 군
사(軍士)를 움직이기도 한다. 일종의 전쟁 수행 능력을 쌓는 것이다. 그리

---

26) 최래옥, 「漂海錄 研究」, 『比較民俗學』 10, 비교민속학회, 1993.

고 이러한 능력은 이 이후 임성 일행은 육지에 있는 태원국(太原國)에 도착하여 건국을 위한 정복 전쟁에서 다시 입증된다.

태원이 텬하(天下) 듕퇴(中土)라 다숫 나라히 각각 분(分)ㅎ여시니 듕앙(中央)은 토국(土國)이니 국왕(國王)의 셩명은 토평쟝이오 동방(東方)은 목국(木國)이니 국왕의 셩명은 목무신이오 셔방(西方)은 금국(金國)이니 국왕의 셩명은 금요치오 남방(南方)은 화국(火國)이니 국왕의 셩명은 화명승이오 북방(北方)은 슈국(水國)이니 국왕의 셩명은 슈망궁이니 혼나라히 다숫 진방이 잇고 혼 진방의 각각 일빅 쥐 잇고 혼 쥐의 각각 일빅 군현이 이시니디방이 각각 수만여 리라 오국(五國)을 합ㅎ야 니롤진디 십만여 리니라[27]

오국의 위치는 모두 오행설에 따르고 있음을 알 수 있다.[28] 이후 임성이 다섯 나라를 통일하는데, 그 일차 근거는 작품 첫머리에서부터 언급된 천명이다. 이들은 여기에서 비로소 임성이 받은 천명이 중국이 아니라 태원국을 가리킨다는 사실을 알게 된다.

달귀(韃寇) 듕화(中華)롤 더러이믈 통훈(痛恨)ㅎ야 대의(大義)롤 텬하의 펴고져 ㅎ야 쥬공으로 더브러 혼가지로 ㄱ마니 대스롤 도모ㅎ더니 우러러 건샹(乾象)을 보니 원됴(元朝)뎨셩(帝星)이 오히려 빗치 이셔 운쉬(運數)진(盡)치 아냣는지라 우리 응훈 긔운은 동방 (東方)의 잇고 듕국(中國)의 잇지 아니니 그 연고롤 몰나 감히 망녕도이 움죽이지 못ㅎ더니 엇지 여긔 니룰 줄 뜻ㅎ여시리오 하늘이 명(命)ㅎ신 배오 인력(人力)이 아니로다[29]

---

27) <태원지> 권2, 121~122쪽.
28) <남정팔난기>에서도 오행의 원리에 따라 황극 등의 인물이 구성되고 있는 것(조희경, 「<남정팔난기> 연구」, 서울대학교 석사학위논문, 1998)으로 미루어 볼 때, 조선 후기 소설에 있어서 이러한 설정은 하나의 유행이었을 수도 있다고 생각한다. 오행의 원리 적용과 앞에서 말한 표해의 전통 역시 <태원지>가 우리나라 소설이라는 점을 뒷받침해 준다.

그리고 또 다른 근거는 다섯 나라에서 유행하였던 참요(讖謠)이다.

> 쏘 삼년 젼의 동요(童謠) 이셔 오국의셔 서로 브르니 왈 '다숫 별이 빗
> 출 합ᄒᆞ미여 응(應)ᄒᆞ미 셔방(西方)의 잇도다 두 남기 곱 셔미여 큰 집을
> 일우도다 빅셩이 평안하기롤 싱각ᄒᆞ미여 덕지의게 돌녓다' ᄒᆞ더라 사롭
> 이 그 뜻을 아지 못ᄒᆞ더니 이제야 ᄭᆡ드ᄅᆞ니 두 남기 곱 셔단 말은 수플
> 님ᄌᆞ(林字)오 집을 일우리란 말은 쥬공이 일홈이 일울 셩지(成字)니 쥬공
> 이 반드시 대업(大業)을 셰울 뜻이오 다숫 별이 합ᄒᆞ단 말은 다숫 나라흘
> 혼일(混一)ᄒᆞ리란 말이오 응ᄒᆞ미 셔방의 잇다 ᄒᆞᆷ은 쥬공이 셔흐로브터 오
> 리란 말이오 빅셩이 평안ᄒᆞᆷ믈 싱각ᄒᆞ미 오직 덕지의게 돌녓다 ᄒᆞᆷ은 쥬공
> 의 ᄌᆞ(字)이 덕지니 빅셩이 쥬공의 덕을 닙어 기리 안락(安樂)ᄒᆞ리란 말이
> 니 다시 무숨 의논이 이시리오[30]

이로써 임성의 정벌은 정당성을 얻게 된다. 통일 과정은 우선 임성의
나라를 세우는 데에서 시작한다. 이는 금국의 속국인 서안국을 정벌하여
대흥국으로 이름을 고치는 것으로 이룩한다. 통일을 위한 기반을 확보한
것이다. 그리고는 오국 가운데 먼저 금국과 통일을 위한 치열한 전쟁을
벌인다. 통일을 시작하는 전쟁인 것이다.

<태원지>에서는 이 두 나라와의 전쟁은 세밀하게 묘사하고 있지만,
다른 나라들은 모두 투항하는 것으로 간단하게 처리하고 있다. 한 전쟁
은 통일의 기반을 위한 것이기에 다루지 않을 수 없었을 것이고, 또 다른
전쟁은 통일을 시작하는 것이기에 중요하게 취급할 수밖에 없었을 것이
다. 그러나 그 다음의 나라와의 전쟁을 묘사한다면 역시 유사함에서 벗
어나기가 쉽지 않았을 것이기에 '투항'이라는 간단한 방식을 택한 것으

---

29) <태원지> 권2, 132쪽.
30) <태원지> 권2, 131~132쪽..

로 볼 수 있다. 물론 작가는 그 와중에도 '투항'을 반대하는 그 나라의
충신의 모습을 보여주어 독자로 하여금 숙연한 마음을 가지게 하는 변화
를 보여주기도 한다.

이처럼, 〈태원지〉는 탐험과 건국이 조합되어 있는 작품이다. 여기서
주목할 것은 건국이다. 천명을 받은 임성이 오랑캐가 다스리는 중국에서
나라를 세우지 못하고 다른 공간에서 나라를 세웠다는 것은 예사롭게 보
아 넘길 것이 아니다. 이에 대하여서는 다음 항에서 상술하겠다.

그런데, 〈태원지〉에서 전쟁을 묘사할 때, 작가는 항상 〈삼국지연의〉
를 염두에 두고 있음을 확인할 수 있다.

> 미빅이 조정ᄃ려 왈 "이제 셔강 진세(陣勢)롤 보니 젹벽대젼(赤壁大戰)
> ᄒ던 디와 방블(彷佛)ᄒ니 계교롤 엇지 ᄒ리오" 조정이 디왈(對曰) "승상
> 이 임의 그 형셰(形勢)롤 아라시니 엇지 댱샹의 흔 ᄌ(字)롤 쓰지 아니시ᄂ
> 뇨" 미빅이 쇼왈(笑曰) "댱샹 일ᄌ롤 쓰려ᄒ죽반ᄃ시 황개(黃蓋)롤 어든 후
> 홀작실가" 조정 왈 "만일 황개 감틱(甘澤) 곳 아니면 어려울가 하ᄂ이다"
> 미빅 대쇼(大笑) 왈 "이ᄂ 황개 감틱을 쓰지 아니코 스스로 병을 뭇지롤
> 모칙이 이시리라" ᄒ고 이튼날 미빅이 댱샹의 놉히 안고 구승 악니길을
> 블너 분부 왈 "너일반ᄃ시 누론 안개 ᄂ리덥혀 사롬이 샹디(相對)ᄒ여도
> 놋찰 아지 못ᄒ리니 너희 등이 각각일만 군식 거ᄂ려 ᄀ마니 강을 건너
> 됴틈의 냥초(糧草) 밧흔 곳의 드러가 너일 이경(二更)후 됴틈의 슈채(水寨)
> 가온디 블 니러나ᄂ 양(樣)을 보고 냥초의 블을 노코 인ᄒ야 됴틈의뭇진
> 을 향(向)ᄒ야 ᄂ려오라"31)

이는 금국의 명장 조충과의 전투에서, 미백이 화공(火攻)으로 초충의 군
사를 궤멸하려는 계교를 이르는 장면이다. 〈삼국지연의〉에 나오는 황개

---

31) 〈태원지〉 권3, 184~185쪽.

의 거짓 항복을 이야기하면서, 그렇게 할 수 없다는 식의 서술은 역으로 작가가 〈삼국지연의〉를 의식하고 있음을 보여주는 것이다. 실제로 후에 작가는 미백의 입을 통하여 형세가 오위(吳魏)와 달라 사항계(詐降計)를 쓰지 않았음을 밝히고 있다. 그러나 이러한 변개에도 불구하고, 동남풍은 아니지만 양초(糧草)에 불을 붙여 화공(火攻)을 한다는 점과 이후에 조충이 도망치는 모습이, 가는 곳마다 병사를 만나며 병력을 잃는 〈삼국지연의〉에서 조조의 모습과 방불하다는 점에서 〈삼국지연의〉의 영향은 부정할 수 없다. 이러한 장면은 서안국의 장군 진원현의 패주에서도 볼 수 있다.

작가가 〈삼국지연의〉의 영향 속에 있다는 것은 금국의 장군 안정국과의 전쟁 속에서도 찾을 수 있다.

그디 본부병을 거느려 화약 슐위 이십여 량(輛)을 모라 어즈러이 셩으로 가 몬져 인민을 호쥐로 옴긴 후 공명(孔明)의 호로곡(葫蘆谷) 반샤곡(盤蛇谷) 도적(盜賊) 파ᄒ던 일을 의거(依據)ᄒ야 셩듕과 곡듕(谷中) 싸흘 포고 화약과 뉴황(硫黃)을 그 가온디 뭇고 그 스이의 열 ᄌ식 대통(大筒)을 년(連)ᄒ야 블이 년ᄒ게 ᄒ고 셩외(城外)의 미복ᄒ엿다가 포셩을 응ᄒ야 블을 노흔 즉 이는 웃듬 공이라 내 본디 그디 듕의(忠義)롤 아는 고로 이 듕임을 맛지ᄂ니 만일 사롬의게 누셜(漏泄)ᄒ즉 결단코 군녕(軍令)을 힝ᄒ리니 졔쟝은 삼가고삼갈지어다"[32]

이렇게 볼 때, 〈태원지〉는 어느 정도 〈삼국지연의〉의 영향 속에서 이루어진 작품임이 분명하다.[33]

---

[32] 〈태원지〉 권4, 220쪽.
[33] '탐험' 부분은 〈서유기〉의 영향도 고려해 볼 수 있을 것으로 생각한다. 그러나 〈삼국지연의〉의 경우처럼 확실하게 드러난 것이 없다.

(2) 오랑캐에 대한 인식

〈태원지〉의 시공은 원나라 말 지정(至正) 을축(乙丑)이다. 지정은 중국 원(元) 나라 마지막 왕인 순제(順帝) 때의 연호(1341~1370)인데, 이 때의 을 축이면 1325년이 되어 시간상 맞지 않는다. 그런데 한문본에는 지정 을 유(乙酉)로 되어 있다. 을유는 1345년으로 무리가 없다.[34]

〈태원지〉에서 주목할 것은 천명(天命)이다. 천명을 받은 사람은 나라 를 건국하게 마련이다. 더욱이 오랑캐인 원이 다스리는 중원에 천명을 받은 사람이 태어났다면, 그것은 오랑캐의 멸망을 예견하게 한다. 그러나 무슨 일인지 작품 속에서는 그것이 쉽지 않다는 것을 자주 드러낸다.

우선 만득자로 태어난 임성은 건국주(建國主)들과 견줄 만한 인물로 설 정되지만, 부모는 오히려 그러한 모습을 조정이 알까 두려워한다.

> 십오 셰의 밋쳐는 쾌히 헌앙혼 대댱뷔(大丈夫) 되니 신댱(身長)이 팔 쳑이 오 거룸이 종횡호보(縱橫虎步)며 얼굴은 한고조(漢高祖)의 긔상(氣像)이며 당 태종(唐太宗)의 드리오 송태종(宋太宗)의 허리니 눈섭은 강산(江山)의 쌘혀나 고 흉듕(胸中)의 경텬위디(經天緯地)홀직좌 잇논지라 사룸이 혼번 보미 경동 (驚動)치 아니 리 업ᄉ니 진실노 영웅(英雄)이러라 그 부친이 비록 깃거호나 됴뎡(朝廷)이 알가 두려 감히 가ᄇᆞ야이 문밧긔 너여보ᄂᆞ지 못ᄒᆞ더니[35]

새로운 영웅이 태어났으나 조정, 즉 기존 세력의 눈치를 보는 것은 영

---

34) 만약 〈태원지〉를 한글로 번역할 때, 의도적으로 시간을 을축(乙丑)으로 바꾸었다면, 이는 애초부터 〈태원지〉가 허구임을 분명히 하려고 한 것이 아닐까 한다. 또한 을축 은 한글로 번역할 때와 관련된 간지일 가능성도 배제할 수 없다. 그렇게 보면 을축은 1745년, 1805년, 1865년 가운데 하나이다. 국어학적으로는 〈태원지〉가 18세기 말이 나 19세기 초의 형태를 띤다는 각주 1)의 설명과 부합하기도 한다.

35) 〈태원지〉 권1, 15쪽.

웅이 아직 힘을 얻지 못한 관계이기 때문에 이해할 수 있다. 그러나 문제
는 세를 결집한 이후이다. 임성이 천명을 받은 것을 안 임승, 종황, 조정,
하승 등 일군의 호걸들은 중원이 오랑캐의 수중에 있는 것을 안타까워하
면서 중원 회복을 위하여 뜻을 함께 한다. 철 상인인 양관을 맞이하여 군
사 작전을 위한 경제적인 문제도 해결하였다. 세를 결집한 만큼 오랑캐
와의 전쟁도 아무 문제가 없어 보였다. 그러나 문제는 천명이다.

> 그러나 작야(昨夜)의 건상(乾象)을 우러러 슬픠니 졔셩(諸星)이 빗나고
> 다숫 별이 도수(度數)롤 일치 아니 ᄒ고 혜볼셩(彗孛星)이 나지 아냐시니
> 이ᄂ 텬명(天命)이 오히려 진 (盡)치 아냣ᄂ지라 가보야이 치지 못홀 거시
> 니 쟝군의 긔상(氣像)이 하늘이 닉신 셩쥬(聖主)니 실노 그 곡졀(曲切)을 아
> 지 못홀지라[36]

여기서 가리키는 장군은 임성이다. 임성이 하늘이 내신 성주이지만,
오랑캐의 천명도 다하지 않은 것이다. '오랑캐의 천명과 하늘이 내신 성
주'가 대립하고 있다. 하늘이 내신 성주가 나타났음에도 오랑캐의 천명
이 다하지 않았다는 사실에 이들은 당황한다. 결국, 천명이 다하지 않은
오랑캐의 군사가 이르고 이들은 피하게 된다.

> 시시(是時)의 망긔재(望氣者) 닐오디 동남(東南)의 왕재(王者) 긔운(氣運)
> 이 잇다 ᄒ고 됴뎡(朝廷)의셔 각쳐(各處)의 방(榜) 붓쳐 지부(知府) 지현(知
> 縣)으로 ᄒ여금 슬피라 ᄒ기롤 심히 ᄒ거늘 님셩의 부(父) 님위 심듕의 크
> 게 두려 ᄋ자(兒子)로 ᄒ여금 강듕(江中)의비롤 씌워 피화(避禍)ᄒ라 훈디
> 님셩이 종황 등 칠인으로 더브러 은신(隱身)홀시 이쩌ᄂ 갑진(甲辰) 츈삼
> 월(春三月)이라 이쩌 님셩의 나히 이십이니[37]

---

36) 〈태원지〉 권1, 19쪽.

왕이 될만한 인물이 탄생하고, 부모가 두려워하며, 조정에서 잡으려고 하는 내용에서는 쉽게 '아기장수 설화'가 떠오른다. 특히 김진세가 지적한 대로, 임성의 가문이 그리 특출하지도 않다는 점에서 더욱 그렇다. '아기장수 설화'에서와 달리 〈태원지〉에서는 주인공은 생존한다. 하지만 화를 피하기 위하여 중원을 떠난다는 것 역시 '기존 세력에 대한 패배'라고 본다면, 이 내용은 '아기장수 설화'를 염두에 둔 소설적 변용이라고 볼 수 있다.

앞에서 언급하였지만, 이들이 피하려고 한 곳은 '조선'이다. 그러나 그들은 조선에 가지 못하고 망망대해를 떠돌다가 태원에서 건국을 한다. 임성의 천명이 이루어진 것이다.

지금까지의 논의를 간단히 요약하면 다음과 같다.

① 오랑캐에 대한 반감이 있다.
② 오랑캐의 천명이 다하지 않았음을 인정한다.
③ 오랑캐이지만 천명이 다하지 않았기 때문에 대항할 수 없다.
④ 천명이 있는 오랑캐로 인하여 그 땅을 떠난다.
⑤ 자기의 천명이 서쪽, 즉 태원에 있음을 비로소 안다.
⑥ 나라를 개국한다.

필자가 주목하는 부분은 바로 오랑캐에 대한 반감과 천명이다. 물론 작품에서의 오랑캐는 원나라로 설정되어 있지만, 창작 시기를 고려할 때 실제로는 청나라를 가리키는 것이 분명하다. 이는 결국 청나라에 대한 반감인 것이다. 그렇지만 그들에게 천명이 아직 남아 있다고 하는 것은 청나라를 인정할 수밖에 없다는 것을 보여주는 것이다. 그렇기 때문에

---

37) 〈태원지〉 권1, 24쪽.

천명이 있는 오랑캐와 대결하지 못하고 떠나는 것이다.

결국, 〈태원지〉의 작가는 오랑캐에 대한 반감을 강조하는 듯하면서도 실질적으로는 그 존재를 인정해야 한다는 것을 분명히 하고 있는 것이다. 천명을 받은 임성이 결국 태원에서 나라를 세우는 것 역시 이러한 의식의 연장이다. 작품 속에서는 다음과 같은 작가의 생각을 도출할 수 있다.

> "천명을 받은 임성이 나라를 세우는 것은 당연하다. 그러나 그 천명은 주어진 공간이 있다. 임성이 중원을 떠난 것은 그의 천명이 중원에 있지 않기 때문이다. 중원을 지배하고 있는 오랑캐에게 여전히 천명이 남아 있다. 임성의 천명은 태원에 있고, 그 결과 태원에 나라를 세울 수 있었던 것이다."

임성이 받은 천명이 이곳(현재 있는 땅)이 아닌 저곳(태원)에 있다는 것은 결국 어느 땅이든지, 그리고 그 존재가 누구이든지 간에 그곳에 천명이 있어야만 나라를 세울 수 있다는 의식의 표출이다. 이는 역으로 오랑캐인 청나라가 현재 이곳에 존립하는 것 자체가 천명임을 증명하는 논리가 되고 있다.

이는 임성의 혈통에서도 감지된다. 임성의 부친 임우는 가난하고 입신양명하지 못한 사람이다.

> 님위 집이 빈궁(貧窮)ᄒ고 늣도록 ᄉ쇽(嗣續)이 업더니 일일은 그 쳐 뉴시로 더브러 우연 탄왈(歎曰) "대댱뷔 쳐셰(處世)ᄒ미 닙신양명(立身揚名)치 못ᄒ고 계후(繼後)ᄒᆯ ᄌ식(子息)이 업스니 아이의 셰샹(世上)의 나지 아님만 ᄀ지 못ᄒ도다"[38]

---

38) 〈태원지〉 권1, 13쪽.

이렇게 볼 때, 임성에게는 왕이 될 수 있는 여건이 마련되어 있지 않다. 오랑캐 역시 객관적으로 왕이 될 수 없다. 그런데, 임성이 왕이 되었고, 오랑캐도 왕이 되었다. 그리고 그렇게 된 이유는 바로 '천명'이다.

〈태원지〉에서 중국인 임성이 또 다른 공간인 태원에 들어가 그들의 혼란을 잠재우는 내용은 '공자가 바다에 떠서 구이(九夷)에 살았다면 중국의 법을 써서 구이를 변화시키고 중국의 도를 역외(域外)에 일으켰을 것'이라고 한 홍대용의 "역외춘추론(域外春秋論)"과도 통한다. 또한 홍대용은 중국 천자의 덕이 떨치지 못하고 오랑캐가 날로 흥하는 것은 인사(人事)의 감응(感應)이요, 천시(天時)의 필연(必然)이라고도 하였다.[39] 〈태원지〉에 드러난 의식과 다르지 않다. 이러한 의식은 북학파에서는 쉽게 읽을 수 있다.[40]

오랑캐에도 천명(天命)이 있다는 의식은 〈왕회전(王會傳)〉에서도 볼 수 있다. 이는 숭명배청(崇明排淸)의 의식 속에서 천명을 내세워 청나라를 인정하는 분위기에서 나온 것이다. 대체로 조선 후기에는 이와 같은 인식이 확산되고 있다.[41] 낙선재본 고전소설 가운데에는 이보다 더 심한 〈징세비태록〉(1권 1책)이라는 작품도 있다. 이 작품은 우리나라 소설로는 드물게 청나라를 배경으로 하면서, 안경과 그의 아들의 활약을 그리고 있다. 이 작품에서는 청나라가 태평한 나라임을 강조하면서 그 신하들의 충절을 기리는 한편 명나라 회복을 주도한 임상문(林爽文)을 반란자, 역적으로 취급하고 있다.

---

39) 이종주, 『북학파의 인식과 문학』, 태학사, 2001, 109~121쪽.

40) 이러한 의식 또한 〈태원지〉를 우리나라 소설로 볼 수 있는 근거가 될 수 있다.

41) 임치균, 「〈王會傳〉 연구」, 『藏書閣』 2, 장서각 1999 참고

승상(안경, 필자 주)이 갑쥬(甲胄)룰 갓초고 물게 올나 진젼(陣前)에 나셔며 웨여 왈 "무명반젹(無名叛賊)은 니 말을 드르라. 우리 텬지(天子) 셩신문무(聖神文武)ᄒ샤 덕홰(德化) 아니 밋친 곳이 업거늘 너희 무슴 연고(緣故)로 나라흘 비반ᄒ야 텬하룰 소요(騷擾)케ᄒ고 태ᄌ룰 죽여시니 그 죄 벅벅이 텬디간(天地間)에 용납지 못홀지라 니 비록 늙어시나너ᄀᆞᆺ혼 셔절구투(鼠竊狗偸)는 혼 븍에 업시 ᄒ리니 쌀니 나와 너 칼을 바드라"[42]

그리고 결국, 임상문은 안경의 첩인 남강월(南江月)에게 허무하게 죽임을 당한다.

상문이 고이히 너겨 이에 원문(轅門) 밧긔 나와 ᄉ면을 살펴 본죽 일개 쇼년(少年, 남강월, 필자 주)이 구롭 쇽으로셔조ᄎᆞ 나려오며 블너 왈 "님상문아 날을 모로는다?" ᄒ거늘상문이 더옥 경괴(驚怪)ᄒ야 우러러 보며 밋쳐 답지 못ᄒ여셔 혼 줄 무지게 일며 소리 징연(錚然)ᄒ는 곳에 상문의 머리 임의 ᄲᅡ회 ᄶᅥ러진지라[43]

명나라를 복원하려던 영웅이, 여인의 칼춤에 맥없이 죽는다는 설정은 청나라가 존재하는 현 상황에서의 명나라라는 존재는 그만큼 헛되고 보잘 것 없다는 것을 드러낸 것이라고 할 수 있다.

물론 〈징세비태록〉은 〈태원지〉보다는 훨씬 후대에 창작된 것으로 보인다. 하지만 이 작품이 왕실에서 향유될 수 있었던 데에는 〈태원지〉에서 보여준 이와 같은 의식이 단초가 되었을 것이다[44].

---

42) 〈징세비태록〉 20a.
43) 〈징세비태록〉 24a~24b.
44) 이와 함께 서쪽에 있다는 "태원"이라는 공간의 상정도 주목할 만하다. 이 때의 "태원"은 환상적인 공간이 아니라 사람들이 살고 있는 현실적 공간으로 존재하고 있다. 중국이 아닌 새로운 공간에 대한 인식은 결국 중국이 세계의 중심이 아니라 상대적인 공간일 뿐이라는 의식과 다르지 않다. 중국을 중심으로만 생각하였던 임성은 "태원"이

(3) 효 의식

이외에 이 작품에 나타나고 있는 효(孝) 의식도 주목할 만하다. 부모님을 모시고 행복한 삶을 사는 효 의식은 우리 소설에서 가장 두드러지게 나타나는 특징 가운데 하나이다. 임성은 탐험과 전쟁 속에서도 부모에 대한 그리움을 버리지 않는다.

> 쪼 나의 부뫼 날을 늣게야 어더 이듕(愛重)ᄒ미 비홀 더 업더니 이제 깁흔 짜히 다ᄃ라고향 소식이 묘연(杳然)ᄒ고 도라갈 긔약(期約)이 업ᄉ니 은졍(恩情)을 밧들고 감지(甘旨)롤 봉양(奉養)ᄒ믈 다시 눌을 미드리오 <u>부뫼 만일 나의 이러툿 표풍(漂風)ᄒ믈 아ᄅ시면 과도(過度)히 비샹(悲傷)ᄒ야 반ᄃ시 침식(寢食)을 젼폐(全廢)ᄒ고 망ᄌ산(望子山) 구룸이 쑤러지고 눈물이 마ᄅ지 아냐 ᄆ춤ᄂ 간장(肝腸)이 ᄊ쳐지시리니 엇지 쳔고(千古)의 불회(不孝) 아니리오</u> 인지(人子) 되야 봉양치 못ᄒ니 이 몸이 엇지 셰샹의 잇ᄂᆫ 본의(本意) 이시리오 출하리 디하인(地下人)이 되야 만ᄉ(萬事)롤 모르ᄂ니만 ᄀ지 못ᄒ니 엇지 슬프지아니리오45)

임성은 자신의 간고함보다는 부모님의 심사에 대하여 더 신경을 쓴다. 이와 같이 고난에 처하였을 때, 자신보다는 부모님이 염려하는 것을 더 걱정하며 불효라고 자처하는 것은 우리나라 소설에서 흔히 볼 수 있는 장면이다. 이러한 임성은 태원을 통일하여 황제가 된 후, 혼인을 주장하는 신하들에 대하여서도 "부뫼(父母) 먼니 계시니 엇지 감히 고(告)치 아니

라는 공간에 대하여 의문을 제기한다. 그래서 임성은 "태원"에 대하여 "엇지 텬하의 이러툿시 큰 짜히 이실 줄 알니오?"라고 한다. 그러나 마침내 "태원 말을 비로소 드ᄅ니 쇠훤ᄒ미 꿈이 처음으로 ᄭ덧ᄒ지라."라며 인정한다. 중국과 반대 되는 곳에 상대적인 공간이 있음을 지각하는 것이다. 이러한 상대적 공간 의식 역시 북학파의 사상과 일맥상통한다.

45) 〈태원지〉 권2, 87~88쪽.

코 스스로 취(娶)ᄒ리오"라고 한다. 이른바 "불고이취(不告而娶)"할 수 없다
는 것이다. 주지하다시피 "불고이취(不告而娶)" 역시 우리나라 소설에서 매
우 중요하게 다루고 있는 의식 가운데 하나이다.

　〈태원지〉의 주인공 임성은 후에 대홍국을 세워 결국 천자(天子)가 된
다. 천명에 따른 자기의 뜻을 이룬 것이다. 그러나 그는 부모님을 생각하
고 슬퍼한다.

> 　황뎨 잔을 잡고 눈물을 흘녀 군신ᄃ려 왈 "이제 졔공(諸公)의 힘을 닙
> 어 개업(開業)을 일워시미 귀ᄒ미 텬지(天子) 되고 부ᄒ미 ᄉ히(四海)롤 두
> 어시니 가히 다힝ᄒ거거와 부뫼오히려 텬애(天涯)의 곤고(困苦)ᄒ시미 심
> ᄒ고 소식도 듯지 못ᄒ연 지 임의 오년이라 비록텬ᄌ위(天子位)에 거(居)
> ᄒ나 엇지 즐거오미 이시리오 아지 못게라 졔공은 무슴 계교로뻐무ᄉ히
> 뫼셔올고" ᄒ며 희허(噫噓)ᄒ믈 마지 아니니46)

　결국 황제는 용왕의 도움으로 부모님을 모셔와 온갖 사치와 정성으로
효를 다한다.

> 　황뎨 황후 평시로 더브러 정히 옥비(玉杯)롤 밧드러 만슈쥰(萬壽樽)술 일홈
> 을 ᄀ득 부어ᄊ러 부모긔 헌슈(獻壽)ᄒ고 미빅 등 졔신이 ᄎᄎ로 헌슈ᄒ
> 니 그 위의 극히 엄슉ᄒ고 즐기는 소리 원근의 ᄀ득ᄒ야 풍악(風樂)의 셩
> 비(盛備)ᄒ과 의장(儀裝)의 션명ᄒ과 음식의 아롬답고 풍비(豐備)ᄒ미 니로
> 긔록기 어렵더라 잔치롤 파(罷)ᄒ미 삼만 시위(侍衛) 미양댱츈뎐의 뫼시게
> ᄒ고 뎨(帝) 후(后)로 더브러 신혼셩뎡(晨昏省定)ᄒ고 오일의 쇼연(小宴)ᄒ
> 고 삼일의 대연(大宴)ᄒ야 부모 밧들믈 극진이 ᄒ니 영화부귀(榮華富貴) 텬
> 하의 뎨일(第一)이오47)

---

46) 〈태원지〉 권4, 243쪽.
47) 〈태원지〉 권4, 248~249쪽.

집이 빈궁하여 제사 지낼 경비도 없었던 임우(황제 임성의 부친) 부부가 이같이 호사하는 것이 문제가 될 수도 있다. 그러나 성공한 아들의 효행으로 간주될 때, 우리나라 당대 사람들은 충분히 납득을 한 것으로 보인다. 어쩌면 그들이 가지고 있었던 염원이었을 것이다. 이러한 효 의식은 〈홍길동전〉에서부터 시작하여 우리나라 소설, 특히 낙선재본 소설에 흔하게 드러나고 있는 것이다. 〈태원지〉가 우리 소설일 수 있는 방증이다.

4. 결론

본고는 〈태원지〉의 국적문제를 중점적으로 다루었다. 본고에서는 우선 〈태원지〉가 지리지일 가능성을 제시하는 한 편, 설사 소설이라고 하더라도 그것을 중국 소설로 보는 시각에 의문을 제기하였다. 그리고 '조선에 대한 찬양', '중국인에 대한 부정적 서술'과 함께 '작품에 드러난 효 의식', '동몽선습의 수용' 등을 근거로, 〈태원지〉가 우리나라 작품임을 주장하였다. 아울러 〈태원지〉가 해양 탐험과 건국의 과정이 조합된 작품으로 〈삼국지연의〉를 염두에 두고 창작된 작품임을 밝혔다.

마지막으로 필자는 〈태원지〉에서는 나라를 세울 수 있는 천명이 이곳(현재 있는 땅)이 아닌 저곳(태원)에도 있으며, 이는 결국 어느 땅이든지, 그리고 그 존재가 누구이든지 간에 그곳에 천명이 있어야만 나라를 세울 수 있다는 주제 의식을 표출하고 있다고 보았다. 이는 역으로 오랑캐인 청나라가 현재 이곳에 존립하는 것 자체가 천명임을 증명하는 논리가 되며, 이러한 오랑캐에 대한 인식이 조선 후기 북학파를 중심으로 하는 의식과 상통함을 밝혔다. 중요한 것은 이와 같은 의식을 〈왕회전〉, 〈징세비태록>과 같은 조선 후기 소설에서 찾아볼 수 있다는 점이다. 이러한 점 역시 <태원지>가 우리나라 소설일 수 있는 하나의 방증이 될 수 있을 것이다.

<태원지>에는 필자가 다룬 내용 이외에 매우 흥미롭고 유의미한 것이 많이 있다. 이들을 중심으로 하는 연구가 기대된다.

참고문헌

1. 자료

<童蒙先習> (한국학중앙연구원 소장)

<유이양문록> (77권 77책. 6권 75권 결본. 한국학중앙연구원 소장)

『조선왕조실록(朝鮮王朝實錄)』

『存研樓文集』 券四 "絳水"條

<징세비태록> (한국학중앙연구원 소장)

<태원지> (4권 4책. 한국학중앙연구원 소장)

2. 논저

김진세, 「太原誌攷-李朝後期 社會人들의 Utopia를 中心으로-」, 『영남대학교논문집』
　　　1·2, 영남대학교, 1968.

민관동, 「中國古典小說의 한글 飜譯問題」, 『古小說硏究』 5, 한국고소설학회, 1998.

박재연, 『中國小說繪模本』, 강원대학교출판부, 1993.

서정민, 「<명행정의록> 연구」, 서울대학교 박사학위논문, 2006.

이종주, 『북학파의 인식과 문학』, 태학사, 2001.

임치균㉠, 「<王會傳> 연구」, 『藏書閣』 2, 장서각, 1999.

임치균㉡, 「(조선왕실의 소설2) 교주본 <태원지>」, 한국학중앙연구원 출판부, 2010.

조희경, 「<남정팔난기> 연구」, 서울대학교 석사학위논문, 1998.

조희웅, 「樂善齋本 古典小說硏究」, <國語國文學> 62·63합집, 1973.

최래옥, 「漂海錄 硏究」, 『比較民俗學』 10, 비교민속학회, 1993.

한문본 〈태원지(太原誌)〉 연구

1. 서론

이 연구는 새로 발굴된 한문본 〈태원지(太原誌)〉의 문헌학적 특징에 근거하여 창작시기와 필사시기를 밝히고, 장서각 소장 한글본 〈태원지〉 및 연세대학교 소장본 〈태원지〉와의 이본 비교를 통하여 한문본의 고전소설사적 의의를 제시하는 것을 목적으로 한다.

〈태원지〉는 해양 탐험을 주요 소재로 활용하면서 동시에 원명교체기를 배경으로 하여 중국이 아닌 미지의 세계에서 새로운 국가를 세우고 황제에 오르는 파격적인 내용의 작품이다. 이 작품에 대한 연구는 1966~1967년까지 정병욱을 중심으로 하여 낙선재문고본을 정리하는 과정에서 이루어지기 시작하였으며, 김진세에 의하여 본격적인 작품론이 전개되었다. 이 연구에서는 작품에 나타난 조선에 대한 예찬 및 중국에 대한 부정적 내용을 비롯하여 조선적인 혼인풍습을 들어 〈태원지〉를 조선의 후기상을 반영한 고전소설로 규정하였다.[1] 이러한 결과는 1969

---

1) 김진세, 「太原誌攷 : 李朝後期 社會人들의 Utopia를 中心으로」, 『영남대학교논문』 1・2, 영남대학교, 1968.

년 6월 28일부터 30일까지 국어국문학회가 주최하고 문화공보부 동아문화연구위원회가 후원한 '제12회 전국국어국문학연구발표대회 기념 제3회 국어국문학연구자료전시회'를 통해 보고된 「樂善齋文庫本 目錄 및 解題」에서 〈創作〉으로 소개되면서 〈飜譯 小說〉 및 〈飜譯? 創作?〉과 구분하여 조선소설로 이해하였다. 그러나 이후로 이어진 연구에서는 『중국역사회모본(中國歷史繪模本)』에 등장하는 〈태원지(太原誌)〉라는 제명을 근거로 이 작품의 국적을 중국으로 규정하였다.2)

이후 이 작품은 중국소설의 번역 혹은 번안소설로 인식되면서 연구의 장에서 멀어져 10년 넘게 새로운 연구들이 등장하지 못하였다. 그러던 중 임치균은 『중국역사회모본(中國歷史繪模本)』에 대한 텍스트 비평을 통하여 이 문헌에 등장하는 〈태원지〉가 지리서 혹은 조선의 소설일 가능성을 제기한 후 김진세의 논의를 수용하여 보완하고 『동몽선습(童蒙先習)』의 내용을 거의 그대로 수용했다는 사실과 중국 이외에 자신들을 중심으로 생각하는 또 다른 공간이 있다는 사실을 분명히 한 점 등을 통하여 〈태원지〉가 조선 소설임을 증명하였다.3) 나아가 '탐험과 건국의 조합', '오

---

2) 조희웅, 「樂善齋本 飜譯小說 硏究」, 『國語國文學』 62 · 63합집, 국어국문학회, 1973. 박재연, 『中國小說繪模本』, 강원대학교 출판부, 1993. 민관동, 「中國古典小說의 한글 飜譯問題」, 『古小說硏究』 제5집, 한국고소설학회, 1998. 이들의 연구에서는 『中國歷史繪模本』에 등장하지만 실물이 전해지지 않는 〈태원지(太原誌)〉라는 제명만을 근거로 하고 있다. 그런데 이 자료에는 소설이 아닌 작품 및 조선에서 지어진 책들 역시 소개되고 있다. 따라서 〈태원지〉의 국적을 중국으로 규정하는 근거로는 다소 문제가 있다.

3) 이 연구 이후로 〈태원지〉의 국적은 별도로 논의되지 않다가 "황미숙, 「〈태원지〉 서사분석에 의한 국적 규명」, 『한국고전연구』 29집, 한국고전연구회, 2014."에서 의해 다시 재론되었다. 황미숙은 『中國古典小說總目提要』에 실린 〈신무전(神武傳)〉의 간략해제 "四卷 未見 撰人을 알지 못함. 明 崇禎年間 建陽林余氏刊本. 위에는 그림이 있고 아래에는 내용이 있음(路工의 ≪訪書見聞錄≫에 근거한 것임). 유백온(劉伯溫)이 주원장을 도와 천하를 제패하는 이야기이다. 유백온의 신묘한 지략과 기묘한 계책이 突出되었다."라는 내용만을 근거로 〈태원지〉가 〈신무전〉의 번역 내지는 번안 작품으로 추정하였다. 그러나 이 연구에서 제시된 정황적 근거가 매우 부족할 뿐만 아니라, 실증적 근거 역시

랑캐에 대한 인식' 등을 중심으로 내용적 특징을 검토한 후 결국 "어느 땅이든지, 그 존재가 누구이든지 간에 천명이 있어야 나라를 세울 수 있다는 주제의식을 도출하고, 이는 중국을 세계 속에 속한 상대적 공간으로 인식하는데 기인한 것이라고 하였다.4)

홍현성은 임치균의 논의를 수용하면서 시공간에 대한 심도 있는 논의를 진행하였다. 이 연구에서 지리적 공간은 조선 후기 중원 밖 세계에 대한 관심과 인식 확장을 배경으로 구성하였고, 시간의 흐름은 실제 간지를 통하여 제시되었으며, 기지의 공간과 미지의 공간을 나누어 배치하고 건국과 통일의 과정을 통하여 화이질서에 반하는 세계를 형상화 했다고 설명하였다.5) 이후 김용기는 왕조교체를 중심으로 논의를 진행하여 해양 표류담이 화이관 탈피의 의미를 내포하고 있으며, 탈중화(脫中華)와 탈역사(脫歷史)를 통한 새로운 세계의 지향으로 설명하였다.6) 이 세 연구자의 연구는 중국을 대상으로 한 세계의 인식의 변화와 청나라에 대한 새로운 인식의 틀을 통하여 화이관을 부정하고 극복한 것으로 설명하였다.

반면 김경미에 의하여 <태원지>는 중원의 타자가 태원(太原)에서 주체가 되기 위하여 선주민을 타자화한 서사라고 언급7)한 이후에 허순우는

전무한 상태에서 과도한 해석을 가한 것으로 판단된다.
4) 임치균, 「<태원지> 연구」, 『古典文學硏究』 제35집, 한국고전문학회, 2009. 이 논의 이후 <왕회전>, <징세비태록>, <태원지> 등의 세 작품을 대상으로 "조선후기 소설에 나타난 청나라 지배의 중국에 대한 인식의 변화와 의미"라는 주제로 연구를 진행하면서 <태원지>를 청나라 지배의 중국에 대한 상대적 공간 인식이 중심이 된 작품으로 규정하기도 하였다.(임치균, 「조선후기 소설에 나타난 청나라 지배의 중국에 대한 인식의 변화와 의미」, 『장서각』 제24집, 한국학중앙연구원, 2010.)
5) 홍현성, 「<太原誌> 시공간 구성의 성격과 의미」, 『古小說硏究』 제29집, 한국고소설학회, 2010.
6) 김용기, 「<太原誌>의 서사적 특징과 왕조교체」, 『古小說硏究』 제34집, 한국고소설학회, 2012. 「<태원지>의 海洋 漂流와 島嶼間 이동의 의미-영웅의 자아실현을 중심으로-」, 『도서문화』 제41집, 목포대학교 도서문화연구원, 2013.

<태원지>에 나타난 세계관이 북학파의 화이관의 것보다는 조선중화주의를 통해 중화를 계승하려하였던 계층들의 것에 가깝다고 보았으며, 이러한 세계관을 내세운 사람들 역시 스스로 자신들의 모순을 인식하고 상대주의적 관점에 대하여 생각해 보게 되는 단계에 있다고 보았다. 이러한 내용을 기반으로 하여 <태원지>는 동아시아 중세 질서의 전환기를 맞아 주체와 중심의 문제에 대해 고민할 수밖에 없는 지식인들의 소극적 저항과 고민을 담은 작품으로 규정하였다.8) 이러한 연구의 흐름은 이명현에 의해 더욱 심화되었다. 이명현의 연구에서는 <태원지>의 주요 공간인 태원은 중원과 다름없는 유교적 질서가 구현되는 곳이며, 태원을 정복하는 과정은 기존 역사의 왕조교체와 동일함을 강조하였다. 따라서 천명이 구현되는 미지의 공간을 상상했지만, 그 세계에 적합한 새로운 질서를 구축하는 방법을 찾아내지 못하였고, 이로 인하여 과거의 가치관을 계승할 수밖에 없었으며, 신세계에 대한 방향성마저 잃어버려 이전과 동일한 세계를 반복할 수밖에 없게 되었다고 설명하였다.9)

이러한 두 방향의 연구와는 달리 최근 오화에 의해 중국 소설인 <경화연>과의 비교연구가 이루어졌다. 이 연구는 해양 탐험담의 양상과 이에 담긴 한·중 두 나라 인식의 지향을 고찰한 결과 <경화연>인 경우 기존 중화주의의 인식을 유지하고 있는 반면 <태원지>에서는 중화권을 벗어난 새로운 세계를 지향하고 있다고 규정하였다.10) 뿐만 아니라 이명

---

7) 김경미, 「타자의 서사, 타자화의 서사, <홍길동전>」, 『고전문학연구』 30, 한국고전문학회, 2010.
8) 허순우, 「중화주의 균열이 초래한 주체의식의 혼란과 극복의 서사-<태원지>-」, 『古小說研究』 제33집, 한국고소설학회, 2012.
9) 이명현, 「<太原誌>의 표류와 정복에 나타난 타자인식」, 『다문화콘텐츠연구』 제14집, 중앙대학교 문화콘텐츠기술연구원, 2013.
10) 오화, 「<태원지>와 <경화연>의 해양 탐험담 비교 연구」, 『한중인문학연구』 42, 한중

현에 의해 〈태원지〉의 서사적 특징을 게임 스토리텔링을 적용하여 분석한 연구가 시도되기도 하였다. 오늘날 게임 스토리텔링의 특성과 게이머의 향유방식을 통해 이 작품을 새롭게 읽고자 하였으며, 이는 새로운 해석 및 작품 이해의 틀을 제시하였다는데 의의가 있다.[11]

이처럼 〈태원지〉에 대한 연구는 낙선재 소장 한글필사본 4권 4책을 대상으로 이 작품의 발굴 당시부터 국적 문제가 대두 되었고, 변화된 대중국 인식의 수용 및 새로운 질서 구축의 실패 등의 관점에서 연구되었다. 그런데 이 작품은 한글본인 경우 연세대학교 소장 낙질본 〈태원지 이(太原志 二)〉[12]와 장서각 소장 4권 4책 완질본 〈태원지(太原誌)〉[13] 및 강문종 소장 한문 필사본 〈태원지(太原誌)〉[14]가 이본으로 남아 있다. 따라서 이에 대한 문헌학적 연구가 필요하다.

이 연구에서는 우선 한문본의 특징을 서지사항을 중심으로 간략하게 고찰하면서 필사 및 창작 시기를 추정하고, 그 동안 다양하게 논의되었던 국적문제를 확인하며, 이본에 대한 간단한 검토를 통하여 한문본의 위치를 규정하게 될 것이다. 그리고 조선후기 변화하는 화이관(華夷觀)과 이에 대한 고전소설의 수용 등의 기존 연구를 정리하여 한문본 〈태원지〉의 의의를 밝힐 것이다. 이 연구가 제대로 진행된다면 〈태원지〉의 창작 연대를 100여 년 이상 앞당길 수 있을 뿐만 아니라 연구지평을 넓히는데 기여할 것으로 판단된다.

인문학회, 2014.
11) 이명현, 「〈태원지〉의 서사적 특징과 대중문화적 가치-게임 스토리텔링과의 유사성을 중심으로」, 『동아시아고대학』 제39집, 동아시아고대학회, 2015.
12) 이하 '연대본'으로 통칭.
13) 이하 '장서각본'으로 통칭.
14) 이하 '한문본'으로 통칭.

2. 한문본의 특징

(1) 서지사항

〈태원지〉는 낙선재 소장본이 발굴된 이래 장서각본이 완질 형태의 유일본으로 알려져 있었으며, 최근 연세대 소장 한글본이 낙질 형태로 알려지게 되었다. 특히 이번 연구에서 강문종 소장 한문본 〈태원지〉를 소개하게 되었다. 그 동안 학계에 소개되지 않았던 한문본의 서지적 특징을 간략하게 정리하면 다음과 같다.

첫째, 형태적 특징이다.

이 책의 크기는 21.4×28.5cm이고 회장체 형식의 총 69장으로 이루어 졌으며, 4장 2줄로 이루어진 〈비추사(悲秋辭)〉와 송곡(松谷) 이서우(李瑞雨)의 시(詩) 〈만조덕순현보(挽趙德純顯甫)〉와 〈전록화문처사(剪綠花文處士)〉가 약 1장으로 필사되어 있다. 안타깝게도 11회가 시작되는 25b(50쪽)에 해당하는 부분이 찢겨 낙장 되었다.

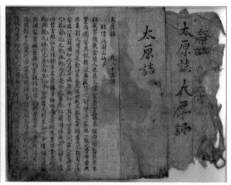

앞뒤 표지(왼쪽), 〈태원지〉 시작 부분(오른쪽)

위 이미지에서 알 수 있듯이 앞표지는 약 1/3 정도 남아 있고 표제는
보이지 않는다. 내제가 '太原誌'로 되어 있으며, 총 25회로 되어 있는데
'태원지 범이십오전(太原誌 凡二十五傳) / 임위북고산도자 제일전(林偉北固山禱
子 第一傳)'에서 볼 수 있듯이 각 회 표시 용어를 '회(回)' 대신 '전(傳)'으로
사용하였으며, 매 회가 시작되는 부분은 쪽을 달리하지 않고 앞 회의 내
용에 이어 제목이 나오고 줄을 바꿔 내용을 전개하는 방식으로 구성하였
다. 글씨는 매우 유려한 편이며 유사한 글씨체가 반복적으로 나타난다.

둘째, 부록 및 필사기의 내용이다.

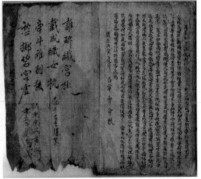

〈비추사〉가 끝나고 이서우의 시가 시작되는 부분(왼쪽), 필사기가 있는 마지막 부분(오른쪽)

한문본의은 형태서지적 특징보다는 내용서지적 특징에 더 많이 주목
할 필요가 있으며, 특히 그 중에서도 마지막 장이 매우 중요해 보인다.

앞에서 잠깐 언급했듯이 위의 이미지 중 왼쪽 이미지에 <만조덕순현
보>라는 시가 필사되어 있는데, 이 시 끝에 '이윤보작(李潤甫作)'이라고 적
혀 있다. 이윤보(李潤甫)는 17세기 중엽부터 18세기 초에 이르기까지 남인
문단에서 종장의 위치를 차지한 이서우(1633~1709)를 말하며, '윤보(潤甫)'

는 그의 자(字)다.15) 실재 이 시는 지금 전하는『송파집(松坡集)』 권지칠(卷之七) 「시(詩)」에 <만조지평덕순(挽趙持平德純)>이라는 제목으로 동일한 시가 실려 있다. 그리고 마지막에 실려 있는 글은 <전록화문처사(剪綠花文處士)>인데 현제까지 '문처사(文處士)'가 누구인지 파악되지 않았으며, <전록화>라는 작품 역시 여타 자료에서 확인되지 않는다. <전록화>가 끝나고 '세재병인하월(歲在丙寅夏月) 창령(昌寧) 조명교(曺命敎)'라는 필사기가 등장한다. 동일한 필체로 필사되어 있는 <만조덕순현보>와 <전록화문처사>가 조명교의 작품이 아니므로 조명교가 이를 직접 필사한 후 마지막 필사기를 남긴 것으로 판단된다.

후손의 이름을 지을 때 부모 혹은 조상의 이름을 기휘(忌諱)하는 것이 일반적이었다. 보학(譜學)의 전통이 강하게 남아 있었던 시기에 같은 본관(本貫) 내(內)에서 현달한 인물과 동일하게 작명을 한다는 것은 현실성이 부족하다. 따라서 필사기의 표기대로 '조명교(曺命敎)'는 1687년(숙종 13)에 태어나 1753년(영조 29)까지 살았고, 본관이 창령(昌寧)이며 예문관대제학을 지낸 '조명교'로 보는데 큰 무리가 없어 보이며, 특정한 근거 없이 알려지지 않은 동명이인이라는 주장은 설득력이 떨어진다.

조명교(1687~1753)는 조선 후기 문신이며 글씨에 매우 뛰어난 인물로 알려졌다.16) 특히 그는 노론사대신(老論四大臣)으로 알려진 김창집(金昌集)과 이이명(李頤命)의 부관참시(剖棺斬屍)를 주장했던17) 소론의 대표적인 인물이

---

15) 부유섭, 「松谷 李瑞雨의 삶과 시」,『한국한시작가연구』 12, 한국한시학회, 2008. 171쪽.
16) 이긍익,『燃藜室記述 別集』제14권, 「文藝典故」, <筆法>에 신라시대 김생으로부터 시작되는 우리나라의 명필의 계보를 정리하면서 마지막에 언급되어 있다.
17) 대사간 이명의, 집의 윤회, 정언 조명교가 아뢰기를, "역적 괴수 김창집(金昌集)과 이이명(李頤命)을 모두 유사(有司)로 하여금 서둘러 참시(斬屍)를 집행하게 하여 형전을 분명히 바로잡게 하소서.[大司諫李明誼, 執義尹會, 正言曺命敎啓日, 請逆魁金昌集·頤命, 竝令有司, 亟行斬屍, 明正典刑]" 하였다.『승정원일기』 31책, 영조 즉위년 갑진(1724, 옹정2) 10월

기도 하다. 영조 이후 소론과 남인과의 친밀한 관계를 감안한다면 조명교가 당시 남인문단의 종장을 불렸던 이서우의 시를 필사하는 것 역시 그리 어색한 일은 아닌 것으로 판단된다. 무엇보다도 고전소설 연구의 장에서 더 명확한 자료가 발굴되기 전까지는 기록에 충실할 필요가 있다.

그의 생몰년을 기준으로 한다면 필사기에 적힌 '병인년(丙寅年)'은 1746년이다. 유사한 서체가 여러 번 반복해서 나타나고 마지막 두 편의 시와 유사한 서체가 한문본의 여러 곳에 등장한다. 따라서 이 책의 필사자는 조명교로 추정되고 필사 시기는 1746년이며[18] 이 해를 창작시기의 하한선으로 삼는다면 〈태원지〉는 18세기 전반을 전후한 시기에 창작된 작품이라 할 수 있다.

(2) 국적 문제의 확정

국적 문제를 다시 검토하는 이유는 연구사에서 밝혔듯이 2014년까지도 여전히 국적문제에 대한 재론이 계속된다는 사실에 있다. 앞에서 검토한 한문본은 필사년도를 기준으로 〈태원지〉의 창작시기를 알려주는 중요한 정보를 제공하는 것 외에도 그동안 국적을 논의하면서 인용하였던 부분에 대한 실체를 확인해 주고 있다. 문체가 조선의 한문 문장과 다르지 않으며, 현재까지 〈태원지〉라는 작품이 유일하게 우리나라에서만 발견되고 있는 상황에서 한문본은 국적을 조선으로 규정하는데 중요한

9일(기묘)
18) 〈태원지〉와 〈비추사〉의 서체가 매우 흡사하고, 〈만조덕순현보〉와 〈전록화문처사〉의 서체가 동일하다. 따라서 조명교가 〈비추사〉까지 이미 필사된 상태에서 〈만조덕순현보〉와 〈전록화문처사〉 두 편의 시만 추가로 필사하였다 하더라도 그 필사시기를 1746년 혹은 그 이전으로 보는 데는 무리가 없다.

근거가 될 수 있다. 따라서 이 작품의 국적을 규정하면서 장서각본에서 언급된 부분들에 대한 확인 작업이 이루어질 경우 이 작품의 국적을 확정하는데 매우 중요한 역할을 하게 될 것이다.

첫째, 조선을 동방예의지국으로 묘사한 부분이다.

> 조졍 왈 내 일족 드르니 동방의 혼 나라히 이시니 콜온 됴션이라 본디 산쉬 명녀ᄒ고 인물이 번화ᄒ며 녜악법되 삼황오데롤 본바드니 의관문물이 쏘훈 셩뎨명왕을 법밧고 능히 부ᄌᄌ효와 군의신튱과 부부유별과 댱ᄌ유 유경댱을 삼가는 고로 텬보동방녜의지국이라 ᄒ다 ᄒ니 아등이 이제 새도록 비롤 ᄐ고 갈진디 가히 챡호 나라흘 어더 ᄆ음의 & 품은 일을 도모ᄒ야 게 가 의지ᄒ리라(장서각본 권1 11b~12a)

> 趙平日 曾聞東方有一國 名日朝鮮 素稱禮義之國 無乃有應於此國歟(한문본 5b)

이 부분은 <태원지> 연구 초기부터 국적을 논하면서 인용되었던 부분이다. 장서각본인 경우 조선에 대한 예찬이 풍부한 반면 한문본에서는 '예의지국(禮儀之國)'이라고 언급된 것이 전부다. 그럼에도 불구하고 종황이 동해 밖에는 아무런 지역이 없음을 말하자 조평이 이에 대한 반론으로 '조선(朝鮮)'이라는 나라가 분명하게 있고, 그 나라는 '예의지국'이라고 강조하는 부분을 통해서 조선을 긍정적으로 평가한 것에 대해서는 이론의 여지가 없다.

둘째, 중국인에 대한 부정적 서술이 등장하는 부분이다.

> 그 녀ᄌ들이 단슌을 열고 옥수롤 드러너야 손벽 쳐 낭연대쇼 왈 우리 드르니 듕국 사롬의 ᄆ음이 젹고 의심이 만타 ᄒ더니 과연 올토다 명공녀 지닌 배 진실노 요괴 만흔지라 의심ᄒ미 고이치 아니타 ᄒ려니와 형

용을 보아 요괴와 사룸을 분간ㅎ려든 무슴 연고로 쳡 등을 요괴로 & 보
느뇨(장서각본 권1 45a~45b)

其女卽開丹脣 袖&出玉纖撫掌 朗朗而大笑曰 吾聞中國之心人細 今果然矣 明
公之所經者 果多耶 妖 妾等亦已聞知矣 妖則以妖見之可矣 何故視妾以妖耶 今見
妾等 果有何妖之事 而便生疑訝耶(한문본 19a~19b)

이 부분은 임성 일행이 표류 중 다섯 번째로 도착한 섬인 여인국에서
임성이 여인들을 보면서 자신들을 유혹하려는 요괴라고 의심하는 말을
하자, 여인국 여인들이 임성 일행을 향해 하는 말이다. 장서각본에서 여
인국 여인들은 임성 일행을 향해 중국인들은 마음이 좁고 의심이 많다고
지적한다. 이러한 내용은 한문본에서 거의 유사하게 등장한다. 비록 요괴
의 입을 빌어 표현한 내용이지만 중국의 지식인들에 의해 창작되었다면
천명을 받은 한족들이 오랑캐들[19]에게 속 좁고 의심 많은 사람들로 인식
되고 있는 상황을 만들지 않았을 것이라는 점이다.

셋째, 중국의 역사를 『동몽선습(童蒙先習)』의 내용으로 설명하는 부분
이다.

원컨디 명공은 날을 위ㅎ야 고금녁디 흥망ㅎ던 연유룰 조시 니르라 미
빅 왈 대개 텬디 처음으로 열니며 음양이 비로소 분ㅎ야 셩인이 웃듬으
로 나샤 하눌을 니어 법을 세우시니 텬황시 디황시 인황시 유소시 슈인
시눈 태고 적이라 셔계 이젼은 가히 샹고치 못홀 거시오⋯⋯(장서각본 권
2 37b)[20]

---

19) 〈태원지〉의 내용 중에 표류 과정에서 만나는 요괴를 대부분 오랑캐로 규정하는 언급
  이 곳곳에 나타난다.
20) 『동몽선습』에 등장하는 중국의 역사에 관한 내용은 7쪽을 배정하여 매우 자세하게 다
  루고 있으며, 한문본 역시 이 부분은 동일하게 나타난다. 심지어 번역을 일부러 생략

願明公爲我略陳古今歷代興亡之由 美伯曰 盖自太極肇判 陰陽始分 聖人首出
繼天立極 天皇氏 地皇氏 人皇氏 有巢氏 燧人氏 始爲太古 在書契以前 不可考
也……(한문본 34a)

　이 부분은 〈태원지〉의 국적을 밝히는데 결정적인 근거로 인정되는
부분이다. 이러한 내용들은 중국의 문헌에 나타나지 않으며『동몽선습』
의 내용과 일치한다는 사실이 임치균의 연구에 의해 밝혀졌다.『동몽선
습』은 조선 중기 학자인 박세무(朴世茂)가 아동들의 교육용으로 지었다고
알려졌으며, 1543년 평안도 감영에서 발간된 것이 가장 이른 시기의 이
본으로 알려졌다. 그러나『동몽선습』이 가장 주목을 받았던 시기는 영조
대로 판단된다. 그 이유는 1759년 영조가 이 책에 대한 서문을 직접 지
었고, 우암 송시열의 발문을 더하여 중간(重刊)되었다는 사실이다. 즉, 이
러한 출판은 18세기로 들어오면서 이 책의 중요성이 매우 강조되었음을
추정할 수 있으며, 공교롭게도 이는 〈태원지〉가 창작되었을 것이라고
추정하는 시기와 겹친다. 중국에서 이 작품을 지었다면 중국의 정통성을
가진 역사를 설명하면서 수많은 중국의 역사서들을 모두 배제하고, 조선
이 중국에 비견할 만한 예악과 문물을 갖추고 있으며 조선의 역사를 주
체적으로 묘사한『동몽선습』을 활용했다는 것은 설득력이 떨어진다.
　이처럼 조선에서 창작되었다고 주장할 수 있는 근거들이 있었음에도
불구하고 국적문제가 계속 제기되는 이유는, 이 부분이 중국소설을 번역
혹은 번안할 경우 그 과정에서 추가될 수도 있다는 가능성을 계속 열어

　　했다고 판단되는 '五行相生 先有理氣 人物之生 林林總總' 부분 역시 한문본에서는 동일하
　게 생략되었다. 이 부분은 연세대본 역시 완전하게 동일한 내용이 필사되어 있다. 이
　에 대한 내용은 임치균의 연구에서 모두 밝혀 놓았으므로 원문 확인이 가능한 정도를
　인용하고 이하 생략한다.

놓았기 때문이다. 따라서 이 부분이 한문본의 형태로 확인이 되고, 그 문장이 조선의 한문 문장이라고 한다면 〈태원지〉의 국적을 조선으로 확정하는 것이 가능하다.

3. 이본 비교

(1) 이본 현황

앞에서 언급했듯이 〈태원지〉의 이본은 현재 한문본 1종, 한글본 2종이 남아 있다. 한문본인 경우 앞에서 그 문헌적 특징을 자세하게 제시하였으므로 여기서는 한글본 이본을 간단하게 정리할 것이다.

첫째, 장서각본이다.

장서각본은 그 동안 항상 〈태원지〉 연구의 텍스트로 선택되고 활용되었다. 그러나 작품론을 전개하면서 이본의 실체를 확인할 수 있을 만큼의 서지적 특징에 대한 정리가 다소 부족하였다. 따라서 가장 활발하게 활용되었지만 이본의 소개가 다소 미진했던 장서각본부터 서지적 검토를 하고 넘어가는 것이 타당해 보인다.

위의 이미지에서 알 수 있듯이 총 4권 4책으로 되어 있고, 책의 크기는 15.6×29.1cm이다. 구성은 회장체 형식이고 각 권의 첫 장 뒷면에 전체 목차가 제시되었으며, 면당 10행 각 행 22자 내외로 필사되어 있고 글씨는 매우 유려한 궁체로 되어있다. 표제는 '太原誌 一~四'로 되어 있고, 내제(권수제)는 '태원지권지일~亽'로 되어 있으며 목차를 포함하여 권1은 50장·권2는 52장·권3은 46장·권4는 46장으로 되어 있다. 그리

고 권1은 7회로 구성되어 있고 권2의 앞부분은 권1 7회의 연장이고 그
외에 8회로 구성되어 있으며, 권3은 6회로 구성되었다. 권4 역시 시작 부
분은 권3 21회의 연장이고 그 외에 5회로 구성되어 총 26회로 이루어졌
다. 특히 장서각본 〈태원지〉에는 윤백영이 83세 되던 해 작성한 해제가
표지 안쪽에 별지의 형태로 작성되어 붙어 있다.21) 이는 본격적인 해제
라기보다는 단순한 줄거리의 정리다.

〈태원지〉 권1~4권(왼쪽), 〈태원지〉 권1 시작 부분(오른쪽)

윤백영의 해제 : 서기 일천구백칠십년 경술 중추 하한 사후당 윤백영 팔십삼세 해제

---

21) 홍현성, 「師侯堂이 남긴 낙선재본 소설 해제의 자료적 성격」, 『藏書閣』 제32집, 한국학
중앙연구원, 2014.를 통하여 현존하는 윤백영의 낙선재본 한글소설 해제는 총 10편에
대한 10건이라는 사실을 밝혔다.

표지, 전체 목차, 권지이 1쪽, 권지이 2쪽(왼쪽부터)

둘째, 연대본 <태원지(太原志)>다. 연세대학교 학술정보원에 소장되어 있으며, 한글 필사본 권2가 낙질본으로 남아 있다.

이 책의 크기는 29.4×20.7cm이고, 회장체의 형식으로 총 69장으로 되어 있으며, 각 면이 9행 각 행별 22자 내외로 구성되어 있다. 글씨체는 궁체로 되어 있는데 낙선재본 <옥원중회연>과 비슷하며 <영이록>과 거의 유사한 서체다. 표지는 붉은 색이 흐리게 남아 있는 것으로 보아 당초 붉은색으로 되어 있던 것으로 추정되며, 표제는 '太原志 二'로 되어 있다.

표지 다음에 공격지 1장이 있고 두 번째 장 뒷면에 이 책의 전체 목차가 9회로 제시되어 있으며 세 번째 장부터 내용이 시작된다. 첫 회가 '미빅언쳔니구쥬'로 되어 있고 마지막 회가 '동황홍병취금극'으로 되어 있는데, 이는 한문본 11회~19회에 해당하고 장서각본 9회~19회에 해당한다. 따라서 이 이본은 당초 3권 3책으로 이루어졌을 것으로 추정되는데 필사기 등이 전혀 남아 있지 않아 필사 연대를 추정하기는 다소 힘들다.22)

---

22) 공격지와 <옥원중회연>과 비슷하며 <영이록>과 동일한 서체, 낙선재본 대장편소설

(2) 텍스트의 구성

<태원지>는 한문본과 한글본 모두 회장체로 되어 있다. 따라서 각 회명(回名)과 회(回)의 의 구분을 비교하여 얻은 결과는 이본의 분화 과정을 설명할 수 있는 중요한 근거 중에 하나가 될 것이다. 이 구성은 연대본이 비록 낙질이지만 세 이본을 한눈에 비교할 수 있는 요소이기도 하다. 회명을 정리하면 아래와 같다.

한문본		장서각본		연세대본		비 고
1회	林偉北固山禱子	1회	북고산님위도亽			
2회	林德哉密圖大事					
3회	林德哉飄風東海					
4회	何勝斬海賊胡悝	2회	하승참히적호리			
5회	鍾璜神法殺異人	3회	종황신법살이인			
6회	美伯授計救諸軍	4회	미빅슈계구계군			
7회	鍾美伯禱天得甘水	5회	종미빅도텬감슈			
8회	林應殺妖猴猛虎	6회	님시경탈츌요혈			
9회	林德哉幾惑妖物	7회	님덕지긔호교물			
10회	德哉海中得玉璽	8회	덕지히듕득옥시			
11회	?(낙장)	9회	미빅언텬니구쥬	2_1	미빅언쳔니구쥬	
12회	林應何勝被困群鬼	10회	사입귀도봉괴물	2_2	응승피군군홍귀	
13회	美伯天文陳破妖	11회	삼걸신법시낭괴	2_3	텬문딘미빅파요	
		12회	텬문진미빅파요			
14회	美伯論古今歷代	13회	덕지힝셤입태원	2_4	동황논고금녁딘	
15회	趙平討取靑陵城	14회	미빅뎡계취쳥능	2_5	됴령계취쳥능셩	
16회	鍾美伯智定十州	15회	종미빅댱수대진	2_6	종미빅디령십쥐	
		16회	미빅츌긔파진방			
17회	林時卿大戰方爽	17회	님시경대젼방빵	2_7	님시경대젼방빵	
18회	林成立爲大洪王	18회	님셩닙위대홍왕	2_8	님셩닙위대홍왕	
19회	鍾璜興兵征金國	19회	종황흥병취금국	2_9	동황흥병취금극	
20회	鍾美伯西江鏖兵	20회	종미빅셔강오병			
21회	鍾美伯計斬呂榮卿	21회	미빅계참녀영경			

들과 매우 유사한 종이질 등을 참고한다면, 이 이본의 필사 연대는 많은 낙선재본 소설들과 비슷한 19세기로 추정할 수 있을 것이다.

한문본		장서각본		연세대본	비고
22회	鍾美伯智敗安定國	22회	미빅진파안정국		
23회	鍾美伯平定金國	23회	미빅유살안정국		
		24회	평뎡금국입도성		
24회	大洪王一統五國	25회	대흥왕일통오국		
25회	長春殿林偉富貴	26회	댱츈뎐님위부귀		

첫째 한문본과 장서각본의 비교다.

위의 표에서 알 수 있듯이 회명과 구분에 있어 두 이본은 몇 몇 차이를 보여주고 있다. 우선 한문본 1회~3회의 내용을 장서각본 1회로 통합하고 있다. 한문본 2회는 장서각본 권1 3b의 "이날 냥인이 강듕의 이셔~"부터 시작되며, 2회의 제목 '임덕재밀도대사(林德哉密圖大事)'는 장서각본 권1 3b 끝부분인 "이날 냥인이 강듕의 이셔 ᄀ마니 대ᄉᆞ롤 의논ᄒ더니"의 한역(漢譯)으로 봐도 무방할 정도로 유사하다. 그리고 한문본 3회는 장서각본 권1 9b의 "님셩이 양관의 삼부ᄌᆞ롤 엇고~"에서부터 시작하여 장서각본 1회 끝부분까지 이어져 장서각본 1회의 끝부분과 한문본 3회의 끝부분이 거의 유사하게 마무리된다.

한문본 4회~8회는 장서각본 2회~6회의 내용과 回의 구분 등에 큰 차이가 없다. 그런데 한문본 9회 20b(40쪽)의 '美伯曰從其所請以觀其所爲'에서 장서각본 권1이 끝나고 바로 이어지는 "德哉答曰~"에서부터 장서각본 권2가 시작되는데 이 지점은 한문본 9회 중간 부분에 해당한다. 한문본 10회와 장서각본 8회는 회명 및 내용에 차이가 없으며, 한문본 11회인 경우 낙장 된 부분에서 시작되므로 제명을 파악하기 힘들다. 그러나 장서각본과 연대본이 각각 '미빅언텬니구쥬'와 '미빅언텬니구쥬'로로 동일하게 나타나고, 회의 시작과 끝이 동일하며 내용 역시 거의 차이가 없으므로 한문본 제명 역시 두 한글본과 동일하게 '미백언천리구쥬(美伯言千

里九州’로 추정할 수 있다.

한문본 12회와 장서각본 10회는 회명이 전혀 다르게 나타나지만 분량과 내용이 모두 동일하며, 한문본 12회 뒷부분에 해당하는 “又當以神”에서부터 장서각본 11회가 시작된다. 한문본 13회인 경우 장서각본 권2 26b의 “미빅이 님응의 분력ᄒᆞ야 치디~”부터 시작되고 특히 이 부분에서 장서각본 11회의 제명은 한문본에 나타나지 않으며, 한문본 13회의 제명은 장서각본 12회의 회명과 일치하고 장서각본 12회는 한문본 13회 31a의 “美伯亦歸船中謂”에서부터 시작된다. 한문본 14회~15회는 장서각본 13회~14회와 회명은 매우 다르게 나타나지만 내용 및 분량은 동일하다. 그런데 한문본 16회는 장서각본 15회~16회로 나눠졌으며, 한문본 16회 38b의 “德哉三軍又至四面重圍”에서 장서각본 권2가 끝나고 이어지는 “却說國王劉元貞”로 장서각본 권3이 시작된다.

한문본 17회~22회와 장서각본 17회~22회는 회명의 차이가 조금 있으나 내용이나 분량이 크게 다르지 않다. 다만 한문본 21회 중간부분에 해당하는 54b의 “日榮卿榮勇不可制之矣”에서 장서각본 권3이 끝나고 바로 이어지는 ‘美伯’으로부터 장서각본 권4가 시작된다. 한문본 23회는 뒤 부분인 62b의 “却說王”에서부터 장서각본 23회와 24회로 나뉜다. 따라서 한문본 24회~25회는 장서각본 25회~26회와 동일하게 나타난다.

정리하면 각 회의 구분에 있어서 한문본 1회~3회와 같이 회를 구분할 필요가 있는 내용임에도 불구하고 장서각본은 1회로 합쳐버리고 있으며, 한문본 13회에 해당되는 부분을 장서각본은 11회~12회로 나눠버리고, 한문본 16회 부분을 장서각본은 15회~16회로 나누었으며, 한문본 23회에 해당되는 내용을 장서각본은 23회~24회로 구분해버리는 등 회의 구분에 있어 장서각본은 한문본에 비해 비합리적이며 비효율적인 면을 보여주고 있다. 그리고 이러한 비합리적이며 비효율적인 면은 책을 나누는 과정에서 극명하게 드러난다. 장서각본 7회의 사건 및 이야기 단위가 마무리되지 않은 상태에서 권을 나눠 별도로 성책(成冊)하면서 동일한 회가 서로 다른 책으로 만들어지게 되었으며, 이는 16회에서도 동일하게 나타난다. 한문본 21회 종미백계참여영경(鍾美伯計斬呂榮卿) 역시 사건 및 이야기의 단위가 구분되지 않는 부분에서 장서각본은 권3과 권4로 구분해 내용의 흐름을 끊어버린다.

둘째, 한문본과 연대본의 비교다.

앞의 표에서 알 수 있듯이 이 두 이본의 회명과 구분은 거의 일치하고 있음을 알 수 있다. 한문본 11회의 회명은 장서각본과 연대본을 기반으로 동일하게 추정이 가능하므로 한문본 11회~19회에 해당하는 연대본 2_1회~2_9회[23]가 회명에 있어 다소 차이가 있으나 내용 및 시작부분과 끝부분은 동일하게 나타나고 있다.

셋째, 장서각본과 연대본의 비교다.

이 두 이본의 회명 및 구분 역시 한문본과 연대본이 유사하게 나타나므로 한문본 11회~19회와 장서각본 9회~19회의 비교에서 드러난 차이와 특징을 그대로 보여주고 있다.

(3) 문체의 특징

첫째, 고유명사 중 인명에 대한 비교다.

이본의 차이 및 계열을 규정함에 있어 가장 중요한 근거 중에 하나가

---

23) 연대본인 경우 권1이 몇 회로 구성되었는지 알 수 없으므로 '권2'에 해당하는 숫자 '2'를 활용하여 회차를 '2_1', '2_2'……로 표시하기로 한다.

바로 고유명사의 차이라고 볼 수 있다. 특히 고유명사 중 인명의 비교는 계열을 구분할 수 있는 매우 중요한 요소이기도 하다. 내용의 축약 및 확장은 필사 단계에서 다양하게 나타날 수 있으나 인명과 같은 고유명사는 대부분 그대로 필사하는 경우가 일반적이다. 따라서 이 부분에 대한 비교와 그 결과는 각 이본의 분화 과정을 설명할 수 있는 중요한 근거가 될 것이다.

한문본	장서각본	연대본	한문본	장서각본	연대본	한문본	장서각본	연대본
林偉	○		木正明	목평명	목정명	木寧	○	
林成	○	○	具勝	구송	구승	許伊	○	○
林應	○	○	水諸	주개		金明	○	○
鐘璜	○	○	周介	○		賈芯	○	○
趙平	조정	조령	安說	악열		蘇吉	○	○
何勝	○	○	土時達	통달시		馬延	○	○
楊觀	○	○	張範	○	○	岳利吉	○	○
楊敬	○	○	火熄	○	○	列通	○	○
楊定	양평	양정	樂晴	○	○	土平長	○	○
班邃	○	○	朱文玄	○		木茂神	○	○
呂義	○	○	胡承	○	○	金耀彩	○	○
方爽	방쌍	방쌍	閔植	○	○	火明昇	○	○
平居異	평기이	평거이	那同	평등		水罔窮	○	○
劉通	유홍	유통	孟寬	○	○			

위의 표는 임성과 관련(적이었다가 항복한 인물 포함)을 맺은 인물들을 대부분 정리하였다. 연대본에서 '○' 표시가 없는 인물들은 확인되지 않은 인물들이다. 물론 임성 일행과 갈등을 빚는 인물들 역시 많고 요괴 역시 다양한 이름으로 등장하지만 이들은 대분 유사하게 필사되었다. 이 중에 '조평·양정·방쌍·평거이·유통·목정명' 등은 다소 비중 있게 다뤄지는 인물들이다. 그럼에도 불구하고 한문본과 장서각본에서는 모두 다

른 이름으로 명명되어 있다. 조평인 경우 연대본에서는 처음 등장할 때
'조령'으로 언급되었다가 연속 세 번 '평'으로 나타나지만, 그 이후로 이
본이 끝날 때까지 일관되게 '조령'으로 표기한다. 물론 연대본인 경우 필
사 과정에서 'ㅍ'을 'ㄹ'과 'ㅈ'으로 혼동하는 경우가 종종 보이지만 같
은 면에서 'ㅍ'과 'ㄹ'을 분명하게 구분하는 경우가 자주 등장한다. 한문
본과 장서각본의 많은 차이에 비해 한문본과 연대본인 경우 인명의 표기
가 거의 유사하게 나타나고 있음을 알 수 있다.

  그 외에도 가장 대표적인 명칭이 바로 '대홍왕'이다. 이는 한문본에서
는 '대홍왕(大洪王)', 연대본에서는 '대홍왕'으로 동일하게 표기되지만 장
서각본에서는 일관되게 '대홍왕'으로 표기된다. '대홍(大洪)'이라는 명칭
은 임성이 태원에 세운 최초의 국가이자 후에 5국을 통일하여 부여한 국
명이기도 하다. 따라서 작품에서 가장 비중 있는 의미를 담고 있다고 판
단되며 이러한 용어를 단순 오기로 볼 수는 없을 것이다.

  둘째, 한글본 번역의 정도다.

  이에 대한 비교는 장서각본과 연대본을 비교할 수 있는 좋은 근거가
될 것이며 한문본과의 친연성 역시 이 과정을 통하여 드러날 것이다.

| 한문본은
낙장 부분 | 나 ᄀᆞ톤 무지박덕지인……고인
이 운ᄒᆞ디 텬여불슈 반슈기
앙……산쳔이 슈려ᄒᆞ고 풍경이
졀승ᄒᆞ……(장서각본 권2 15a) | 날 ᄀᆞ톤 덕이 박하고 지죄 업순
재……녯 사ᄅᆞᆷ이 닐오디 하ᄂᆞᆯ이 주어
취티 아니ᄒᆞ면 도로 앙화롤 밧ᄂᆞ다
ᄒᆞ니……뫼히 묽고 믈이 조하 풍경이
극 아롬답고……(연대본 1a~1b) |

  위에 인용한 부분은 연대본이 시작되는 부분이며 전회(前回)에서 옥새
를 얻어 이에 대한 처리를 고민하는 임성의 발화다. 장서각본인 경우 한

문 원문과 고사를 그대로 활용하였으나 연대본인 경우 철저하게 번역을 지향하고 있다.

……成靑龍之耳目……成白虎耳目……成朱雀之耳目……成玄武耳目　四將聞令(한문본 31b)	……청뇽의 이목을 민둘나……빅호의 이목을 민둘나……현무의 이목을 민둘고……쥬쟉을 응호야 거힝호라 쏘 녀의 반슈룰 블너(장서각본 권2 31b~32a)	……청뇽의 이목을 밍글라……쥬쟉의 이목을 밍글라……현무의 이목을 밍글라 스쟝이 텽녕호고(연대본 21a~21b)

위의 예문은 미백이 칠성단과 태극진을 만들어 천리안(千里眼)과 순풍이(順風耳)를 격파하기 위하여 함정을 만드는 부분이다. '좌청룡(左靑龍)·우백호(右白虎)·남주작(南朱雀)·북현무(北玄武)'가 가장 일반적인 배치의 순서라고 본다면 한문본에서 동서남북의 배치는 타당하게 서술되었다. 그런데 장서각본에서는 이 중에 '주작'과 '현무'의 순서가 바뀌었으며, '사장문영(四將聞令)'에 해당하는 부분 역시 전혀 다른 내용으로 등장한다. 이에 비해 연대본은 한문본의 내용과 정확하게 일치하고 있다. 이뿐만 아니라 한문본 '백면묘(白面猫)' 부분이 장서각본에서는 '괴'로 표기되고 연대본에서는 '흰 괴'로 되어 있으며, 한문본 '대사(大獅)'를 장서각본에서는 '스즈'로 표기하였으나 연대본에서는 '큰 스즈'로 되어 있는 등 장서각본보다는 연대본이 실질적인 번역을 지향하면서 동시에 현존하는 한문본과의 친연성이 매우 강하게 나타나고 있음을 알 수 있다. 이러한 특징들은 연대본 전체에서 다양하게 나타난다.

따라서 현재 남아 있는 이본만을 대상으로 정리하면 첫째, 한문본 계열이다. 이 이본계열은 최소한 1746년 이전에 형성되어 한문필사본의 형태로 유통되었으며, 연대본 역시 한문본에서 파생된 것으로 판단된다. 따라서 연대본은 한문본 계열로 묶는 것이 타당해 보인다. 둘째, 장서각본 계열이다. 이 이본은 기존 연구에서 19세기에 형성된 것으로 추정하고 있으며, 한문본 및 연대본과는 다른 과정을 거쳐 형성된 것으로 보인다.

앞에서 밝혔듯이 한문본인 경우 필사년도가 명확하게 1746년으로 되어 있고, 장서각본 및 연대본이 19세기 전후에 필사된 것으로 추정되므로 고전소설 〈태원지〉의 선본(先本)은 한문본으로 규정하는데 큰 무리가 없어 보인다.[24]

4. 한문본 〈태원지〉의 고전소설사적 의의

〈태원지〉는 장서각본을 중심으로 19세기 작품으로 인식해 왔다. 그러나 한문본을 검토한 결과 창작시기가 1746년 이전으로 소급되었다. 그리고 끊임없이 제기되었던 국적문제에서 조선의 창작으로 확정할 수 있었다. 뿐만 아니라 한문본, 장서각본, 연대본을 비교 분석한 결과 이본의 계열화가 가능해 졌으며, 한문본을 선본(先本)으로 규정할 수 있었다. 한문본 〈태원지〉는 고전소설사에서 이러한 여러 가지 의의 외에도 고전소설의 '변화된 대청인식의 수용'이라는 지점에서 큰 의의를 갖고 있다.

18세기 후반 홍대용(洪大容)·박지원(朴趾源) 등의 북학파(北學派) 지식인들은 비록 소수이기는 하지만, 청나라의 실재를 인정하기 시작하였다. 이는 오랑캐가 세운 나라는 100년을 넘기지 못할 것이라는 조선 지식인들의

---

24) 한문본과 장서각본의 다양한 내용들을 바탕으로 한 이본연구는 후속 연구를 기약한다.

생각과는 달리 청나라는 날이 갈수록 안정을 찾아갈 뿐만 아니라, 그 어느 시대에도 경험하지 못했던 번영을 누리게 된다. 18세기 후반 연행을 통하여 그 실재를 직접 체험한 조선의 일부 지식인들은 결국 대명의리론 (對明義理論)에서 서서히 벗어나기 시작하였다. 이러한 경향은 결국 중화(中華)와 이적(夷狄)에 대한 인식까지 변화시켰다. 즉, 중화와 이적은 이미 정해진 것이 아니라 변화를 내포하고 있다는 인식이 형성되었다. 청나라가 번창하는 것은 결국 하늘의 뜻이기 때문이라는 박지원의 주장에서 보여주듯이 천명을 받으면 이적 역시 중화가 될 수 있음을 간접적으로 드러내고 있다.[25]

주지하듯이 소설이라는 장르는 시대의 변화에 매우 민감하게 반응한다는 특징을 갖고 있다. 그렇다면 이러한 대청인식(對淸認識)의 변화가 고전소설에서는 어떻게 반영되었을까? 이에 대한 본격적인 연구는 근래에 집중적으로 이루어지기 시작하였다.

임치균은 장서각 소장 유일본 <왕회전(王會傳)> 발굴하여 <금화사몽유록>과 비교연구를 진행하는 과정에서 대청인식의 수용 양상을 본격적으로 다루기 시작하였다. <왕회전>은 김제성(金濟性)이 <금화사몽유록>을 수용하여 1840년에 창작한 소설이다. 이 작품 내용 중 한태조와 명태조가 대화하는 장면에서 명태조의 발화를 통하여 명나라의 멸망과 청나라의 건국은 天命이고 운수가 이미 정해져 있기 때문에 인간이 억지로 어떻게 할 수 있는 것이 아님을 강조하고 있다. 그럼에도 불구하고 저자는 조선과 명나라와의 관계를 이야기하면서 여전히 숭명의식(崇明意識)을 드러내고 있다. 따라서 이 작품은 청나라의 실재를 인정하면서 동시에 숭

---

25) 趙成山, 「18세기 후반~19세기 전반 對淸認識의 변화와 새로운 中華 관념의 형성」, 『韓國史硏究』 145, 한국사연구회, 2009. 67~110쪽.

명의식을 갖고 살아가는 당대 지식인들의 의식을 반영하고 있다.26)

〈징세비태록(懲世否泰錄)〉에서는 청나라에 대한 중심적인 인식이 더욱 뚜렷하게 드러나고 있다. 이 작품은 명나라 복원이 헛된 일이라는 파격적인 내용이 등장한다. 특히 현재 중국을 지배하는 나라는 청나라이고 그 나라가 세상의 중심임을 강조하고 있다. 따라서 이 작품에서는 우리가 중심으로 삼아야 할 나라는 청나라임을 분명히 하고 있다. 〈징세비태록〉의 내용은 중국중심주의에서 벗어나지 못하고 있지만, 그 중심이 청나라라는 변화된 대청인식을 담고 있다.27)

이 분야에 대해서는 최근 주목할 만한 연구가 진행되었다. 바로 초기 영웅소설이며 18세기 중후반 창작된 것으로 알려진 〈장백전〉에 대한 연구다. 주수민은 이 작품의 주제의식을 기존의 연구와는 전혀 다른 변화하는 대청의식의 수용으로 규정하는 연구를 진행하였다. 명태조 주원장이 중국인들에게 이(夷)로 인식되었던 조선인으로 설정되고, 걸인의 형상을 하고 있으며 창업주가 갖춰야 할 기본적인 덕망조차 없는 인물로 형상화시켰다. 반면 주인공 장백은 정통 한족이며 문무를 겸비한 영웅이다. 그럼에도 불구하고 천명이 주원장에게 있다는 이유로 결국 장백은 강한 권력의지가 있었음에도 천하를 주원장에게 넘기고 주원장은 명나라를 건국한다. 이처럼 아무리 오랑캐라 하더라도 천명이 있으면 중원을

---

26) 임치균, 「『王會傳』 연구」, 『藏書閣』 제2집, 한국학중앙연구원(구 한국정신문화연구원), 1999. 67~86쪽. 〈왕회전〉의 대청의식 반영 양상은 이후 "이병직, 「〈왕회전〉 연구」, 『고소설연구』 14, 한국고설학회, 2002."에서 주제의식으로 다뤘으며, "김현영, 「〈王會傳〉의 서사적 특징과 그 의미」, 『고소설연구』 제21집, 한국고소설학회, 2006. 365~388쪽."에서 저자의 현실인식 양상으로 다루고 있다.

27) 임치균, 「조선후기 소설에 나타난 청나라 지배의 중국에 대한 인식의 변화와 의미」, 『藏書閣』 제24집, 한국학중앙연구원, 2010. 119~123쪽. 임치균은 이 논의에서 기존에 고찰하였던 〈왕회전〉과 〈태원지〉를 포함하여 고전소설에 나타난 변화하는 대청의식 수용 양상을 종합적으로 검토하였다.

차지하여 중화(中華)가 될 수 있다는 변화된 화이관(華夷觀)을 드러내고 있다. 따라서 이 작품 역시 당대 변화하는 대청인식을 수용하고 있음을 알 수 있다.28) 이 연구를 통해 청나라의 실체를 본격적으로 인정하는 대청인식의 수용을 18세기 중반으로 올렸다.

　〈태원지〉 역시 대청인식을 잘 반영한 작품이라 할 수 있다. 한문본이 소개되기 이전부터 임치균은 〈태원지〉의 국적을 비정하고 특징을 고찰하는 과정에서 대청의식 반영 양상을 검토하였다. 이 작품의 저자는 오랑캐에 대한 반감을 강조하는 듯하면서 동시에 그 존재를 인정하고 있다. 특히 건국지(建國地)가 어디든, 건국의 주체가 누구든지 천명이 있는 곳에 천명을 부여받은 자가 나라를 세울 수 있음을 드러내고 있다.29) 홍현성은 임치균의 논의를 수용하여 새로운 지리적 공간에 대한 인식의 변화와 시공간 구성방식을 통하여 작품 안에 구현된 세계는 화의질서에 반하는 세계의 형상임을 규명하였다. 특히 뚜렷한 화이관을 가진 주인공이 신대륙 태원(太原)에서 오랑캐로 규정된 사실을 들어 무색해진 화의질서를 주제의식으로 고찰하였다.30)

　그런데 장서각본 〈태원지〉의 창작년도를 19세기로 추정하였기 때문에 이 작품에 수용된 대청인식을 19세기적 현상으로 설명해 왔다. 그러나 18세기 전반에 창작된 것으로 추정되는 한문본 〈태원지〉의 존재가

---

28) 주수민, 「「張伯傳」의 形成動因과 主題意識」, 『語文硏究』 통권 제158호, 한국어문회, 2013. 224~227쪽.

29) 임치균, 「〈태원지〉 연구」, 『고전문학연구』 제35집, 한국고전문학회, 2009. 355~381쪽.

30) 홍현성, "「〈太原誌〉 시공간 구성의 성격과 의미」, 『고소설연구』 제29집, 한국고소설학회, 2012. 291~317쪽." 이후 허순우는 기존 연구를 수용하여 "「중화주의 균령이 초래한 주체의식의 혼란과 극복의 서사」, 『고소설연구』 제33집, 한국고소설학회, 2012."에서 이 작품은 동아시아 중세 질서의 전환기를 맞아 주체와 중심의 문제에 대해 고민했던 지식인들의 소극적 저항과 고민을 담은 작품으로 규정하기도 하였다.

이 연구를 통하여 소개되었다. 그리고 그 내용이 장서각본과 대동소이하므로 소설이 이러한 대청인식을 수용하기 시작한 시점을 18세기 전반으로 상향시킬 수 있게 되었다.

청나라의 실체를 본격적으로 인정하기 시작한 가장 대표적인 인물이 연암 박지원인데 그 역시 주된 활동은 18세기 중반 이후다. 18세기 중반 대청인식은 대명의리론에 비하면 소수고 주류적 인식이 아니다. 그러나 청나라의 존재를 인정해야 한다고 주장했던 지식인들이 19세기에 미친 영향은 막대하다. 18세기 중후반 변화하는 대청인식에 주목해야 할 이유가 바로 여기에 있다. 그런데 〈태원지〉에 나타나는 유사한 대청인식은 북학파의 대청인식보다 시기적으로 앞서고 있음을 보여주고 있다. 따라서 한문본 〈태원지〉는 북학파 이전부터 조선사회의 저변에서 발생하고 이어졌던 대청인식의 변화를 잘 반영하고 있음을 말해준다. 이처럼 한문본 〈태원지〉는 대청인식의 거대한 변화 속에서도 소설 나름대로의 역할을 충분히 하고 있었음을 제시해 주고 있다.

5. 결론

앞의 연구를 정리하는 것으로 결론을 대신하고자 한다.

첫째 이본의 지평을 넓힐 수 있었다.

이본을 최소한 2개의 계열로 분류할 수 있으며, 그 동안 〈태원지〉의 연구를 선도했던 장서각본뿐만 아니라 한문본 역시 〈태원지〉 연구의 주 대상으로 삼을 수 있게 되었다. 그리고 그동안 장서각본을 통하여 추정했던 많은 인명과 지명과 각 종 한자어 등에 대한 정리가 가능하게 되었다.

둘째, 한문본 필사시기를 통하여 창작시기를 구체적으로 추정할 수 있게 되었다.

다행히 한문본에는 필사자 및 필사기가 남아 있어서 필사년도를 1746년으로 확정할 수 있었고, 창작시기는 그 이전으로 올릴 수 있으므로 그동안 19세기에 창작된 것으로 추정하였던 창작시기를 약 100여 년 앞으로 옮길 수 있는 근거가 마련되었다.

셋째, 고전소설이 북학파 형성보다 이른 시기부터 새로운 대청인식의 변화를 수용하고 있음을 알 수 있었다.

현재 <태원지> 연구의 한 축이 바로 이 분야인데, 주로 18세기 후반 연행을 통하여 형성된 것으로 판단되는 북학파들의 대청인식뿐만 아니라 그 이전 시기부터 이러한 의식의 전환이 고전소설을 통하여 면면히 이어지고 있었음을 확인할 수 있게 되었다. 한문본 <태원지>를 통하여 대청인식 및 화이관의 변화에 대한 흐름 즉, 당시 시대정신의 흐름에서 서사가 적극적인 역할을 했었다는 사실을 알 수 있다.

참고문헌

김경미, 「타자의 서사, 타자화의 서사, <홍길동전>」, 『고전문학연구』 30, 한국고전문
학회, 2010.

김용기㉠, 「<太原誌>의 서사적 특징과 왕조교체」, 『古小說硏究』 제34집, 한국고소설
학회, 2012.

김용기㉡, 「<태원지>의 海洋 漂流와 島嶼間 이동의 의미-영웅의 자아실현을 중심으
로-」, 『도서문화』 제41집, 목포대학교 도서문화연구원, 2013.

김진세, 「太原誌攷 : 李朝後期 社會人들의 Utopia를 中心으로」, 『영남대학교논문』 1·2,
영남대학교, 1968.

김현영, 「<王會傳>의 서사적 특징과 그 의미」, 『고소설연구』 제21집, 한국고소설학
회, 2006.

민관동, 「中國古典小說의 한글 飜譯問題」, 『古小說硏究』 제5집, 한국고소설학회, 1998.

박세무, 『童蒙先習』

박재연, 『中國小說繪模本』, 강원대학교 출판부, 1993.

부유섭, 「松谷 李瑞雨의 삶과 시」, 『한국한시작가연구』 12, 한국한시학회, 2008.

오 화, 「<태원지>와 <경화연>의 해양 탐험담 비교 연구」, 『한중인문학연구』 42,
한중인문학회, 2014.

이긍익, 『燃藜室記述 別集』 제14권, 「文藝典故」, <筆法>

이명현㉠, 「<太原誌>의 표류와 정복에 나타난 타자인식」, 『다문화콘텐츠연구』 제14
집, 중앙대학교 문화콘텐츠기술연구원, 2013.

이명현㉡, 「<태원지>의 서사적 특징과 대중문화적 가치-게임 스토리텔링과의 유사
성을 중심으로」, 『동아시아고대학』 제39집, 동아시아고대학회, 2015.

이병직, 「<왕회전> 연구」, 『고소설연구』 14, 한국고설학회, 2002.

임치균㉠, 「『王會傳』 연구」, 『藏書閣』 제2집, 한국학중앙연구원(구 한국정신문화연구
원), 1999.

임치균㉡, 「<태원지> 연구」, 『古典文學硏究』 제35집, 한국고전문학회, 2009.

임치균㉢, 「조선후기 소설에 나타난 청나라 지배의 중국에 대한 인식의 변화와 의미」,
『장서각』 제24집, 한국학중앙연구원, 2010.

조성산, 「18세기 후반~19세기 전반 對淸認識의 변화와 새로운 中華 관념의 형성」,
『韓國史硏究』 145, 한국사연구회, 2009.

조희웅, 「樂善齋本 飜譯小說 研究」, 『國語國文學』 62·63합집, 국어국문학회, 1973.

주수민, 「「張伯傳」의 形成動因과 主題意識」, 『語文研究』 통권 제158호, 한국어문회, 2013.

허순우, 「중화주의 균열이 초래한 주체의식의 혼란과 극복의 서사-<태원지>-」, 『古小說研究』 제33집, 한국고소설학회, 2012.

홍현성㉠, 「<太原誌> 시공간 구성의 성격과 의미」, 『古小說研究』 제29집, 한국고소설학회, 2010.

홍현성㉡, 「師侯堂이 남긴 낙선재본 소설 해제의 자료적 성격」, 『藏書閣』 제32집, 한국학중앙연구원, 2014.

황미숙, 「<태원지> 서사분석에 의한 국적 규명」, 『한국고전연구』 29집, 한국고전연구회, 2014.

〈태원지〉의 지리 공간과 어휘

1. 서론

〈태원지〉는 중국 원나라 연간을 배경으로 창작된 소설이다. 그동안 한글필사본인 장서각 소장 『태원지(太原誌)』(완질)와 연세대학교 소장 『태원지(太原誌)』(권2, 낙질) 두 이본만 학계에 알려져 있다가 최근 강문종에 의해 한문본이 새롭게 발굴되었다. 한문본은 타 한글본이 대체할 수 없는 중요한 연구 가치를 지니고 있으며 다양한 연구를 전개함에 있어서 여러 가지 필요한 단서를 제공해주고 있다.

본고에서 주목하는 한문본 〈태원지〉의 지리적 공간과 어휘 사용 문제도 그 중의 하나이다. 한문본 〈태원지〉의 발굴은 텍스트에 나타난 공간 배치 양상과 어휘 사용 및 표현에 대한 검토를 통해 국적 논의에 유의미한 증거를 제공할 수 있게 한다.

〈태원지〉는 그동안 국적 문제를 둘러싸고 논란이 있었던 작품인데 이와 관련된 연구들을 중심으로 살펴보면 다음과 같다. 〈태원지〉 연구의 선편을 잡은 김진세는 작품에서 조선을 '동방예의지국'이라고 찬양한 점, 중국 사람에 대한 부정적인 묘사, 혼인 풍습 등을 들어 한국 소설로 보았다.1) 하지만『중국소설회모본(中國小說繪模本)』에 '태원지'라는 제명이 있음을 근거로 일부 학자들이 의문을 제기하면서 <태원지>는 오랜 기간 중국 소설로 취급되었다.2)

그러던 중 임치균은『중국소설회모본』에 언급된 <태원지>가 지리서일 가능성이 높고 소설이라고 하더라도 조선 작품일 가능성이 있음을 근거로 반론을 제기했다. 그리고 김진세의 논의를 보완하여 '조선에 대한 찬양', '중국인에 대한 부정적 서술'과 함께 다른 중요한 근거인 '『동몽서습(童蒙先習)』의 수용' 그리고 작품에 나타난 상대적 공간 인식 등을 제시하여 조선 소설임을 밝혔다.3) 임치균의 국적 비정 후4) <태원지>는

---

1) 김진세, 「太原誌攷 : 李朝后期 社會人들의 Utopia를 中心으로」, 『영남대학교논문집』 1~2, 영남대학교, 1968. 그리고 정병욱은 <태원지>를 창작소설로 분류하면서 중국을 배경으로 하는 소설에 조선이란 국명이 출현한 점을 흥미롭다고 했는데 이는 기본적으로 한국 작품임을 동의하는 견해라고 볼 수 있다. 정병욱, 「낙선재문고 목록 및 해제를 내면서」, 『국어국문학』 44·45, 국어국문학회, 1969.

2) 조희웅은 <태원지>가『中國小說繪模本』에 기록되었다는 이유로 중국 소설일 가능성을 제기했다. 그 후 박재연은『中國小說繪模本』을 출간하며 <태원지>를 중국 소설 중 영웅소설로 분류했고, 민관동도 <태원지>를 중국 소설로 보면서 원본은 일실되고 번역본만 한국정신문화연구원(현 한국학중앙연구원)에 소장되어 있다고 했다. 오순방은 <태원지>를 중국에서 실전되었지만 번역본이 낙선재문고에 남아있는 중국 소설로 보았다. 조희웅, 「낙선재본 번역소설 연구」, 『국어국문학』 62·63, 국어국문학회, 1973; 박재연 편, 『中國小說繪模本』, 강원대학교출판부, 1993; 민관동, 「중국고전소설의 한글 번역문제」, 『고소설연구』 5, 한국고소설학회, 1998; 吳淳邦, 「韓日學者研究中國小說的一些優勢」, 『中國小說論叢』 14, 한국중국소설학회, 2001.

3) 임치균, 「<태원지> 연구」, 『고전문학연구』 35, 한국고전문학회, 2009.

4) 김용기는 임치균의 논의에 이어 <태원지>에 나타난 인물 출생담이 한국 고소설의 전형화된 출생담 '祈子-降生譚'의 특징을 지니고 있고 또 <장백전>·<유문성전>·<음양삼태성>·<현수문전> 등 소설처럼 왕조교체 서사를 다루고 있다는 동질성을 근거로 조선 소설로 입증할 수 있는 단서를 추가했다. (김용기, 「<태원지>의 서사적 특징과 왕조교체」, 『고소설연구』 34, 한국고소설학회, 2012.) 황미숙은 이에 대해 중국소설인『금고기관』의 <송금전>, 『선진일사』, 『옥교리』에 기자치성에 의한 인물 출생담이 나타나고 또 <태원지>의 왕조교체는 한국의 여타 왕조교체 서사와 차이가 있다고 하면서 반론을 제기했다. 황미숙, 「<태원지> 서사분석에 의한 국적 규명」, 『한국고전연구』 29, 한국고전연구학회, 2014.

학계의 관심을 받아 점차 연구의 지평을 확장해갔다.5)

하지만 최근 황미숙이 〈태원지〉의 국적 문제에 다시 이의를 제기하면서 『중국고전소설총목제요(中國古典小說總目提要)』의 〈신무전(神武傳)〉에 대한 간결한 설명은 〈태원지〉의 서사에 부합하기에 〈태원지〉를 중국 소설 〈신무전(神武傳)〉의 번역 혹은 번안 작품으로 추정할 수 있다고 했다.6)

한문본 〈태원지〉에 대한 연구를 개시한 강문종은 한문본 〈태원지〉가 선본(先本)으로 될 수 있음을 확정하였고 한문본에서 조선을 예의지국으로

---

5) 〈태원지〉는 본고에서 주목하는 국적 문제 외에도 내용과 서사적 특징, 주제의식, 비교 연구 등 다방면에 걸쳐 논의가 전개되었는데 다음과 같은 연구논문들을 참조할 수 있다. 홍현성, 「〈太原誌〉 시공간 구성의 성격과 의미」, 『고소설연구』 29, 한국고소설학회, 2010; 임치균, 「조선후기 소설에 나타난 청나라 지배의 중국에 대한 인식의 변화와 의미」, 『장서각』 24, 한국학중앙연구원, 2010; 허순우, 「중화주의 균열이 초래한 주체의식의 혼란과 극복의 서사-〈태원지〉」, 『고소설연구』 33, 한국고소설학회 2012; 이명현, 「〈태원지〉의 표류와 정복에 나타난 타자인식」, 『다문화콘텐츠연구』 14, 중앙대학교 문화콘텐츠기술연구원, 2013; 오화, 「〈태원지〉와 〈경화연〉의 해양 탐험담 비교 연구」, 『한중인문학연구』, 한중인문학회, 2014; 이명현, 「〈태원지〉의 서사적 특징과 대중문화적 가치-게임 스토리텔링과의 유사성을 중심으로」, 『동아세아고대학』 39, 동아세아고 대학회, 2015; 홍연표, 「〈태원지〉 : 문화중화주의의 이상과 당위」, 『국어국문학』 172, 국어국문학회, 2015; 이래호, 「근대국어 후기 자료로서의 한글 고전소설-장서각 소장 고전소설 〈태원지〉를 중심으로」, 『영주어문』 31, 영주어문학회, 2015; 오화, 『한·중 고전소설의 해양체험담 비교 연구-〈太原誌〉와 〈三寶太監西洋記通俗演義〉를 중심으로』, 한국학대학원 박사학위논문, 2017.

6) 황미숙은 『중국고전소설총목제요』의 〈神武傳〉에 대한 "劉伯溫이 朱元璋을 도와 천하를 제패"하고 "劉伯溫의 신묘한 지략과 기묘한 계책이 突出되었다"는 설명은 신이한 활약을 펼치는 종황이 창업주인 임성을 보좌하여 요괴와 적대세력을 물리치는 〈태원지〉의 서사에 부합하기에 〈태원지〉를 〈신무전〉의 번역 혹은 번안 작품으로 추정할 수 있다고 하면서 영조가 명을 내려 〈신무전〉을 〈태원지〉로 번역하도록 하는데 이르렀을 것이라고 주장했다. 황미숙, 앞의 논문.하지만 〈신무전〉은 일실되어 구체적인 서사를 확인할 수 없는 작품으로 위에 제시한 간단한 설명만으로 두 소설에 등장하는 서로 다른 인물들을 대입시켜 관련성을 살피고 심지어 번역 혹은 번안 작품으로 추정하는 것은 근거가 부족한 상황에서 확대해석을 가한 듯하다. 그리고 〈태원지〉가 적시된 『中國小說繪模本』이 영조대에 이루어졌다는 점과 영조가 〈대명영렬전〉과 〈남계연담〉에 관심을 보였다는 점을 통해 영조가 〈신무전〉을 〈태원지〉로 번역했다는 주장을 펼쳤는데 역시 근거가 부족하여 설득력이 떨어진다.

언급하고 중국인에 대한 부정적 서술이 등장한 부분, 『동몽선습』의 수용
등 내용을 확인하여 조선 소설로 볼 수 있는 중요한 증거를 제시하였다.[7]

　이처럼 〈태원지〉는 조선 작품으로 볼 수 있는 유력한 증거를 가지고
있음에도 불구하고 국적 문제에 대해 조심스럽게 다루어야 한다는 지적
이 있었거나[8] 이의가 제기되었던 작품이다. 이는 『중국소설회모본』에
〈태원지〉란 제명이 적시되어 있는 점과 국적 규명에서 제기된 일부 근
거들이 작품의 번역과 번안[9] 혹은 필사자의 개작이나 필사 과정에서 첨
가될 수 있다는 가능성이 존재하기 때문인 것으로 판단된다.

　따라서 본고는 새로 발굴된 한문본 〈태원지〉[10]를 대상으로 소설의

---

7) 강문종은 한문본 〈태원지〉의 필사기에 근거하여 필사 연도를 1746년으로 확정하고,
　장서각본과 연대본이 19세기 전후에 필사된 것을 감안할 때 한문본 〈태원지〉를 先本
　으로 규정할 수 있다고 밝혔다. 강문종, 「한문본 〈태원지〉 연구」, 『고소설연구』 42, 한
　국고소설학회, 2016.
8) 〈태원지〉의 국적에 대한 임치균의 논의 이후 일부 연구자들은 이를 수용하여 〈태원
　지〉가 한국의 작품일 가능성이 높다는 입장을 취하면서 자신의 의문이나 견해를 피력
　했다. 김경미는 임치균이 『중국소설회모본』에 조선 서책도 들어있다고 하면서 언급한
　〈女範〉에 대해 중국의 『여사서』에 들어있는 〈여범첩록〉일 가능성을 제기하고 〈태원
　지〉가 『중국소설회모본』 목록에 들어있기에 〈태원지〉를 완전히 한국 작품으로 확증
　하기에는 조심스러운 부분이 있지만, 설령 번역된 작품이라고 해도 조선적인 요소가
　많이 가미된 이런 소설이 번역되고 읽혔다는 것은 인식상의 변화를 보여준다고 했다.
　김용기는 〈태원지〉가 한국 작품이라는 주장은 아직 결정적인 근거를 제시하지 못했기
　에 좀 더 치밀한 고증이 필요하다고 하면서 한국 작품일 가능성이 크다는 잠정적 결론
　에서 논의를 전개했다. 그리고 후속 연구에서는 〈태원지〉를 한국적 요소가 강하지만
　국적 문제가 아직 불명확한 소설이라고 하면서 결정적인 근거가 부족하여 좀 더 세밀
　한 고증이 필요하다고 했다. 김경미, 「타자의 서사, 타자화의 서사, 〈홍길동전〉」, 『고
　소설연구』 30, 한국고소설학회, 2010, 204~205쪽; 김용기, 앞의 논문, 187쪽, 191쪽; 김
　용기, 「〈태원지〉의 해양 漂流와 島嶼間 이동의 의미-영웅의 자아실현을 중심으로」, 『도
　서문화』 41, 국립목포대학교 도서문화연구원, 2013, 223~225쪽.
9) 강문종은 〈태원지〉가 조선의 작품이라고 볼 수 있는 유력한 근거를 가지고 있음에도
　국적 문제가 계속 제기되는 이유에 대해 일부 근거들이 중국 소설을 번역 혹은 번안할
　경우에 추가될 수 있다는 가능성 때문인 것으로 보았다. 강문종, 앞의 논문, 157쪽.
10) 본고에서는 강문종 소장 한문필사본 〈태원지〉를 주 텍스트, 장서각본 〈태원지〉(청구
　기호 귀K4-6852 1~4)를 보조 텍스트로 연구를 진행했다. 그리고 임치균, 『한문본
　〈태원지〉 역주 연구』(미발행 원고); 임치균 교주, 『태원지』, 한국학중앙연구원, 2010;

지리적 공간과 어휘 사용에 초점을 맞추고 국적 규명에 필요한 실증적 증거를 찾아보고자 한다. 〈태원지〉에 나타난 지리적 공간과 어휘 사용이 중국과 얼마나 다르며 얼마나 한국적인가를 밝힘으로써 지금까지 밝혀진 근거에 내적 근거를 더해 조선의 작품임을 확정하고자 한다. 이 연구가 제대로 진행될 경우 〈태원지〉의 국적 문제를 분명하게 확정할 수 있을 뿐만 아니라 국적 규명에 필요한 새로운 방법론을 정립하여[11] 향후 여타 국적 문제가 불명확한 작품들의 국적을 분명하게 밝히는 데도 기여할 수 있을 것이다.

2. 현실 공간 배치와 실제 지리

〈태원지〉의 주인공 임성은 천명을 받은 인물로 종황과 임응 등 조력자들과 함께 원나라에서 오랑캐를 몰아내고 천하를 도모하려고 한다. 원나라의 수색을 피해 강으로 피신한 임성과 그의 조력자들은 뜻밖에 폭풍을 만나 바다에서 오랫동안 표류하게 된다. 임성은 그의 조력자들과 함께 표류 과정에 여러 요괴와 귀신을 퇴치한 후 새로운 공간인 '태원'에 들어가서 나라를 세우고 태원을 통일하여 다스린다.

작중 서사 전개에 따라 지리적 공간은 크게 세 가지로 나눌 수 있다.

임치균·배영환 옮김, 『태원지』, 한국학중앙연구원, 2010. 등을 참고로 했다. 소중한 자료를 제공해 주신 임치균 교수님과 강문종 교수님께 감사의 마음을 전한다.

11) 필자는 앞서 「유소랑전의 국적 문제에 대한 고찰」(『한민족어문학』 67, 한민족어문학회, 2014.)에서 〈유소랑전〉의 공간 배경과 어휘, 호칭 등을 살펴 국적에 대한 논의를 진행했다. 본고에서도 이와 비슷한 방법론을 도입하여 국적을 규명할 수 있는 증거를 찾고자 하는데 연구가 잘 진행될 경우 앞으로 국적 규명에서 하나의 중요한 방법론으로 활용할 수 있을 것이다.

작품 초반에 등장하는 원나라, 표류하면서 경유하는 해양 공간, 그리고 천명을 실현하는 태원이다. 그중 요괴와 귀신 등 환상적 존재들을 거듭 물리치는 해양 공간은 환상적 성격이 강한 공간이고[12] 중국과 반대 되는 곳에 위치한 상대적 공간인 태원은 허구적 공간으로[13] 볼 수 있다. 반면 임성의 출생과 성장, 조력자들과의 만남, 천하를 도모하기 위한 준비 등의 서사가 이루어지는 원나라는 현실적 공간이라고 할 수 있다.

　〈태원지〉는 현실적 공간 배경을 원나라로 설정하고 있는 만큼 원나라의 구체적 지명이 여러 군데 등장하는데 이와 관련된 서사 단락에 대해 살펴보면 다음과 같다.

> ① 임성의 자는 덕재(德哉)이고 금릉(金陵) 사람이며 가난한 집안에서 태어났다.[14]
> ② 임위(林偉)가 적벽(赤壁) 아래로 가서 물고기 수십 마리를 잡아 시장에 내다 판 돈으로 제물을 산 후 부인 유씨(劉氏)와 함께 북고산(北固山)에 가서 기자치성(祈子致誠)을 드린 후 임성이 출생했다.[15]
> ③ 임성은 임응과 함께 배를 타고 赤壁 아래에서 노닐다가 종황·조평·하승을 만나 망형지우(忘形之友)를 맺고 집으로 데리고 온다.[16]
> ④ 임성과 그의 조력자들은 강으로 피신하다가 폭풍을 만나 바다에서 표류하게 된다. 임성이 배 위에서 장수들과 회포를 풀다가 4년 전 적벽 오강(吳江)에서 종황·조평·하승을 만나 맹약을 맺은 일을 언

---

12) 오화, 앞의 논문(2017), 164쪽.

13) 임치균, 앞의 논문(2009), 355쪽, 367쪽.

14) 林成, 字德哉, <u>金陵人也</u>. 其父偉, 家甚貧窮, 冬暖而獨愁其寒, 年豊而獨苦其飢, 樵汲無代勞之婢僕, 傳家無一點之骨肉.(밑줄 필자, 이하 같음) 〈태원지〉 제1전 1a

15) 偉頗然其語, 而但家貧滋甚, 無物表誠. <u>乃持竿釣於赤壁下</u>, 三日三夜, 得異形之巨魚數十尾, 鬻於市, 買香燭楮幣, 詣北固山頂, 與劉氏且拜且禱, 致敬而還, 此時乃至元乙酉春正月辛卯也……自此果有娠, 以至於十月十六日之夜, 果生一奇男, 乃成也. 〈태원지〉 제1전 1a~1b

16) 一日, 成與應泛舟, <u>遊於赤壁之下</u>, 月上東嶺, 白波如銀……五人不勝懽喜, 結爲忘形之友. 成引歸其家, 拜見其父之後, 追入密室, 相議以心腹. 〈태원지〉 제1전 2a~3a

급한다.17)

⑤ 옥새를 빼앗으려던 서해 용왕이 사죄하고 사라진 뒤 임성은 오강에
서 표류하여 동해로 들어왔다고 말한다.18)

⑥ 태원에서 평거이를 만난 뒤 종황이 적벽 오강에서 바람을 만나 표
류하였다고 밝힌다.19)

⑦ 종황이 평거이에게 중원의 역사에 대해 말하면서 사방 중에 북방은
흉노의 땅인데 끝없이 넓다고 말한다.20)

⑧ 임응이 용왕의 배를 타고 오강에 도착한 다음 바로 임위의 집에 가
서 임위 부부와 만난다.21)

⑨ 임위가 친척들과 함께 오강에서 배를 타고 금국에 도착한다.22)

위의 ①와 ②에서 알 수 있듯이 임성은 금릉 사람이며 임위 부부가 제
물을 마련하여 기자치성을 드린 후에 태어난 아들이다. 임성의 부친 임
위는 집이 가난하여 제물을 준비할 수 없었기에 적벽 아래에 가서 물고
기를 잡은 뒤 시장에 내다 팔아 제물을 마련한다.

임성이 금릉 사람이고 임성이 출생 전후 임성의 집안이 이사를 했다는

---

17) 德哉忽擧盃流涕而言曰: "四年前今日, 與時卿泛舟, 遊於赤壁吳江, 而偶逢公等結盟, 異姓之交情,
同骨肉之親, 欲信大義於天下, 而流名於後世矣……" <태원지> 제10전 23b

18) 德哉曰: "自吳江瓢出於東海, 至今幾及一年, 而舡頭每向東, 而不肯回西, 則想已幾至於東天之涯,
而龍王所謂西海云者, 何也? 無乃人雖不知, 天使之自然而回入於西海耶? 若然則舡每向東而不回,
疾走如矢, 未久必至於西域, 若登陸地, 入還中國, 有何難哉?" <태원지> 제11전 27b

19) 卽請上舡, 禮罷對坐, 美伯拱而問曰: "吾等金陵人也, 往於南蠻, 興販而來, 至赤壁吳江, 忽逢惡風,
瓢落無涯, 所經海中, 累逢妖物, 幾死復生, 千辛萬苦, 始至於此. 未知此何地名, 而高士亦何姓名?"
<태원지> 33a~33b 제14전

20) 美伯曰: "中原分張九州, 一州郡縣, 可以累百計矣. 或英雄並起, 分以爲列國, 渾一天下, 合而爲一
國, 國之興亡, 世之治亂, 未可以爲常, 今則胡元渾一天下, 國號大元, 元國之後, 未知又何國也. 地
方則北方凶奴之地, 遠而無所至極, 都合地方, 則未知其幾何也." <태원지> 제14전 34a

21) 林應與龍王共登船, 未久開目視之, 則舟已迫於吳江. 應不勝驚喜, 艤船於吳江, 急登岸, 徑赴林偉
家. 林偉夫妻見應來, 扶携痛哭嗚咽而已. <태원지> 제25전 68b

22) 偉於是盡率宗族共來, 吳江登舡, 有利風挾去, 疾若雷過, 又如龍王之言, 閉目少寐, 不數日至金國
西江. <태원지> 제25전 68b~69a

대목이 없는 것으로 보아 임위와 부인 유씨는 당시 금릉에 거주했던 것
으로 판단된다. 금릉에 거주하는 임위는 적벽 아래에 가서 낚시하여 제
물을 마련한다. 적벽 아래에 가서 낚시하는 이유는 집안 살림이 곤궁하
여 성의를 표할 제물이 없었기 때문이다.[23] 그리고 물고기를 잡아 판 돈
으로 제물을 준비한 뒤 유씨와 함께 북고산에 가서 기자치성을 드리고
돌아온다. 여기에서는 금릉·적벽·북고산 등 지명이 등장하며 그 이동
경로는 금릉에서 적벽, 적벽에서 북고산,[24] 북고산에서 금릉으로 나타난
다. 늘 굶주림과 추위로 고생하고 제물을 마련할 돈마저 없을 정도로 가
난했던 점으로부터 보아 그들은 말이나 배를 탈 수 있는 상황이 아니며
주로 도보로 이동했을 것이라 짐작된다. 따라서 문면에 언급된 내용들을
보아 금릉·적벽·북고산은 그다지 멀지 않은 곳에 위치해 있거나 혹은
근처에 자리하고 있음을 알 수 있다.

　적벽은 이어지는 서술에서도 자주 등장한다. ③와 ④에서 알 수 있듯,
임성과 임응은 적벽 오강에서 노닐다가 종황·조평·하승을 만나 망형
지우를 맺고 집으로 데려온다. 또 ⑤와 ⑥에서 드러나듯, 임성과 그의 조
력자들은 적벽 오강에 피신하다가 폭풍을 만나 바다에 들어오게 된다.
그리고 ⑧와 ⑨에서 알 수 있듯이 임응은 용왕의 배를 타고 오강에 도착
하여 임위의 집에 가서 임위 부부를 모셔오며, 그들은 다시 오강에서 출
발하여 배를 타고 태원 땅인 금국에 들어간다.

　소설에서 적벽 오강이라는 용어가 자주 등장하는 것으로부터 보아 오강

---

23) 偉頗然其語, 而但家貧滋甚, 無物表誠. 乃持竿釣於赤壁下. 〈태원지〉 제1전 1a
24) 임위가 적벽 아래에 가서 낚시하여 물고기를 잡을 때는 혼자였지만 북고산에 갈 때는
　　유씨와 함께 동행했다는 점을 고려할 때 적벽에서 금릉에 들렀다가 북고산에 갈 가능
　　성도 있겠지만 연구의 편의를 위해 적벽에서 북고산으로 이동한 것으로 대체적인 이
　　동 경로만 밝힌다.

은 적벽 근처에 있는 강이라는 점을 알 수 있다. 오강에 피신하다가 폭풍을 만나 바다에 들어온다거나 임응이 오강에서 내려 임위의 집에 가고, 다시 오강에서 출발하여 태원에 간다는 대목을 통해 적벽 오강은 바다와 가까이 있으며 임위가 거주하던 금릉과도 가까운 거리에 있음을 짐작할 수 있다.

하지만 실제로 오강은 '강소성(江蘇省) 태호(太湖) 지역과 상해시(上海市) 지역을 흐르는 오송강(吳淞江)'을 가리키는데[25] 금릉과 가까이 있는 것이 아니라 일정한 거리를 사이에 두고 있다. 작중 임성이 옛날 주유와 조조가 적벽대전을 펼쳤다고 한탄하던 적벽의 구체적 위치에 대해서는 두 가지 설이 있는데 하나는 "호북성(湖北省) 포기시(蒲圻市) 서북쪽에 위치한 적벽진(赤壁鎭) 북쪽의 적벽산(赤壁山)"[26]을 가리킨다는 것과 다른 하나는 저벽산(赤壁山)과 조금 떨어진 "호북성(湖北省) 무창현(武昌縣) 서쪽에 위치해 있는 적기산(赤磯山)"[27]을 가리킨다는 것이다. 그중 호북성 포기시 적벽산 지역에서는 근 반 세기 이래 후한(後漢) 때 사용되었던 동노기(銅弩機) 등 무기와 도(刀)·창(槍)·검(劍)·모(矛)·전촉(箭鏃) 등 대량의 병기 유물이 발굴되어 이를 유력한 근거로 그곳이 적벽대전을 벌였던 적벽임을 입증할 수 있게 하였고[28] 1998년에 포기시는 적벽시로 정식 개명하였다.[29] 이

---

25) 『寰宇記』에는 吳江에 대해 "本名松江, 右名松陵, 右名笠澤. 其江出太湖, 二源 : 一江東五十八里入小湖, 一江東二百六十里入大海."라고 적혀져 있다. 이상 吳江의 지명에 관해서는 史爲樂 主編, 『中國歷史地名大辭典』(上), 中國社會科學出版社, 2005年, 1260쪽을 참조.

26) 당나라 李泰의 『括地志』에는 "鄂州蒲圻縣有赤壁山, 卽曹公敗處."라고 씌어 있고, 『元和志』에도 赤壁山에 대해 "在縣西一百二十里, 北臨大江, 其北岸卽烏林, 與赤壁相對, 卽周瑜用黃蓋策焚曹公舟船, (曹操)敗走處."라고 적혀져 있다. 이상 적벽(赤壁)의 지명에 관해서는 史爲樂 主編, 위의 책, 1197쪽을 참조.

27) 史爲樂 主編, 위의 책, 1197쪽.

28) 姜洪, 「湖北考古學家考證赤壁遺址眞僞」, 『中國歷史地理論叢』 1992年 第2期, 1992, 151쪽; 王善才, 「湖北蒲圻市赤壁山遺址調査」, 『考古』 1995年 第2期, 1995, 113~117쪽.

29) 「關于湖北省蒲圻市更名爲赤壁市的批復」(民行批 [1998] 22號), 『中華人民共和國國務院公報』 1998年 第19期 참조.

런 상황을 감안할 때 강소성 태호 지역과 상해시 지역을 흐르는 오강은 실제로 호북성 포기시에 위치한 적벽과 아주 멀리 떨어진 곳에 위치해 있으며 <태원지>에 적힌 것처럼 적벽 오강이 될 수 없는 것이다.

또 북고산은 실제로 "강소성(江蘇省) 진강시(鎭江市) 북쪽에 위치해 있는 산"[30]이다. 금릉은 현 강소성 남경시(南京市) 지역을 가리키는데 북고산이 위치한 강소성(江蘇省) 진강시(鎭江市)와 서로 다른 도시이긴 하지만 모두 강소성에 위치해 있고 또 인접해 있는 만큼 기자치성을 드린다는 절박함을 생각할 때 거리가 좀 있다고 해도 갈 법한 상황으로 크게 문제될 바는 없다. 하지만 호북성에 위치한 적벽은 강소성에 위치한 금릉·북고산과 아주 멀리 떨어져 있다. 임위가 금릉에서 출발해서 적벽에 가서 낚시하고 다시 북고산에 가서 기도하는 이동 경로는 다음의 지도를 통해 분명하게 살펴볼 수 있다.

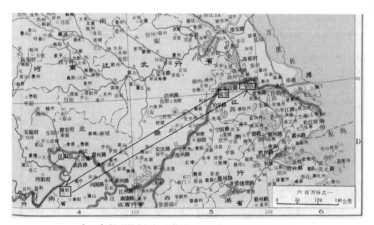

[도 1] 원대(元代) 황하(黃河) 장강(長江) 중하류 지도[31]

---

30) 北固山은 金山·焦山과 더불어 京口三山으로 불렸는데 산 위에는 甘露寺라는 사찰이 있다. 『南史·梁宗室傳上·蕭正義傳』에는 "京城之西有別嶺入江, 高數十丈, 三面臨水, 號日北固"라고 적혀져 있다. 이상 北固山의 지명에 관해서는 史爲樂 主編, 앞의 책, 716쪽을 참조.

위의 지도에서 확인할 수 있듯이 적벽[포기(蒲圻)에 있음]은 금릉(南京)과 상당히 멀리 떨어져 있으며 북고산[진강(鎭江)에 있음]과는 더 멀리 떨어진 곳에 위치해 있다. 금릉에 거주하는 임위가 물고기를 잡아 제물을 마련하기 위해 이토록 멀리 떨어진 적벽에 갔다가 다시 더 먼 거리를 이동하여 북고산에 갔다는 공간 설정은 중국의 실제 지리를 염두에 두지 않은 것임을 알 수 있다.[32] 또 금릉 지역에는 예로부터 양자강(揚子江)뿐만 아니라 양자강 지류인 진회하(秦淮河)·금천하(金川河) 등 하천이 있었고 오래된 역사를 자랑하는 현무호(玄武湖)·막수호(莫愁湖) 등 호수들이 많아 어류가 풍부하였다. 이런 상황에서 금릉을 제쳐두고 낚시하러 머나먼 곳에 있는 적벽까지 갔다가 다시 돌아오는 설정은 중국의 실제 지리와 비교해 볼 때 납득하기 어려운 부분이며 이는 〈태원지〉의 작가가 중국의 실제 지리에 대한 이해가 부족함을 단적으로 보여주고 있다. 또 '금릉'은 중국에서 오랜 세월 여러 조대를 거쳐 수도로 정해졌던 도시이고 '적벽'은 두터운 독자층을 확보하고 있었던 〈삼국지〉와 맥을 같이 하는 중요한 지역이었다. 이처럼 금릉과 적벽이 중국 사람들에게 아주 익숙한 지리적 공간이라는 점을 감안할 때 〈태원지〉에서 보이는 공간 인식은 중국인의 일반적이고 보편적인 지리 상식과 배치되고 있음을 알 수 있는데 이는 〈태원지〉의 작가가 중국인이 아닐 가능성이 높다는 것을 말해준다.[33]

---

31) 郭沫若 主編, 『中國史稿地圖集』(下), 中國地圖出版社, 1990, 64쪽. (이동 경로 표기 필자)
32) 남경에서 적벽까지 거리는 약 671.8km정도이다. 이는 한국의 경우, 서울에서 경상남도 진주까지 왕복 이동 거리와 맞먹는다.
33) 일부 소설에서 공간 배경은 환상적 성격을 지니고 있으며 공간 이동은 작가의 의도적인 설정으로 비현실적인 양상을 보이는 경우가 있다. 하지만 〈태원지〉의 경우 현실적 공간과 환상적 공간은 구별되고 있으며 원나라 공간은 표류 과정에서 지나는 해양 공간, 천명을 실현하는 태원 공간과 달리 현실적인 공간으로 나타나고 있다는 점에 주

<태원지>와 유사하게 해양체험담을 다루고 있는 중국 소설 <삼보태
감서양기통속연의(三寶太監西洋記通俗演義)>에도 작중 공간 배경으로 남경[南
京, 금릉(金陵)]이 등장한다. 작중 영락제는 남경의 삼차하(三汊河)에서 서양
원정을 떠나는 삼보원수 일행을 위해 제사를 치르며, 작품 종반에 서양
원정을 마친 삼보원수 일행이 귀국하여 남경의 초혜협(草鞋夾) 근처에 도
착한다. 많은 사람들에게 있어서 삼차하와 초혜협은 그다지 익숙한 지명
이 아니지만 실제로 모두 남경에 있는 하천이며[34] 작품의 이러한 공간
배경은 실제 지리에 입각한 것임을 알 수 있다.

또 <태원지>에 큰 영향을 미친 <삼국지연의>를 보더라도 소설 속
지리 공간은 중국의 실제 지리와 대체적으로 비슷한 양상을 보인다. 일
례로 <삼국지연의>에서 '적벽'은 조조와 손권·유비 연합군이 적벽대전
을 치른 지역으로 등장하며 적벽 근처에 있는 강은 장강(長江) 즉 양자강
(揚子江)으로 나오는데[35] 이는 위의 지도에서도 확인할 수 있듯이 중국의
실제 지리에 부합된다.

그리고 ⑦에서 언급한 '흉노'라는 명칭에 유의할 필요가 있다. <태원
지>에서 종황은 평거이(平居異)에게 원나라의 북방을 흉노의 땅이라고 언
급했다. 흉노는 중국 고대 유목민족 중 하나로 한때 위세를 떨쳐 진나라
와 한나라를 위협한 적이 있지만 후한 광무제(光武帝) 집정기(執政期)에 내
분으로 인해 남흉노와 북흉노로 분열하였다. 그러다가 북흉노는 후한·

목할 필요가 있다.
34) 삼차하는 남경시 서남쪽에 있는 강이고(史爲樂 主編, 앞의 책(上), 61쪽.), 초혜협은 남경
    시 하관(下關) 동북쪽에 있는 강으로 일명 남경하(南京河)라고도 한다. (史爲樂 主編, 『中
    國歷史地名大辭典』(下), 中國社會科學出版社, 2005年, 1766쪽.)
35) 皆出寨門, 兮列水面上, 長江一帶, 靑紅旗號交襍. 焦觸, 張南早引哨船二十隻, 穿寨而出, 遙望江南
    進發. 羅貫中, <三國志通俗演義>(明嘉靖元年刻本) 卷之十, 中國基本古籍庫DB

남흉노 연합군에 대패하여 유럽 지역으로 서천(西遷)하였고, 남흉노는 점차 한족 등 민족들과 융합되어 지내면서 민족으로서 흉노의 개념이 점차 사라지기 시작했으며 남북조(420-589) 이후에 중국에서 흉노라는 명칭에 대해 더 사용하지 않았다.36) 따라서 몇 세기가 지난 뒤 건립된 원나라를 배경으로 하는 작품에서 북방을 이미 역사의 뒤안길에서 사라진 흉노의 땅이라고 언급하는 것은 당시 중국인들의 역사·지리 인식에 부합되지 않는다.37)

이렇듯 〈태원지〉에 나타나는 현실 공간은 당시 중국의 실제 지리와 상당히 큰 차이가 있으며 또한 중국인들이 지니고 있던 일반적이고 보편적인 인식과 배치되는데 이런 상황들을 고려할 때 〈태원지〉의 작가는 중국의 지리적 공간에 익숙하지 않은 외국인임을 알 수 있다.38)

---

36) 흉노의 역사와 명칭에 관해서는 『史記』 〈匈奴列傳〉; 『漢書』 〈匈奴傳〉; 馬麗淸, 『原匈奴·匈奴歷史與文化的考古學探索』, 鄭州大學 博士學位論文, 2004, 1~2쪽; 史爲樂 主編, 앞의 책(上), 1043쪽 참조.

37) 하지만 조선의 경우, 흉노라는 명칭에 대해 여전히 사용하고 있었던 것으로 보이는데 『태종실록』에서도 다름과 같은 기사를 확인할 수 있다. 朴錫命曰 : "今中朝之人, 率皆如此. 西有燕反, 北有匈奴, 間有草賊, 釋此不憂, 惟逃軍是追, 遼東 徐摠兵之爲謀亦淺矣。" 上曰 : "如端木智者, 誠小人也。惟酒食是好." 錫命曰 : "近來使臣類如此, 中國實無人也." 『태종실록』 권3, 태종 2년 4월 3일 기묘 4번째 기사 참조.

38) 금릉이나 북고산, 오강 등이 포괄된 중국 강남 지역은, 조선조 세종 시기 이후에 와서 조선의 문인들에게 공식적 접근이 허용되지 않았기에 역사와 문학을 통해 간접적으로 체험하고 문화 지리적 심상을 통해 상상적으로 받아들일 수밖에 없는 공간으로 바뀌었다. (박일용, 「한국 고전문학에 나타난 중국의 강남 체험과 강남 형상」, 『한국고전연구』 28, 한국고전연구학회, 2013, 7쪽, 16쪽 참조) 따라서 작가가 조선 문인일 경우, 江南 지역이 워낙 범위가 넓고 광대한데다가 이런 간접적인 방식을 통해 접근할 수밖에 없는 지역이므로 오인할 소지가 충분하다고 볼 수 있다.

3. 어휘 사용과 표현

앞에서 서술했듯이 〈태원지〉의 지리적 공간은 중국의 실제 지리와
큰 차이를 보인다. 〈태원지〉는 유려한 한문체로 되어 있지만 그 문장을
자세히 살펴보면 중국의 언어적 관습과 차이를 보이는 어휘와 표현들이
많이 사용되고 있다.

① 城中草家, 隨皆焚之, 火光衝天, 明若白晝.39)
[성 안에 있는 초가들이 따라서 모두 불에 타니, 불빛이 하늘로 솟아올
라 밝기가 대낮과 같았다.]

② 鍾美伯旣定金國, 送趙平報大洪王, 大洪王大喜, 使右丞相平居異守西安國,
與趙平共來.40)
[종미백이 이미 금국을 평정하고 조평을 보내어 대홍왕에게 보고하였
다. 대홍왕이 크게 기뻐하며 우승상 평거이로 하여금 서안국을 지키게 하
고는 조평과 더불어 왔다.]

③ 三人急拜于前, 白面者曰 : "貧徒襄陽人, 姓鍾名璜, 字美白. 他一人, 姓趙
名平, 表德均甫, 武陵人也……"41)
[세 사람이 앞에서 급히 절했다. 얼굴이 흰 사람이 말하였다. "빈도는
양양 사람으로 성은 종, 이름은 황이며 자는 미백입니다. 저 사람은 성이
조, 이름이 평, 자가 균보이며 무릉사람입니다……"]

④ 道士答曰 : "貧徒姓平, 名居異, 字太安, 本居於金國東鎭方蔡州城南門外芳
華村……"42)

---

39) 〈태원지〉 제23전 62b
40) 〈태원지〉 제24전 64a
41) 〈태원지〉 제2전 2b

[도사가 답하였다. "빈도의 성은 평, 이름은 거이, 자는 태안입니다. 본디 금국 동진방 채주성 남문 밖 방화촌에 살았습니다……"]

⑤ 二怪卽來陣前大叫曰 : "汝設手端, 我等見之."[43]

[두 요괴가 즉시 진 앞에 나타나 큰 소리로 외쳤다. "너는 솜씨를 부려보아라. 우리들이 지켜보겠다."]

⑥ 美伯見神法已破, 暗自驚訝, 謂二怪曰 : "汝旣破吾法術, 汝施手端, 吾見之."[44]

[미백이 신법이 이미 깨진 것을 보고 남몰래 경악하면서 두 요괴에게 말하였다. "네가 이미 나의 법술을 깨드렸으니 너는 솜씨를 부려 보아라. 내가 지켜보겠다.]

⑦ 美伯曰 : "主公且不放心, 言語動止, 雖或如人, 我視之, 皆絶色也. 豈有人而無參差之理哉? 此可爲疑."[45]

[미백이 말하였다. "주공은 일단 방심하지 마십시오. 언어와 행동은 사람과 같지만 제가 보니 모두 절색입니다. 어찌 사람에게 들쭉날쭉한 차이가 없을 수 있겠습니까? 이것이 의심스럽습니다.]

위의 ①에는 '초가(草家)'라는 단어가 나온다. 한국의 경우 '초가'의 사전적 의미는 "지붕을 이엉으로 이은 집"[46]을 가리키지만, 중국의 경우 '초가'는 사전에서 찾아볼 수 없는 단어이다.[47] 중국어에서는 한국의 '초

---

42) 〈태원지〉 제14전 35b
43) 〈태원지〉 제12전 29b
44) 〈태원지〉 제12전 29b
45) 〈태원지〉 제9전 19b
46) 단국대학교 동양학연구소 편, 『韓國漢字語辭典』(卷三), 단국대학교출판부, 1995, 968쪽.
47) 『漢語大詞典』(第九卷)(海外版)(漢語大詞典編輯委員會・漢語大詞典編纂處, 三聯書店(香港)有限公司・漢語大詞典出版社聯合出版, 1993.)과 『古代漢語大詞典』(徐復 外 編, 上海辭書出版社, 2007.), 『古代漢語字典』(古代漢語字典編委會 編, 商務印書館國際有限公司, 2013.) 등 사전을

가'와 비슷한 의미를 가진 단어로 '초옥'을 사용하지만[48] '초가'라는 단어는 사용하지 않는다.[49] '가(家)'와 '옥(屋)'은 중국어에서 엄격하게 구별되어 사용되지만 한국의 경우에는 그 구별이 엄격하지 않았으며 '초가', '초옥' 등 단어들을 혼용하여 썼던 것으로 보인다.[50]

②에서 '송(送)'은 '보내다'[51]의 뜻을 지닌 것으로 구체적으로 '사람을 보내 어떤 일을 시키다'의 의미가 담겨 있다. 중국에서 '송(送)'은 "견송(譴送)", "송행(送行)", "송친(送親)", "송장(送葬)", "배견(排遣)" 등 다양한 의미를 내포하고 있지만 '사람을 보내 어떤 일을 시킨다'라는 의미는 찾아볼 수 없다.[52]

③와 ④에는 '빈도(貧徒)'라는 단어가 나온다. '빈도(貧徒)'는 중국이나 한국이나 막론하고 사전에 수록되지 않은 단어이다.[53] 자신을 겸칭하는

모두 검토했지만 '草家'라는 단어는 찾아볼 수 없었다.

48) 중국어에서 '草屋'외에 '草房', '草室', '草舍' 등 단어를 사용하는 경우도 있다.

49) 中國基本古籍庫DB를 검색해 보아도 '草屋'과 비슷한 의미를 지닌 '草家'라는 단어는 찾아볼 수 없었다.

50) <태원지>에서도 '草家'와 '草屋'은 같은 의미로 사용되었다. 德哉大喜, 艤船於岸側, 與美伯等隨道士而往, 至其家, 則草屋極其蕭灑, 明山麗水, 繞園於左右, 異草香花, 掩映於上下矣. <태원지> 제14전 33b
謝士華(「燕行文獻中屬入的朝鮮語詞匯摭析」,『新疆大學學報』(哲學・人文社會科學版), 第44卷 第6期, 2016, 143~144쪽.) 도 조선의 연행문에서는 중국에서 쓰는 '草屋' 대신 '草家'를 많이 사용하고 있으며 '草家'와 '草屋'이 혼용되고 있다고 지적한 적이 있는데 金昌業의 『老稼齋燕行日記』에서 "自鳳城至周流河草家居多, 自周流河至山海關土屋居多. 自有土屋以後, 間有瓦家, 而絶不見草家, 此無草而然也. 草屋上平塗以土而不漏. 草生其上, 或以石灰塗之. 草家所覆茅皆不編, 但束而積之." 등과 같은 대목을 통해 이런 점을 확인할 수 있다고 했다.

51) 단국대학교 동양학연구소 편, 위의 책, 862쪽.

52) 漢語大詞典編輯委員會・漢語大詞典編纂處, 『漢語大詞典』(第十卷)(海外版), 三聯書店(香港)有限公司・漢語大詞典出版社聯合出版, 1993, 805~806쪽; 古代漢語字典編委會 編, 앞의 책, 868~869쪽; 徐復 外 編, 앞의 책, 1279쪽. 등 사전과 中國基本古籍庫DB를 함께 검토했지만 위와 같은 용법은 찾을 수 없었다.

53) 漢語大詞典編輯委員會・漢語大詞典編纂處, 위의 책(第十卷); 古代漢語字典編委會 編, 위의 책; 徐復 外 編, 위의 책; 단국대학교 동양학연구소 편, 『漢韓大辭典』(13), 단국대학교출판부, 2008; 大漢韓辭典編纂室 編, 『教學大漢韓辭典』, 교학사, 2007. 등 사전을 두루 검토해봤지

단어로 '빈도(貧道)'가 있는데 중국과 한국의 경우 '빈도(貧道)'는 모두 "중이나 도사가 자신을 낮추어 이르는 말"54)을 가리킨다. 따라서 위의 문장에서 쓰인 "貧徒"는 자신을 겸칭하는 '貧道'의 오기로 추정된다.

흥미로운 것은 왜 이런 오기가 나타났는가 하는 점이다. 중국의 경우, '道'와 '徒'은 전혀 연관이 없는 별개의 글자이다. 〈태원지〉의 작가가 중국인일 경우 '道' 대신 발음부터 의미에 이르기까지 전혀 다른 '徒'를 쓸 가능성은 아주 희박하다.

하지만 한국의 경우 상황은 다르다. '道'와 '徒'의 한자음 독법은 모두 '도'이며 작자가 한국인일 경우 이런 오류가 생길 가능성은 충분하다고 생각된다. 〈태원지〉의 작가는 뛰어난 한문 실력을 갖추고 있지만 한문 창작 과정에서 모어인 한글의 영향을 받을 수 있기 때문이다.

⑤와 ⑥에 나오는 '수단(手端)'이라는 단어에 대해서도 눈여겨볼 필요가 있다. '수단(手端)' 역시 한국이나 중국 사전에서 찾아볼 수 없는 단어로,55) 문맥으로 보아 원문의 "手端"은 '솜씨나 기량'을 가리키는 '수단(手段)'의56) 오기로 보인다. 〈태원지〉의 작가는 "手端"을 '수단(手段)'으로 오인하고 있으며 이런 오류는 "知我手端"57), "豈施手端"58) 등 다른 문장에서도 연이어 나타난다. '段'을 의미나 글자 형태에 이르기까지 전혀 다

만 '貧徒'라는 단어를 찾아볼 수 없었다.
54) 漢語大詞典編輯委員會·漢語大詞典編纂處, 위의 책(第十卷), 118쪽; 단국대학교 동양학연구소 편, 위의 책, 54쪽.
55) 단국대학교 동양학연구소 편, 『漢韓大辭典』(5), 단국대학교출판부, 2003; 大漢韓辭典編纂室 編, 위의 책; 古代漢語字典編委會 編, 앞의 책; 徐復 外 編, 앞의 책. 등을 모두 검토했지만 '手端'이란 단어를 찾아볼 수 없었다.
56) 단국대학교 동양학연구소 편, 위의 책(2003), 950쪽.
57) 二怪大笑曰: "小兒乃敢唐突作言乎? 汝有能敢當乎我歟? 卽欲殺汝, 而欲使汝細知我手端, 然後殺之, 故姑舍之. 汝等殺我卒徒, 何可不報? 汝雖有萬端之神術, 亦不出吾手中, 雖歷億萬年, 不能離此島也." 〈태원지〉 제12전 29a
58) 二怪大笑曰: "汝之法術可見矣, 我則豈施手端, 然後殺汝乎?" 〈태원지〉 제12전 29b

른 '端'으로 오인하고 쓴 것 역시 위에서 언급한 '道'와 '徒'의 경우와 마
찬가지로 두 글자의 한자음 독법이 '단'이기에 생긴 오류라 판단되며 이
는 작가가 한국인이라는 추정을 가능케 한다.

⑦에서 '방심(放心)'의 용법에도 주목할 필요가 있다. '방심'의 경우 중
국에서는 "마음이 안정적이고 우려와 걱정이 없다."[59]는 뜻으로 사용되
고 있는데 원문의 '불방심(不放心)'은 아주 어색한 표현이다. 하지만 한국
의 경우 '방심(放心)'은 '방심하다'의 뜻으로 사용되고 있으며 원문의 '불
방심(不放心)'은 '마음의 긴장을 풀지 말라'는 의미로[60] 해석할 수 있는데
틀린 표현이라고 보기 어렵다.[61]

위에서 언급한 어휘 외에도 〈태원지〉에는 "將無騎馬", "先生若無, 寡人
何生", "則皆有黃狐之尾九者也" 등과 같은 중국의 언어적 관습과 차이를
보이는 문장이나 표현들이 상당수 존재한다. 원문의 "將無騎馬"[62]는 '장
수는 탈 말이 없다'라는 의미로 사용된 표현으로 한국어의 문법 구조에
들어맞는 문장이다. 하지만 중국의 경우, '기마(騎馬)'는 '탈 말'이 아니라
'말을 타다'라는 뜻으로 해석되며 위의 문장은 이해하기 아주 어려운 표
현으로 된다. 또 "先生若無, 寡人何生"[63], "則皆有黃狐之尾九者也"[64]와 같

---

59) 漢語大詞典編輯委員會 · 漢語大詞典編纂處, 『漢語大詞典』(第五卷)(海外版), 三聯書店(香港)有限
   公司 · 漢語大詞典出版社聯合出版, 1990, 409쪽.
60) '방심(放心)'의 사전적 의미에 대해서는 大漢韓辭典編纂室 編, 앞의 책, 1341쪽 참조
61) 朴聖大는 『韓語漢字詞教育對漢語學習者的影響分析』(天津師範大學 碩士學位論文, 2014, 5~6
   쪽.)에서 한국과 중국에서 사용되는 '放心', '小心', '工夫' 등 同形異義詞에 대해 비교하
   면서 그 의미의 차이에 대해 밝힌 적이 있다.
62) 美伯大喜曰 : "先生所見, 正合吾意, 而但將無騎馬, 兵不滿百, 不可輕入於重地. 先取何郡, 以爲完
   備之地耶? 願先生教之." 〈태원지〉 제15전 36b
63) 洪王亦拜曰 : "先生神機, 萬古無比, 先生若無, 寡人何生?" 〈태원지〉 제24전 64a
   여기에서 '先生若無, 寡人何生'은 '선생이 만약 없었다면 과인이 어찌 살았겠습니까'라
   는 의미로 해석할 수 있다.
64) 衆視之女王公主之尸, 則皆有黃狐之尾九者也, 諸侍婢則皆老狐者也. 〈태원지〉 제9전 23a

은 문장들은 한국어의 문법 구조에 맞지만 중국의 언어적 관습에는 부합되지 않는데 이런 문장과 표현들은 매 장마다 찾아볼 수 있을 정도로 빈출한다. 이처럼 〈태원지〉에는 한국적 색채가 짙고 중국의 언어적 관습에 부합되지 않는 어휘와 표현들이 많이 보이는데 이는 〈태원지〉의 작가가 중국인이 아니라 조선의 문인이라는 실증적 증거로 되고 있다.

〈태원지〉의 지리적 공간과 어휘 사용 및 표현에서 지적한 상술한 문제점들에 대해 필사자의 오기나 개작 과정에서 생긴 것이 아닐까 하는 의문이 들 수 있다. 하지만 지리적 공간과 어휘 사용 등 면에서 보이는 텍스트의 근본적인 문제점들을 모두 필사자의 오기나 개작 여부와 연관시키는 것은 지나친 해석이 될 수 있다. 또 장서각 소장 한글본 〈태원지〉에서도 지리적 공간은 한문본과 전혀 다르지 않게 나타난다는[65] 점을 염두에 둘 때 이런 문제점은 개작 과정이나 필사 과정에서 나타난 실수라고 하기보다는 창작 과정에서 발생한 것이라 판단된다.

4. 결론

이상으로 한문본 〈태원지〉의 지리적 공간과 어휘 사용을 검토하면서 국적 규명에 필요한 단서를 찾아보고자 했다.

〈태원지〉에 나오는 금릉·적벽·북고산·오강 등 지역은 모두 가까운 위치에 있는 것으로 나타나지만 이는 중국의 실제 지리와 큰 차이를

여기에서 '則皆有黃狐之尾九者也'는 '모두 누런 여우의 꼬리가 아홉 달린 자였다'의 의미로 해석할 수 있다.
65) 장서각본 〈태원지〉에서도 임위의 이동경로는 한문본 〈태원지〉와 마찬가지로 금릉에서 적벽, 적벽에서 북고산으로 나타나며 오강 역시 적벽 근처에 있는 강으로 나온다.

보인다. 임위가 금릉에서 낚시하러 적벽에 갔다가 다시 북고산에 기도하러 가는 이동 경로나 오강을 적벽 근처에 있는 강으로 인식한 것은 <태원지>의 작가가 중국의 실제 지리에 대한 이해가 부족함을 단적으로 보여준다. 또 원나라를 배경으로 하는 작품에서 북방을 흉노의 땅이라고 언급하는 부분도 중국인들의 역사·지리 인식에 부합되지 않는다.

<태원지>의 지리 공간은 중국의 실제 지리와 배치되며 또한 중국인들이 지니고 있던 일반적이고 보편적인 인식과 배치되는데 이런 상황들을 감안할 때 <태원지>의 작가가 중국의 지리적 공간에 익숙하지 않은 외국인임을 알 수 있다.

<태원지>는 유려한 한문체로 되어있지만 문장을 자세히 살펴보면 중국의 언어적 관습과 차이를 보이는 어휘와 표현들이 많이 사용되고 있다. <태원지>에서는 중국에서 사용하지 않는 '초가(草家)'와 '송(送)'의 용법, '빈도(貧徒)'와 '수단(手端)', '방심(放心)' 등의 어휘 사용 그 외 한국어의 문법 구조에 맞지만 중국의 언어적 관습에 부합되지 않는 "將無騎馬", "先生若無, 寡人何生", "則皆有黃狐之尾九者也" 등 문장과 표현들을 많이 찾아볼 수 있다. 지리적 공간과 어휘 사용 등 면에서 보이는 이러한 특징들은 <태원지>가 조선에서 창작된 소설임을 확증할 수 있는 실증적 증거로 되고 있다.

참고문헌

1. 자료
임치균 교주, 『태원지』, 한국학중앙연구원, 2010.
임치균·배영환 옮김, 『태원지』, 한국학중앙연구원, 2010.
임치균, 『한문본 <태원지> 역주 연구』(미발행 원고)
<태원지>, 강문종 소장본, 한문필사본
<태원지>, 장서각본, 청구기호 귀K4-6852 1~4

단국대학교 동양학연구소 편㉠, 『韓國漢字語辭典』(卷三), 단국대학교출판부, 1995.
단국대학교 동양학연구소 편㉡, 『漢韓大辭典』(5), 단국대학교출판부, 2003.
단국대학교 동양학연구소 편㉢, 『漢韓大辭典』(13), 단국대학교출판부, 2008.
大漢韓辭典編纂室 編, 『敎學大漢韓辭典』, 교학사, 2007.

古代漢語字典編委會 編, 『古代漢語字典』, 商務印書館國際有限公司, 2013.
徐復 外 編, 『古代漢語大詞典』, 上海辭書出版社, 2007.
漢語大詞典編輯委員會·漢語大詞典纂處, 『漢語大詞典』(海外版)1~13, 三聯書店(香港)有
        限公司·漢語大詞典出版社 聯合出版, 1987~1993.
史爲樂 主編, 『中國歷史地名大辭典』(上·下), 中國社會科學出版社, 2005年.

『조선왕조실록』, 한국고전종합DB
羅貫中, 『三國志通俗演義』, 中國基本古籍庫DB
羅懋登, 『三寶太監西洋記通俗演義』, 中國基本古籍庫DB
司馬遷, 『史記』, 中國基本古籍庫DB
班 固, 『漢書』, 中國基本古籍庫DB

2. 논문 및 단행본
강문종, 「한문본 <태원지> 연구」, 『고소설연구』 42, 한국고소설학회, 2016.
김경미, 「타자의 서사, 타자화의 서사, <홍길동전>」, 『고소설연구』 30, 한국고소설학
        회, 2010.
김용기㉠, 「<태원지>의 서사적 특징과 왕조교체」, 『고소설연구』 34, 한국고소설학회,

2012.

김용기ⓒ, 「＜태원지＞의 海洋 漂流와 島嶼間 이동의 의미-영웅의 자아실현을 중심으로」, 『도서문화』 41, 국립목포대학교 도서문화연구원, 2013.

김진세, 「太原誌攷 : 李朝后期 社會人들의 Utopia를 中心으로」, 『영남대학교논문집』 1~2, 영남대학교, 1968.

민관동, 「중국고전소설의 한글 번역문제」, 『고소설연구』 5, 한국고소설학회, 1998.

박재연 편, 『中國小說繪模本』, 강원대학교출판부, 1993.

박일용, 「한국 고전문학에 나타난 중국의 강남 체험과 강남 형상」, 『한국고전연구』 28, 한국고전연구학회, 2013.

吳淳邦, 「韓日學者研究中國小說的一些優勢」, 『中國小說論叢』 14, 한국중국소설학회, 2001.

오화ⓒ, 「＜태원지＞와 ＜경화연＞의 해양 탐험담 비교 연구」, 『한중인문학연구』, 한중인문학회, 2014.

오화ⓒ, 「유소랑전의 국적 문제에 대한 고찰」, 『한민족어문학』 67, 한민족어문학회, 2014.

오화ⓒ, 『한·중 고전소설의 해양체험담 비교 연구-＜太原誌＞와 ＜三寶太監西洋記通俗演義＞를 중심으로』, 한국학중앙연구원 한국학대학원 박사학위논문, 2017.

이래호, 「근대국어 후기 자료로서의 한글 고전소설-장서각 소장 고전소설 ＜태원지＞를 중심으로」, 『영주어문』 31, 영주어문학회, 2015.

이명현ⓒ, 「＜태원지＞의 표류와 정복에 나타난 타자인식」, 『다문화콘텐츠연구』 14, 중앙대학교 문화콘텐츠기술연구원, 2013.

이명현ⓒ, 「＜태원지＞의 서사적 특징과 대중문화적 가치-게임 스토리텔링과의 유사성을 중심으로」, 『동아세아고대학』 39, 동아세아고대학회, 2015.

임치균ⓒ, 「＜태원지＞ 연구」, 『고전문학연구』 35, 한국고전문학회, 2009.

임치균ⓒ, 「조선후기 소설에 나타난 청나라 지배의 중국에 대한 인식의 변화와 의미」, 『장서각』 24, 한국학중앙연구원, 2010.

정병욱, 「낙선재문고 목록 및 해제를 내면서」, 『국어국문학』 44·45, 국어국문학회, 1969.

조희웅, 「낙선재본 번역소설 연구」, 『국어국문학』 62·63, 국어국문학회, 1973.

허순우, 「중화주의 균열이 초래한 주체의식의 혼란과 극복의 서사-＜태원지＞」, 『고소설연구』 33, 한국고소설학회 2012.

홍연표, 「＜태원지＞ : 문화중화주의의 이상과 당위」, 『국어국문학』 172, 국어국문학회, 2015.

홍현성, 「<太原誌> 시공간 구성의 성격과 의미」, 『고소설연구』 29, 한국고소설학회, 2010.
황미숙, 「<태원지> 서사분석에 의한 국적 규명」, 『한국고전연구』 29, 한국고전연구학회, 2014.

姜洪, 「湖北考古學家考證赤壁遺址眞僞」, 『中國歷史地理論叢』 1992年 第2期, 1992.
郭沫若 主編, 『中國史稿地圖集』(下), 中國地圖出版社, 1990.
「關于湖北省蒲圻市更名爲赤壁市的批復」(民行批 [1998] 22號), 『中華人民共和國國務院公報』 1998年 第19期.
馬麗淸, 『原匈奴・匈奴歷史與文化的考古學探索』, 鄭州大學 博士學位論文, 2004.
朴聖大, 「韓語漢字詞敎育對漢語學習者的影響分析」, 天津師範大學 碩士學位論文, 2014.
謝士華, 「燕行文獻中屬入的朝鮮語詞匯摭析」, 『新疆大學學報』(哲學・人文社會科學版), 第44卷 第6期, 2016.
王善才, 「湖北蒲圻市赤壁山遺址調査」, 『考古』 1995年 第2期, 1995.

Ⅲ. 〈태원지〉의 작품분석

〈태원지〉의 국어학적 특징

1. 서론

국어사 연구 자료는 판본이 주가 되지만, 근대국어 후기 자료의 판본
은 그리 많지 않아, 한정된 자료만이 이용되었다. 근대국어의 판본 자료
를 보충할 수 있는 자료로 언간과 고전소설 등의 필사자료를 들 수 있
다.1) 최근에는 언간이 판본 자료를 보완하고, 언간만의 고유한 가치를
인정받아 국어사 연구의 1차 자료로 삼아 연구가 이루어지고 있으나 고
전소설은 국어사 자료로 거의 이용되지 않고 있으며, 고전소설에 대한
국어학적 연구의 시도 또한 그리 많지 않다. 고전소설을 국어학적으로
접근한 본격적인 연구는 이광호2)를 들 수 있지만 그 이후로 고전소설에
대한 국어학적 접근은 거의 이루어지지 않았으며,3) 국어사 연구에서는

---

1) 한글 필사 자료로 한글 고문서, 실기류, 필사본 사서 언해류 등을 더 들 수 있다.
2) 이광호, 「한글필사본 '殘薰五代演義'의 국어 문법적 검토」, 『장서각』 7, 한국정신문화연
   구원, 2002, 5~32쪽.
3) 이재홍, 「국립중앙도서관소장 한글번역필사본 ≪츈츄녈국지≫(17권17책)에 대하여」,
   『중국소설논총』 26, 한국중국소설학회, 2007, 233~269쪽에서는 한글 번역 필사본 『츈
   츄녈국지』에 대한 종합적 검토에서 '표기 특징'을 살펴보고 있지만, 표기법의 특징이나
   몇몇 특징적인 어휘를 소개하는 데 그치고 있다.

거의 배제된 상태였다. 다만 박재연의 일련의 연구4)에서 어휘를 중심으로 논의가 꾸준히 진행되고 있는 것은 고무적이라 할 수 있다.

고전소설이 국어사 연구에서 배제가 된 이유로는, 국어학계에서 고전소설에 대한 관심이 부족했던 것도 한 이유가 되겠지만,5) 필사본이 주를 이루는 고전소설이 그 시기의 추정이 대체로 어렵고, 필사자, 이본들과의 관계 등 문헌 이용에 필요한 기초적 사실이 밝혀져 있지 않거나 밝히기 어려운 데 있었다. 그러나 언해문을 대상으로 이루어져 온 국어사 연구의 한계를 극복하고 자료의 다양성을 확보하기 위해서는 언간을 비롯하여 고전소설과 같은 필사본 연구는 이제 당면 과제가 되었다. 언어 내적·외적으로 필사 연대를 추정할 수 있고 국어의 변화 양상을 파악하는 데 도움이 된다면 고전소설도 적극적으로 연구 대상에 끌어들여야 할 것이다.

본 연구는 장서각에 소장되어 있는 조선 후기의 고전소설 『태원지』의 국어학적 특징을 살펴봄으로써 『태원지』의 시기를 추정하고, 국어사 자료로서의 고전소설의 가치를 밝혀 보고자 한다. 국어사의 연구 자료로서 『태원지』를 접근하기 위해서는 필사 연대 추정이 우선되어야 한다. 안타깝게도 『태원지』는 필사기가 존재하지 않아 언어 외적으로 연대 추정이 어렵다. 필사기가 없지만 『태원지』에 대한 국어학적 접근을 통하여 언어 내적 사실을 바탕으로 필사 연대를 어느 정도 추정할 수 있을 것으로 판단된다.

이를 위하여 본 연구에서는 제2장에서는 『태원지』의 서지 사항을 간

---

4) 대표적으로 박재연, 「중국 번역소설과 역학서에 나타난 어휘에 대하여」, 『한국어문학연구』 1, 한국어문학연구회, 2001을 들 수 있다.

5) 이현희, 「19세기 초기부터 20세기 초기까지의 한국어는 어떤 모습이었나-주로 문법사적 기술을 중심으로」, 『우리말글』 41, 우리말글학회, 2007, 1~40쪽에서 『홍루몽』 260여 책에 이르는 방대한 이 번역소설들만 대상으로 하여서도 19세기 말 언어에 대한 실상을 정밀하게 살필 수 있을 것으로 기대된다고 하면서 아직 국어학도들의 관심이 여기에 가 있지 않음이 매우 이상하게 느껴진다고 한 바 있다.

략하게 제시하고, 언어 내적인 사실을 바탕으로 필사 시기 추정할 것이다. 3장에서는 『태원지』의 나타나는 표기, 음운, 문법, 어휘 등의 국어학적 특징을 밝혀 국어사 자료로서의 가치를 자연스럽게 드러낼 것이다.

2. 『태원지』의 서지와 필사 시기

(1) 『태원지』의 서지

장서각에 소장되어 있는 『태원지』는 4권 4책의 필사본으로 그 서체는 궁체이며, 책의 크기는 29.2×20.7cm이다. 無郭 無絲欄에 半葉이 10행이며, 한 행에는 보통 20~25자가 쓰여 있다. 『태원지』의 표제는 한문으로 '太原誌'라고 되어 있으며, 권수제는 '태원지'로 되어 있다. 首題를 책의 서명으로 보는 서지학의 일반적인 경향에 따라 이 책의 서명은 '태원지'로 한다. 『태원지』는 서론에서 언급한 바와 같이 창작자와 창작 연대는 밝혀져 있지 않으며, 필사와 관련된 필사기 또한 존재하지 않는다.

『태원지』의 간략 형태 서지 사항을 정리하면 다음과 같다.6)

(1) 태원지의 간략 서지

表題	太原誌	지질	楮紙
首題	태원지	행, 자수	半葉 10行 20~25字
도서번호	K4-6852	장정	線裝
권, 책	4卷4冊	소장본주기	印：藏書閣印
성격	한글 필사본	마이크로필름 번호	MF35-204
책의 크기	29.1×15.6m		

---

6) 이는 한국학중앙연구원 장서각 홈페이지의 정보를 이용한 것이다.

『태원지』7)의 대강은, 원나라 말기, 영웅의 기상을 가졌고 천명을 받은 임성이 관군에게 핍박당하자 배로 피화하였다가 대해에 표류하게 되는데 종황의 신기묘책에 힘입어 요괴를 물리치고 태원에 이르러 존속하던 오국을 정벌하고 대흥을 창업하게 된다는 내용이다.8)

『태원지』는 김진세9)에서 그 내용 가운데 조선에 대한 예찬, 중국인에 대한 부정적인 묘사, 혼인의 법도와 같은 화소가 조선인이 가질 수 없는 정서이므로 조선에서 창작된 고소설이라 하였는데, 조희웅,10) 박재연11) 등의 연구에서는 1762년(영조 38)에 작성된 『中國歷史繪模本』 〈小書〉에 그 서명이 기록되어 있음을 근거로『태원지』를 중국의 작품을 번역한 소설로 보았다. 그 이후 임치균12)은 작품 속에 직접 서술되고 있는 조선에 대한 찬양, 중국인에 대한 부정적 서술, 『동몽선습』의 내용, 조선 후기에 확산되기 시작한 세계에 대한 상대적 인식이 드러나고 있다는 점 등을 근거로 하여『태원지』가 우리나라 작품이라는 사실을 밝힌 이후, 『태원지』의 국적은 우리 고소설인 것으로 동의되는 형편이었다. 그러나 최근 황미숙13)은『태원지』는 주인공이 역성혁명을 성공시키고 황제로 등극하

---

7) 여러 논문에서 소설 작품으로서의 '태원지'를 〈태원지〉로 표기하였는데, 본 연구에서 는 국어학적 논의의 대상으로 '태원지'와 소설 작품으로서의 〈태원지〉를 구별하지 않 고『태원지』로 표기할 것이다. 또한 한문본을 언급할 때에는『太原誌』로 표기할 것이다.
8) 황미숙, 「〈태원지〉 서사분석에 의한 국적 규명」, 『한국고전연구』 29, 한국고전연구학 회, 2014, 344쪽.
9) 김진세, 「태원지고 : 이조후기 사회인들의 Utopia를 중심으로」, 『영남대학교논문집』 1・ 합집, 영남대학교, 1968, 13~24쪽.
10) 조희웅, 「낙선재본 번역소설 연구」, 『국어국문학』 62・63합집, 국어국문학회, 1973, 257~273쪽.
11) 박재연, 「중국 번역소설과 역학서에 나타난 어휘에 대하여」, 『한국어문학연구』 1, 한 국어문학연구회, 2001, 137~173쪽.
12) 임치균, 「태원지 연구」, 『고전문학연구』 35, 한국고전문학회, 2008, 355~382쪽.
13) 앞의 논문.

는 창업 서사인데 주인공이 창업주가 되는 경우는 우리 고소설에 전무하
여 우리나라에서 창작된 고전소설이라 보기 어려우며, 『태원지』의 서명
이 기록된 시점은 『中國歷史繪模本』 <소서>가 작성된 1762년이므로 『태
원지』는 1762년 이전 작품일 가능성이 높고 <神武傳>을 번역 내지 번안
한 작품임을 거론하면서 다시 『태원지』에 대한 국적 문제가 붉어지게 되
었다.

그러나 강문종14)은 한문본 『太原誌』와 연세대 소장 『태원지』15)가 소
개되면서 한글본 『태원지』가 한문본 『太原誌』를 번역한 번역소설임이 거
의 명확해졌다 할 것이다. 또한 강문종은 필사기를 통하여 한문본 『太原
誌』의 필사자는 曺命敎이고 필사 시기는 1746년이며, 이 해를 창작 시기

---

14) 강문종, 한문본 <太原誌>의 고전소설사적 의미, 『제111차 정기학술대회 발표 자료집』,
한국고전소설학회, 2015, 47~60쪽.
강문종, 「한문본 <태원지(太原誌)> 연구」, 『고소설연구』 42, 한국고전소설학회, 2016,
145~175쪽.

15) 연세대 소장 『태원지』는 장서각 소장 『태원지』와 이본 관계에 있는데, 강문종의 연구
에 따르면, 연세대 소장 『태원지』는 낙질본으로 권2만 남아 있다. 이 책의 크기는
29.4×20.7cm이고, 회장체의 형식의 총 69장으로 되어 있으며, 각 면이 9행 각 행별 22
자 내외로 구성되어 있다. 글씨체는 궁체로 되어 있는데 낙선재본 <옥원중회연>과
비슷하며 <영이록>과 거의 유사한 서체다. 표지는 붉은 색이 흐리게 남아 있는 것으
로 보아 당초 붉은색으로 되어 있던 것으로 추정되며, 표제는 '太原志 二'로 되어 있다.
장서각 소장 『태원지』와 연세대 소장 『태원지』가 동일 한문본을 저본으로 하여 번역
하였는지는 아직 밝혀지지 않았지만, 그 번역 양상은 차이가 있다. 강문종의 연구에
제시된 연세대본의 이미지를 참고하여 번역 양상이 차이나는 부분의 일부를 보이면
다음과 같다.
　가. 덕지 믄득 ᄉᆞ양 왈 나ᄌᆞ톤 무지박덕지인이 엇지 감히 이롤 감당ᄒᆞ리오 다른 덕
　　잇는 사롬을 굴희여 맛지미 가ᄒᆞ도다 미빅 왈 고인이 운ᄒᆞ디 텬여불슈이면 반
　　슈기앙이라 ᄒᆞ니 쥬공은 ᄉᆞ양치 마ᄅᆞ쇼셔 덕지 왈 비록 그러나 셰샹의 나갈 긔
　　약이 업ᄉᆞ니 이 힝듕의셔 무어시 ᄡᅳ리오<태원지(장서각), 권2 : 15a>
　나. 덕지 ᄉᆞ양ᄒᆞ야 굴오디 날 ᄀᆞ톤 덕이 박ᄒᆞ고 지죄 업슨 재 엇디 감히 이롤 당ᄒᆞ
　　리오 다른 덕이 잇는 사롬을 굴ᄒᆞ야 도라보냄만 ᄌᆞ디 못ᄒᆞ니라 미빅이 디왈 녯
　　사롬이 닐오디 하놀이 주어 취티 아니ᄒᆞ면 도로 앙화롤 밧ᄂᆞᆫ다 ᄒᆞ니 쥬공은 ᄉᆞ
　　양티 마ᄅᆞ쇼셔 덕지 왈 비록 ᄉᆞ양티 아니ᄒᆞ나 셰샹의 나갈 긔약이 업ᄉᆞ니 이
　　바다 가온대셔 이거슬 므어시 ᄡᅳ리오<태원지(연세대), 권2 : 1a>

의 하한선으로 삼는다면『太原誌』는 18세기 전반을 전후한 시기에 창작되었을 것으로 추정할 수 있다고 하였다.

『태원지』가 번역소설임은『태원지』에 나타나는 문체를 통해 어느 정도 파악할 수 있다. 번역 소설에서 나타나는 가장 일반적인 문체적 특징, 곧 중세국어 이래로 언해본 또는 번역본에 주로 나타나는 소위 전이어16) 의 일부가『태원지』에서 보이기 때문이다.

> (2) 가. 님셩 죵황은 스스로 듕군이 되고 양관으로 우군쟝을 흐이고 군
>   소 십 인과 <u>밋</u> 반슈 등을 일즈로 펴 진셰롤 베퍼 기ᄃ리더니
>   〈권1 : 16b〉
>   나. 공니의 말이 셩힝흐야 셩인의 되 힝치 못흐니 <u>밋</u> 진시황의게
>   니르러 동셔쥬롤 아오르고 뉴국을 숨켜 텬하롤 논화 군현을
>   민돌고〈권2 : 39b〉
>   다. 경이 심히 웅용흐니 엇지 <u>뻐</u> 믈니칠고〈권4 : 01b〉
>   라. 황숭이 졔쟝으로 흐여금 군을 논화 굿게 직회여 <u>뻐</u> 구병을 기
>   ᄃ리더니〈권4 : 27a〉

(2가)와 (2나)의 '밋'과 (2다)와 (2라)는 '뻐'는 원문을 축자역한 결과로 나타나는 것들로, 중세국어 언해 문헌에 나타나는 대표적인 전이어들이다. 이러한 전이어들은『태원지』에서도 나타난다.17) (2가)와 (2나)의 '밋'

---

16) 전이어에 대해서는 양언,「중세 언해 문헌의 전이어에 대한 연구」, 한국학중앙연구원 박사학위논문, 2011을 참조하기 바람.

17) (2가)와 같이 'NP와/과 밋 NP'의 형식의 '밋'은 총 8회, (2나)와 같이 개사로서의 '及' 을 번역한 '밋'은 1회, (2다)와 같이 '부사 뻐'의 형식은 9회, (2라)와 같이 '연결어미 + 뻐'의 형식은 5회가 나타난다. 한편 중세국어에서 전이어로 해석되는 '-로 뻐'의 '뻐' 는 77회가 나타나지만, '-로 뻐'는 재구조화된 조사 '-로뻐'로도 해석할 수 있고, 이러한 형식은 언해문헌이 아닌 한글편지 등에서도 나타나는 형식이므로, '-로 뻐'는 제외하기로 한다.

은 '及'에 대응되는 것으로, (2가)의 '십 인과 밋'은 접속사 '及'을 국어의
접속조사 '와/과'로 번역한 후, '及'에 해당하는 전이어로 '밋'을 추가한
것이다. (2나)의 '밋 진시황의게 니르러'는 개사 '及'을 '의게 니르러'로
번역한 후, 전이어 '밋'을 문장 첫머리에 첨가한 것으로 파악된다. (2다)
와 (2라)의 '뻐'는 한문에서 "목적", "원인", "방식" 등 여러 가지 의미를
가지고 있던 '以'를 번역한 것으로, 이러한 '以'는 당시 국어에서는 연결
어미 '-아/어', '-고'가 담당하였다. (2다)의 '엇지 뻐'는 '何以' 정도를 축
자역한 것이다. 여기에서 '뻐'는 전이로서 잉여적 요소이다. (2라)의 '직
회여 뻐'는 '以'를 연결어미 '-아/어'로 번역한 후 '뻐'를 첨가한 것이다.
(2)와 같은 전이어들은 19세기 후반에도 나타나지만 주로 번역본, 언해본
에 나타나는 것들이며, 한문본이 없는 고전소설에서는 찾아보기 어려운
것들이다.18) 이러한 전이어들을 통하여 고전소설『태원지』가 번역 소설
일 가능성이 높음을 알 수 있다.

　앞에서 언급한 강문종의 연구에서 "『太原誌』는 18세기 전반을 전후한
시기에 창작되었을 것"이라는 추정은 한글본『태원지』의 필사 시기를 말
해 주는 것은 아니다.『태원지』의 필사기가 없는 상황에서 그 필사 시기
는 국어학적인 검토를 통하여 어느 정도 해결될 수 있는 문제라고 보인
다. 다음에서『태원지』의 나타난 언어적 사실을 검토하여『태원지』가 쓰
여진 시기를 추정할 것이다.

---

18) 우리나라에서 창작된 것으로 알려진 <징세비태록>, <문장풍뉴삼대록>에서는 (2)에
　　제시한 전이어들이 전혀 나타나지 않는다.

(2) 『태원지』의 필사 시기

강문종의 연구에서 밝힌 바와 같이, 한문본 『太原誌』의 필사 시기가 1746년이므로 한글 소설 『태원지』의 필사 시기는 1746년 이후가 될 것이다. 다음에서 『태원지』의 구체적인 필사 시기를 추정해 보기로 하자.

우선 '낮[晝]'이 모음으로 시작하는 조사와 결합할 때의 분철 표기를 통하여 『태원지』의 필사 시기의 상한선을 대략적으로 추정해 볼 수 있다.

> (3) 패흐야 믈너와 그 무옴을 굿게 흐고 <u>낮이</u>면 칠성긔룰 브라고 밤이
>   면 칠성등을 브라보고<권4 : 20a>

(3)은 '낮'의 'ㅈ'이 종성에서 'ㅅ'으로 표기되고 모음으로 시작하는 조사가 결합할 때 분철된 표기를 보인 것이다. 『태원지』에서는 (3)과 같이 '낫'이 모음으로 시작하는 어미와 결합할 때 분철되어 나타난다. 18세기 문헌에서 'ㅅ' 분철 표기는 대부분 어간말 'ㄷ'을 반영하지만 어간말 'ㅅ'을 표기하는 데도 간헐적으로 쓰이고 어간말 'ㅈ'을 표기하는 데도 유력하게 쓰였음이 황문환[19]의 연구에서 밝혀졌다. 이러한 표기는 비록 곡용의 경우에 한하기는 하나 18세기 문헌부터 유력한 표기 경향으로 자리잡아 20세기 초의 언문철자법에까지 이어졌다. 특히 '낮'이 (3)과 같이 분철되어 표기되는 것은 1713년의 『악학습령』에서부터 보이기 시작하는 것이지만, 『악학습령』 등에서는 '낫이'와 같은 분철 표기와 '나지'와 같은 연철 표기가 모두 나타난다.[20] 그러나 한 문헌에서 (3)과 같이 분철

---

19) 황문환, 「근대 문헌의 'ㅅ' 분철 표기에 대하여」, 『국어연구의 이론과 실제』, 태학사, 2001.
20) 杜鵑이 나지 운다<악학습령, 724(1713)>

표기로만 나타나는 것은 18세기 중후반에 들어서의 일이다.[21] 그러므로 '낮'의 표기를 통해 추정할 수 있는 『태원지』의 필사 시기는 우선 18세기 중후반 이후라 할 수 있고, 이는 『太原誌』의 필사 시기가 1746년이고 그 이후에 『태원지』가 필사되었을 것이라는 앞의 추정과 어느 정도 일치한다.

(3)을 통하여 『태원지』가 18세기 중반 이후라는 사실은 어느 정도 추정할 수 있지만, 구체적인 상한선은 어휘의 모습을 통하여 추정이 가능하다.

(4) 빅의쟈는 등의 금줄 잇는 쥐니 큰 소 만ᄒ고 남은 거슨 다 <u>도야지</u> 만ᄒ더라<권1 : 29a>

(5) 가. 즉시 글월을 ᄆᆞᆫ드라 죵ᄌᆞ롤 주어 보너엿더니 <u>오리지</u> 아냐샤 냥지 뎡을 니어 즉시 도라왓거눌<권1 : 9b>

나. 미빅이 쇼왈 내 볼셔 혜아려지 <u>오러더니라</u><권3 : 25a>

(4)의 '도야지'는 현대국어의 '돼지'에 해당한다. 18세기 말 『한청문감』 (1779)에 처음 등장하는 '되야지'[22]와 (4)의 '도야지'는 부음의 양음절성으로 실제 발음은 같았을 것으로 판단된다. "久"를 뜻하는 어휘는 중세국어 이래로 '오라-'가 쓰였고, 18세기에 들어 신형인 '오러-'가 등장하여

---

21) 이에 대해서는 이래호, 「장서각 소장 사서 언해서류-『됴야긔문』와 『조야첨지』, 『됴야회통』을 중심으로」, 『장서각 소장 필사 자료 연구』 태학사, 2007, 197~199을 참조하기 바람.

22) ᄆᆞᆯ 되야지<한청문감14 : 44b(1779)>
한편 조항범, 「'돼지'의 어휘사」, 『한국어의미학』 11, 한국어의미학회, 2002.에서는 근대국어 문헌에 나타나는 '도다지'는 '돝'의 이형태인 '돌'에 '-아지'가 결합된 것이고, '도아지'는 '*돌'에서 'ㄹ'이 탈락한 '*도'에 '-아지'가 결합한 것이라 하였다. 그리고 '미야지'가 15세기 문헌에 보이는 것을 보면 '되야지'도 이른 시기부터 쓰였을 가능성이 높다고 하였다.

18세기에는 '오ᄅ-'와 '오리-'가 공존하였다. 『태원지』에도 (5)와 같이 '오리-'형이 보인다. 그런데 주목할 것은 『태원지』에서 '오ᄅ-' 형은 보이지 않고 모두 '오리-'만 보인다는 점이다. 이렇게 신형인 '오리-'형으로 통일되어 나타나는 문헌은 판본으로는 『한청문감』(1779), 필사본으로는 『계해반정록』(1785)이 처음이다. 『한청문감』의 '되야지'와 동일한 것으로 판단되는 (4)의 '도야지'와 (5)의 '오리-'는 『태원지』가 빨라도 『한청문감』이 간행된 1779년 전후에 필사되었을 것으로 추정할 수 있는 근거가 된다. 이러한 사실은 다음과 같은 문법적인 특징을 통해서도 확인할 수 있다.

(6) 심듕의 암탄 왈 내 만일 오지 <u>아냣던들</u> 쥬공이 위틱ᄒᆞᆯ낫다<권2 : 8a>

(6)의 '아냣던들'은 [아니ᄒ-+-얏-+-더-+-ㄴ들] 정도로 분석할 수 있고, 어미 구조체 '-던들'에 '-엇-'이 결합되어 있음을 확인할 수 있다. 최동주[23]의 연구에 따르면 '-더-'가 'ㄴ들'과 결합한 '-던들'에 '-엇-'이 결합할 수 있었던 것은 18세기 후반부터이다.[24] 구체적으로 판본자료에서는 『명의록언해』(1777)에서 처음 보인다. 따라서 (3)~(6)를 통하여 『태원지』의 필사 시기는 대체적으로 18세기 후반 이후, 일러도 『명의록언해』(1777)를 앞서지는 못할 것으로 판단된다.

이러한 『태원지』의 필사 시기 추정은 어중 유기음의 표기 방식에서도 어느 정도 도움을 받을 수 있다. 근대국어 문헌에서 '앞' 등의 어중 유기

---

23) 최동주, 「국어 시상체계의 통시적 변화에 관한 연구」, 서울대박사학위논문, 1995.
24) 시기를 정확히 알 수 있는 문헌에서 '-엇던들'이 처음 보이는 예는 다음과 같다.
　　만일 텽뎡ᄒᆞᆫ는 젼의 발뵈엿던들 국가의 일이 그 쟝ᄎᆞᆺ 엇더ᄒᆞ리요<명의록언해卷首下 어제윤음 : 16b(1777)>

음을 표기하는 방식에는 제1유형, 유기음을 다음 음절에 표기하는 방법 (아퍼), 제2유형, 미파된 대표음을 앞 음절말에 표기하고 외파된 유기음을 다음 음절에 표기하는 방법(압퍼), 제3유형, 유기음을 폐쇄음과 ㅎ으로 나누어 표기하는 방법(압히) 등 세 가지 유형으로 나눌 수 있는데25), 『태원지』에서는 어중 유기음 'ㅍ'을 표기하는 방식으로는 제3유형만 나타난다. 『태원지』에서 어간 말음으로 'ㅍ'을 가진 어휘들의 유형별 표기 빈도를 보이면 다음과 같다.

(7) 어중 유기음 표기 방식

유기음	용례	1유형	2유형	3유형
ㅍ	앞	0	0	25
	높-	0	0	9
	갚-	0	0	11
	덮-	0	0	16
	깊-	0	0	11

곽충구의 연구26)에 따르면, 제3유형은 18세기 후기에 이르러 일반화된다. 『태원지』는 유기음 'ㅍ'의 경우 어중에서는 제3유형이 100%인데, 이러한 사실은 『태원지』가 18세기 후기의 언어적 특성도 가지고 있음을 의미한다. 어중의 'ㅍ' 표기가 18세기 후반 19세기 초반에 필사된 것으로 추정되는 『됴야긔문』, 『조야쳠지』와 거의 동일하다는 점27)에서 『태

---

25) 백두현, 「국어사 연구의 새로운 방향 설정을 위하여」, 『국어학』 47, 국어학회, 2006, 3~40쪽 참조.
26) 곽충구, 「18세기 국어의 음운론적 연구」, 서울대학교 석사학위논문, 1980, 16쪽.
27) 『됴야긔문』, 『조야쳠지』에서 어간말에 유기음 'ㅍ'을 가진 어휘들의 모음으로 시작하는 조사나 어미와 결합할 때 유기음을 표기하는 방법을 유형별 빈도로 나타내면 다음과 같다.

원지』는 18세기 후기 혹은 그 이후의 언어적 특성도 보이고 있음이 방
증된다.

3. 『태원지』의 국어학적 특징

고전소설 『잔당오대연의』를 대상으로 문법적인 검토를 시도한 이광
호28)의 연구에서는 필사본 한글 소설이 국어학 연구의 대상이 되지 못한
이유로 그 시기의 추정이 대체로 불가능하고 그 작품에 반영된 국어의
여러 언어 현상이 매우 불규칙하여 일률적인 문법 이론으로 해석하는 데
큰 어려움이 따르기 때문이라고 하였다. 그 시기 추정이 대체로 쉽지 않
다는 것에는 동의하지만, 여러 언어 현상이 매우 불규칙하여 일률적인
문법 이론으로 해석하는 데 어려움이 따른다는 점에서는 전적으로 동의
하기 어렵다. 여러 언어 현상이 매우 불규칙한 것은 주로 표기법과 관련
된 문제인데,29) 이러한 문제는 한글 고전소설에서만 나타나는 것이 아니
기 때문이다. 판본이든 필사본이든 근대국어 자료들은 표기법에 있어서
불규칙한 경향을 보이는 것은 이미 밝혀진 사실이다. 창작 소설은 국어
의 당시 언어 사실을 반영하였음은 물론이거니와 번역되어 국어 문장에

유형	됴야긔문	조야첨지
제1유형	0	0
제2유형	0	0
제3유형	38	100

28) 앞의 논문.
29) 이광호는 앞의 논문에서 고전소설의 언어 현상이 규칙적이지 못한 예로 유기음 표기,
ㅅ 조성의 표기, 어두자음군의 표기를 들었는데, 이러한 세 가지는 판본에서도 동일하
게 나타나는 문제이다.

일정한 제약이 가하여졌다 하더라도 이들 문장들은 당시 독자들에게 훌륭히 수용될 수 있는 문장들이었다고 볼 수 있기 때문에 국어 연구의 대상이 될 수 있고, 고전소설에 나타나는 문법적인 특징은 국어사의 한 특징으로 정립될 수 있을 것이다. 이 장에서는 국어사 자료로서 『태원지』를 이해하기 위한 전반적인 언어적 특징을 살펴보고 이 자료에 나타나는 국어학적 특징을 통하여 이 자료의 가치를 자연스럽게 드러내 보일 것이다.

(1) 표기

『태원지』에 사용된 어두의 합용병서는 'ㅅ'계 합용병서로 'ㅺ, ㅼ, ㅽ, ㅆ'이, 'ㅂ'계 합용병서로 'ㅳ, ㅄ, ㅶ'이 있다. 어두 자음군 표기의 용례를 보이면 다음 (8)과 같다.

    (8) 병서표기
      가. 'ㅅ'계
          ㅺ : 쌋가<권2 : 15b>, 쎄쳐<권3 : 37b>, 꿈의<권1 : 2a>, 쯔어
               <권3 : 41b>, 꼴녓고<권1 : 36a>, 꼿히<권1 : 42a> 등
          ㅼ : 쓷이<권1 : 4a>, 따흘<권1 : 5b>, 써러지거놀<권3 : 10a>,
               쑤에롤<권1 : 29a>,   쓰림<권2 : 49b>,   쏘훈<권1 : 1b>,
               썰치면<권1 : 6b> 등
          ㅽ : 쌘혀<권1 : 4a>, 쌜<권2 : 22b>, 쌴<권4 : 19b>, 쎠히라
               <권2 : 23b>, 쌰샤<권3 : 21a> 등
          ㅆ : 쩍으디<권1 : 39b>, 살쩐<권1 : 36a>, 눈찌<권2 : 2b>
      나. 'ㅂ'계
          ㅳ : 쁘지<권2 : 11b>

ㅄ : ᄡᅳ지<권3 : 34a>, ᄡᅡ흔<권3 : 37b>, ᄡᅡ호거ᄂᆞᆯ<권2 : 51a>, ᄡᅣᆼ을<권3 : 09b>, ᄡᅩ니<권1 : 40a>, ᄡᅳ지<권4 : 05b>, ᄡᆞ시니<권4 : 25a>, ᄡᆞ호기ᄅᆞᆯ<권1 : 18a> 등

ᄧ : ᄧᅡᆨ이<권2 : 7a>, ᄧᅳ여지ᄂᆞᆫ<권1 : 40a>, ᄧᅵᆨ어도<권1 : 24a>, ᄧᅵᆼ긔고<권3 : 19a>, 바닷물이 ᄧᆞ<권1 : 32b>

『태원지』에서 'ㄱ', 'ㅂ'의 의 된소리는 'ㅅ'계 합용병서로만 표기된다. 'ㄷ'과 'ㅈ'의 된소리는 'ㅅ'계와 'ㅂ'계 합용병서 모두로 표기되고 있지만 'ㄷ'의 된소리는 대부분 'ᄯ'으로 표기되며 'ᄠ'은 'ᄠᅳ-'[開眼]에만 나타난다. 'ㅈ'의 된소리는 (8가)의 'ᄶ'으로 표기된 세 예를 제외하고 모두 'ᄧ'으로 표기된다. 『태원지』에서 각자병서는 나타나지 않는다. 중세국어에서 'ㅆ'으로 나타나던 '쏘-'[射], '쓰-'[書] 등은 모두 'ㅄ'으로 모두 대체되어 나타남을 볼 수 있는데, 이는 'ㅅ'의 된소리 표기가 'ㅄ'으로 통용되어 가는 경향[30]을 반영한 것으로 파악할 수 있다. 『태원지』에서 된소리 표기는 몇 개의 예외가 있기는 하지만, 'ㄱ', 'ㅂ'의 된소리는 'ㅅ'계 합용병서로만, 'ㅅ'의 된소리는 'ㅂ'계 합용병서로만, 'ㄷ'의 된소리는 주로 'ㅅ'계 합용 병서로, 'ㅈ'의 된소리는 주로 'ㅂ'계 합용병서로 표기되는, 대체로 규칙적인 표기를 보인다고 할 수 있다.

종성표기는 7종성법의 체계를 보이고 있다.[31] 중세국어에서 종성에서 'ㄷ'으로 표기되는 어휘들은 예외 없이 'ㅅ'으로 표기되고 있다. 어말 겹자음으로는 'ㄺ'과 'ㄼ'이 쓰인다. 이에 대한 예를 제시하면 다음 (9)와 같다.

---

30) 이기문, 『국어사개설』, 탑출판사, 1972, 193쪽.

31) 근대국어의 종성 표기는 대부분 7종성 표기이므로, 이에 대한 예는 따로 제시하지 않는다.

(9) 가. 곳, 엇기, 밧들며, ㄹㄱ고, 듯는 등

　　나.　붉거눌<권1 : 11b>,　글넑기롤<권1 : 2b>,　등츩으로<권1 :
　　　　24a>, 늙은<권2 : 8b>, 돍의<권2 : 13b>, 섥을<권1 : 32a> 등

　　다. 여듧<권1 : 43b>, 셟고<권2 : 7a>, 볿<권4 : 32a>, 눏쒸는<권
　　　　2 : 28b>

(9가)는 중세국어에 종성으로 'ㄷ'을 가졌던 어휘들이 『태원지』에서
'ㅅ'으로 표기되는 예들이며, (9나)는 종성의 'ㄹㄱ', (9다)는 'ㄹㅂ'의 예이다.
　분철표기는 체언의 경우 'ㅅ'을 제외한 나머지 자음에서는 거의 예외
없이 분철되는 모습을 보인다. 용언의 경우, 어간 말음에 따라 분철과 연
철 표기가 비교적 규칙적으로 나타난다.

(10) 가.　ᄌᆞ식이<권1 : 1b>,　인간의셔<권1 : 2a>,　눈믈을<권4 : 44b>,
　　　　사룸을<권4 : 32b>, 밥을<권1 : 32b>, 등츩으로<권1 : 24a>

　　나. 낫이면<권4 : 20a>, 뜻이<권1 : 8b>, 옷술<권1 : 3b>, 여슷시
　　　　<권1 : 23a>, 거시<권4 : 42b>, 거술<권1 : 21b>

(11) 가.　용언의 분철표기 : 남으나<권1 : 20b>, 삼으려<권1 : 33b>, 닙
　　　　으니<권2 : 17b>, 잡아시니<권1 : 4b> 막으니<권3 : 40b>, 먹
　　　　으라<권1 : 2a> 등, (b) 늙으니<권1 : 33a>, 붉은<권1 : 32a>,
　　　　묽은<권2 : 11a> 등

　　나.　용언의 연철표기 : 거러나와<권1 : 48b>, 거츠러<권1 : 25b>,
　　　　모드니<권3 : 21b>, 어드나<권1 : 22b>, 닷그샤<권2 : 39a>,
　　　　섯거<권4 : 05b>, 나흐시니<권1 : 1b>, 노흐니<권3 : 37b>, 슬
　　　　허ᄒ리잇고<권4 : 43b>,　버셔나믈<권3 : 39b>,　아사<권1 :
　　　　39a>,　업스나<권1 : 38b>안ᄌ시니<권1 : 4b>,　조츠면<권2 :
　　　　17b>

(10가)는 체언의 말음이 'ㄱ, ㄴ, ㄹ, ㅁ, ㅂ' 거나 'ㄺ'일 경우에는 예외 없이 분철되는 예이고, (10나)는 'ㅅ'인 경우에는 분철이 되는 경우도 많지만, 연철과 중철도 나타나는 예이다. 'ㅅ'이 연철될 때는 대부분 의존명사 '것'일 경우이다. (11)은 용언의 분철과 연철의 예이다. (11가)와 같이 어간 말음이 'ㄱ, ㅂ, ㅁ'일 경우와 어간말 자음군이 'ㄺ'일 경우 모음으로 시작하는 어미가 후행할 때에 예외없이 분철되고[32], 그 외 말음의 경우에는 (10나)와 같이 거의 대부분이 연철된다. 즉, [+cor] 자질을 가진 자음이 어간 말음일 경우 분철 표기와 거리가 멀었다고 볼 수 있다.[33] 체언이나 용언 모두 어중의 유기음 표기의 경우, 'ㅊ'은 '낫출<권1 : 20b>', '긋치고<권1 : 27b>와 같이 모두 제2유형의 이른바 부분중철로 나타난다. 그러나 'ㅍ'의 경우 앞의 (6)에서 본 바와 같이 '갑흐랴, 놉흔/놉흐니, 덥흐니' 등 모두 제3유형의 이른바 재음소화 표기로 나타난다. 『태원지』는 분철과 연철, 중철 등의 표기에서 'ㅅ'을 제외하면 규칙적인 표기를 보여준다. 'ㅅ'이 분철, 연철, 중철이 모두 나타나는 것은 근대국어의 일반적인 현상이었다.

『태원지』에서 'ㄹ-ㄹ' 연쇄는 대부분 'ㄹ-ㄴ'로 표기한다.

---

32) 어간 말음이 'ㄼ'인 경우 모음으로 시작하는 어미가 후행하는 예가 없어, 분철과 연철의 경향을 파악할 수 없다.

33) 이러한 현상은 18세기 중엽 자료로 알려진 『어제』와 『御製自省編諺解』와 『御製續自省編諺解』에서도 동일하다. 이에 대해서는 이래호, 「장서각 소장 유일본 『어제』에 대한 국어학적 연구」, 『장서각』 5집, 한국정신문화연구원, 2001, 239~263쪽; 배영환, 「장서각 소장 영조 어제 언해서류(1)-『어제자성편(언해)』와 『어제속자성편(언해)』를 중심으로」, 『장서각 소장 필사 자료 연구』 태학사, 2007, 21~85쪽을 참조하기 바람.

(12) '르-르'의 '르-ㄴ' 연쇄표기

어휘	『태원지』			
	ㄹ-ㄹ	ㄹ-ㄴ	ㄴ-ㄴ	ㄹ-ㅇ
올리-	0	10	0	0
열리-	0	7	0	0
블러(부르다)	3	49	0	0
놀라(놀라다)	1	33	0	0
말라(말다, 勿)	0	21	0	0
(진)실로	0	50	0	0
날로	0	10	0	0
샐리	0	8	0	0
멀리	0	0	15	0
총계	4	188	15	0

　모음 사이의 '르-ㄴ'의 연쇄는 형태소 내부뿐만 아니라 형태소 경계에
서도 대부분 '르-ㄴ'로 표기된다. '먼니'는 다른 예들이 '르-ㄴ'로 표기
된 것과는 비교된다. (12)의 '먼니'는 중세국어에서는 '머리'로 나타나다
가 '머리>멀리'의 변화에 따라 근대국어에서는 '멀니'로 나타나는 것이
일반적이다. 그러나 『태원지』에서는 '멀니'가 나타나지 않고 '먼니'만 나
타난다. 『태원지』의 '먼니'는 '르-ㄴ' 연쇄에 의해 나타나야 할 '멀니'가
이 연쇄에 '(역행적) 유음화 규칙' 대신 경쟁 관계에 있는[34] '비음화 규
칙' 잘못 적용시킨 결과 '먼니'가 등장한 것으로 해석될 수 있다.

---

34) 이진호, 「국어 유음화에 대한 종합적 고찰」, 『국어학』 31, 국어학회, 1998, 100~114쪽
　　참조.

(2) 음운

순자음 아래에서의 원순모음화 현상은 17세기 중·후기의 『노걸대언
해』(1670)나 『박통사언해』(1677)에도 상당히 많이 나타나고, 전광현[35]은
17세기 말의 자료인 『역어유해』에서 원순모음화가 상당히 많이 일어났
음을 근거로 순자음 뒤의 원순모음화는 17세기 말기에 거의 완성된 것으
로 보았다. 그러나 실제 원순모음화의 완성된 것과 표기에서는 차이를
보이는데, 『태원지』 표기상에 나타난 원순모음화는 그리 많이 반영되지
않았다.

(13) 『태원지』의 원순모음화 반영 비율

어휘	『태원지』	
	ㅡ유지	→ ㅜ
므엇	1	14
믈(水)	21	24
블(火)	34	5
블(不)	28	7
믄득	29	5
믄허디-	0	5
플-/플[36]	3	4
붓-/붓[37]	44	1
브르-	49	16
믈니-	58	5
총계	267	86
백분율	75.6%	24.4%

---

35) 전광현, 「17세기 국어의 연구」, 서울대학교 석사학위논문, 1967.
36) 체언 '플'(草)과 '플-'로 시작되는 용언 모두를 대상으로 하였다.
37) 체언 '붓'과 '붓-'이 활용 시 이와 같이 중철되어 나타나는 체언과 용언을 대상으로
   하였다.

18세기 후반부터 19세기 초반의 필사 자료들은 원순모음화 반영에 있어 보수적인 경향이 강하다.[38] 전체적으로 보면, 『태원지』역시 그러한 경향을 보인다. 그러나 어휘마다 원순모음화 반영 비율이 큰 차이를 보인다는 점이 특기할 만하다. '믈'의 경우, 원순모음화 반영과 그렇지 않은 것이 비슷한 비율을 보이나, '블'의 경우는 비원순모음화 반영이 원순모음화 반영보다 월등히 앞선다는 것이다. 또한 '므엇'의 경우는 원순모음화 반영이 월등히 높다. 다른 어휘들은 비교적 원순모음화가 반영되지 않은 비율이 높다. 이는 『태원지』에서 원순모음화가 일률적으로 반영되는 것이 아니라, 특정 어휘를 중심으로 반영되어 나가고 있음을 보여주는 것이다.

『태원지』에서 구개음화는 'ㄷ' 구개음화만 나타난다. 어휘별로 ㄷ구개음화가 반영된 비율을 살펴보면 다음과 같다.

(14) 'ㄷ' 구개음화 양상

구분			'ㄷ/ㅌ' 유지형	ㄷ〉ㅈ
고유어	어두	둏-	6	0
		딕희-	0	30
		디니-	0	3
		티-	0	58
		소계	6	91
	비어두	곳티	0	29
		엇디	0	247
		쩌러디-/것구러디-	0	21
		헤티-	0	8
		쌘디-	0	20

---

38) 대표적인 예로 18세기 중반 자료의 필사본 어제류들과 18세기 후반~19세기 초 자료로 추측되는 사서류(조야류)에서 비슷한 양상을 보인다.

구분			'ㄷ/ㅌ' 유지형	ㄷ>ㅈ
문법 형태		소계	0	325
		-ㄹ디라	0	268
		-디 아니-	0	112
		-디 못-	2	248
		소계	2	628
한자어		뎐(轉/傳/殿)	44	0
		됴(朝/肇/照/趙/詔 등)	70	0
		뎨(諸/第/弟/帝 등)	23	0
		디경(地境)	7	0
		됴뎡(朝政)	3	0
		디(地)	27	0
		텬(天)	199	0
		텰(鐵, 哲)	34	0
		텽(聽, 廳)	32	0
		딘(陣)	0	18
		텹(疊)	0	8
		총계	12	832

(14)는 구개음화가 실현될 수 있는 대표적인 어휘를 중심으로 구개음
화의 반영 양상을 살펴본 것이다. 『태원지』에서는 고유어에서 '둏-'(好)를
제외하면 거의 100%에 가깝게 구개음화가 반영되었으며, 한자어에서는
어두나 비어두 모두 약 5.6% 정도 반영되었고, 94.4% 정도가 구개음화
가 반영되지 않았음을 알 수 있다. 이는 근대국어의 판본 자료나 필사 자
료와 차이가 있다. 『중간노걸대언해』(1795)의 경우, 고유어에서는 753회
중 747회가 구개음화되어 99.20%, 한자어에서는 58회 중 39회가 구개음
화되어 67.24%로 나타나며,39) 『태원지』와 비슷한 시기의 『됴야긔문』,

---

39) 김주필, 「18세기 역서류 문헌과 왕실문헌의 음운변화—구개음화와 원순모음화를 중심
으로」, 『어문연구』, 한국어문교육연구회, 33-2, 2005, 38쪽 참조.

『조야쳠지』, 『됴야회통』에서 한자어의 구개음화 반영 비율이 각각 17%, 91%, 54%에 이른다.[40]

『태원지』에서 한자어에 구개음화가 반영된 예들은 (14)와 같이 특정 한자어에서 반복적으로 나타난다.

(15) 가. 진셰(陣勢)롤<권1 : 19b>
    가'. 陣 베플 딘<유합초下 : 22b(1576)>
    나. 듕듕쳡쳡(重重疊疊)ᄒ야<권4 : 04b>
    나'. 疊 텹 텹<유합초下 : 52b(1576)>

(15가)의 '진(陣)'이나 (15나)의 '쳡(疊)'은 (15가')과 (15나')에서처럼 중세국어에서 두음으로 각각 'ㄷ'과 'ㅌ'을 가지고 있던 것인데, 『태원지』에서는 이들이 포함된 한자가 한결같이 구개음화가 반영되어 나타난다. 한자어에서 구개음화가 높은 비율로 반영되지 않는 경향은 한자어에서만 과도교정이 나타나는 사실을 통해서도 확인할 수 있다.

(16) 가. 박댱대쇼(拍掌大笑), 여반댱(如反掌)
    가'. 掌 솏바독 쟝<훈몽자회上 : 26a(1527)>
    나. 텬니구쥬(千里九州)<권2 : 15a>
    나'. 망풍귀슌(望風歸順)ᄒ 재 쳔(千)을 헬 거시니<권1 : 10a>

(16)은 드물게 나타나는, 구개음화의 과도교정의 예인데, '댱(掌)'과 텬 (千)은 중세국어에서 초성으로 각각 'ㅈ'과 'ㅊ'을 가지고 있던 한자어이다.[41] (14)~(16)을 통해 『태원지』에는 그 시기 언어적으로 완성되었을

40) 이래호, 「장서각 소장 사서 언해서류-『됴야긔문』와 『조야쳠지』, 『됴야회통』을 중심으로」, 『장서각 소장 필사 자료 연구』 태학사, 2007, 214~215쪽 참조.

것으로 추정되는 구개음화를 고유어에는 철저히 반영하고, 한자어에는 의도적으로 반영하지 않으려는 필사자의 이중적 언어의식이 크게 작용했음을 추정할 수 있다.[42]

(3) 문법

『태원지』의 격조사 출현 양상은 다음과 같다.

(17) 가. 성인을<권1 : 1b>, 얼굴을<권1 : 4b>, 공을<권1 : 7b>, 뉴도삼
　　　냑을<권1 : 3a>
　　나. 그롤<권1 : 2a>, 글닑기롤<권1 : 2b>, 네롤<권2 : 6b>, 도수롤
　　　<권4 : 33b>

(18) 가. 고개를<권2 : 2a>, 어둡기를<권3 : 04a>
　　나. 거술<권1 : 2b>, 옷술<권1 : 3b>, 흔가지로 <u>가믈</u> 허ᄒ니<권
　　　1 : 27a>

(19) 가. 눈은<권1 : 3b>, 하ᄉ은<권1 : 10b>, 듕국은<권1 : 11b>, 사롬
　　　은<권1 : 17a>
　　나. 너ᄂ<1 : 4a>, 승패ᄂ<권1 : 6b>, 죵ᄌᄂ<권1 : 26a>
　　다. 거슨<권1 : 29a>

---

41) (15)와 (16가)에서 보듯이 『태원지』에서 '陣', '疊', '掌'에 해당하는 한자어는 '진(陣)',
　'쳡(疊)', '댱(掌)'으로 표기되는데, 한자어 구개음화 실현 경향을 감안하면, 이들을 상
　당히 예외적인 존재이다. '陣', '疊', '掌'에 대해 필사자는 이들의 발음이 『태원지』에서
　표기된 것과 같이 각각 '진', '쳡', '댱'으로 이해했을 가능성도 있다.
42) 구개음화의 반영 양상을 통하여 추측할 수 있는 사실은 『태원지』의 필사자는 한자어
　와 고유어를 철저히 구분할 수 있었다는 사실이다. 『태원지』의 한문본이 존재하여 이
　를 저본으로 하여 번역을 하였기 때문에 필사자는 한자어와 고유어를 철저히 구분할
　수 있었을 것으로 추측된다.

(20) 한고조의 긔샹이며<권1 : 3a>, 진남이의 풀이며<권1 : 3a>, 나의
슈단<권3 : 27b>, 됴슈의 소리도<권1 : 13b>

(21) 가. 셰샹의 덥혀<권2 : 38b>, 명산의 비러<권1 : 1b>, 시샹의 가
<권1 : 2a>, 북고산의 올나가<권1 : 2a>, 밤의 건샹을 슐펴보오
니<권4 : 33a>, 오류 셰의 니르미<권1 : 2b>
나. 이에 니르게<권2 : 18a>, 귀에 다혀<권3 : 36a>, 의에 죽어<권
4 : 35b>, 보위에 오르시미<권3 : 20b>, 대위에 니르게<권3 :
22a>, 블의에 치려 ᄒ미라<권3 : 34a>
다. 블의의 겁박홀가<권3 : 36b>, 고죄 포의의 니러나<권2 : 40a>,
늙기의 니르리니<권1 : 8a>, 텬니의 합당ᄒ니<권1 : 8a>

『태원지』에서 주격조사[43] '가'는 나타나지 않는다. 대격조사는 (17가)
에서 보는 바와 같이 선행체언이 자음으로 끝날 때 모음조화와 관계없이
'을'만 나타나고 '올'은 나타나지 않는다. 선행체언이 모음으로 끝날 때
는 (17나)에서와 같이 주로 '롤'이 쓰인다. (18가)는 '텬하', '고개', '국호'
가 대격조사 '를'을 취한 예들을 보여준 것이다. (18나) 같이 선행체언의
말음이 'ㅅ'으로 끝날 때는 '올'이 결합하는 경우가 대부분이며 동명사형
어미에는 모두 '을'이 결합한다. (19)는 보조사 '은', '는'이 결합하는 예
이다. 체언의 말음이 'ㅅ'일 경우에만 '온'이 결합하며, 그 밖의 경우에는
선행 체언의 말음 여부에 따라 '은'과 '는'이 결합한다. 이러한 사실은 18
세기말의 판본이나 필사본의 대격조사, 보조사의 통합양상과 대체로 일
치한다.[44]

―――――
43) 주격조사 '이', 'ㅣ', 'ø'가 선행 체언 말음의 음운론적 조건에 따라 달리 실현되는 것
은 중세국어와 같다.
44) 이에 대해서는 이래호 위의 논문을 참조하기 바람.

속격조사는 (20)과 같이 '의'로 전부 통일되고, '이'는 나타나지 않는 다. 처격조사는 (21가)과 같이 거의 '의'로 통일되는 경향을 보인다. (21 나)와 같이 '에'가 쓰인 경우가 64회로 전체적인 비율로 보면 적은 편에 속하며, 45회의 '이에'를 제외하면, '에'는 (21나)의 '귀에', '의에', '보위 에', '왕위에', '위에', '불의에', '기미에', '대위에'와 같이 대부분 'ㅣ'모 음으로 끝나거나, 'ㅟ', 'ㅢ' 등과 같은 어근 말음이 이중모음인 경우이 다. 이에 대한 예외로서 '계교에'<권4 : 15b>, '후에'<권4 : 39b>가 나타난 다. 'ㅣ'모음으로 끝나거나, 'ㅟ', 'ㅢ'등과 같은 어근 말음이 이중모음이 라 하더라도 (21다)의 '불의의', '슐의의'와 '늙기의', '텬니의'와 같이 '의'가 결합되는 경우가 훨씬 더 많다. 대명사 '이'에 처격조사가 결합할 때 반드시 '이에'의 형태로 나타난다.45) 이 '이에'의 중세국어형은 '이에' 인데, 'ㅇ'의 존재 때문에 처격조사 '예'가 아닌 '에'가 결합되었다. 'ㅇ' 의 음가소실 이후에도 전 시기 '이에'의 표기방식을 따른 결과 '이에'가 나타난 것이다. (17)~(21)에서 『태원지』는 대격조사와 격조사, 처격조사 의 이형태가 간소화가 거의 완성 단계에 이르렀음을 확인할 수 있다.

비교 구문은 사용되는 조사는 '라와', '두고/두곤', '에/의/에서/의셔', '보다'가 있는데, '라와'는 15세기부터 16세기까지, '두고/두곤'은 15세기 부터 19세기까지, '에/의/에서/의셔'는 15세기부터 19세기까지 사용되었 고, '보다'는 18세기에 거의 사용되지 않다가 19세기부터 현재까지 사용 되고 있다. 『태원지』에서는 '두고/두곤', '보다'는 보이지 않고, 다음 (22) 와 같이 '-에/의셔'만이 보인다.46)

---

45) 『태원지』 권1에서 처격조사 '의'는 총 231회가 나타나고, '에'는 한 번도 나타나지 않 는다. 이를 본다면, 『태원지』에서 처격조사는 거의 '의'로 정착되었다고 보아야 할 것 이다.

46) 김규하, 「국어의 비교구문에 관한 역사적 연구」, 경상대학교 박사학위논문, 1995.에서

(22) 가. 조션 졔스롤 맛지 아닐 거시니 복종졀스ᄒᄂ 니<u>의셔</u> 엇지 낫지
　　　아니리오<권4 : 35a>

　　나. 일시의 대란ᄒ야 금병 십여 만이 물의 ᄲᅥ지니 강쉬 흐르지 못
　　　ᄒ고 블의 타며 챵의 질니며 칼히 샹ᄒ 거시 니로 혜지 못ᄒ니
　　　블노ᄡᅥ 싸호미 젹벽 오병<u>의셔</u> 비승ᄒ더라<권3 : 38b>

　　다. 미빅의 소견이 텬니의 합당ᄒ니 ᄌ방 공명이라도 이<u>에</u> 더으지
　　　못ᄒ리로다<권1 : 8a>

　　선어말어미 '-거-'가 선어말어미 '-오-'와 만나면 보통 그 형태가
'-가-'로 실현되는데, 평서형 종결어미 '-다'와 상대존대 선어말어미
'-이-(<-이-), 그리고 감동법 선어말어미 '-옷-' 앞에서만은 'ᄒ과라',
'ᄒ과이다', 'ᄒ과소라'와 같이 '-과-' 형태로 나타난다. 이러한 '-과-'
는 인칭법의 소멸로 '-과-'의 위치가 흔들려, 17세기에는 거의 용례를
찾기 힘들어진다. 그리하여 18세기의 『오륜전비언해』(1721)와 『어제내훈』
(1736)에서 각각 한 예씩 발견되고[47] 그 이후에는 판본에서 전혀 발견되
지 않는다. 그러나 『태원지』에서는 다음과 같은 '-과이다'의 예들이 발
견된다.

(23) 가. 대히 듕의 온갖 고이ᄒ 족믈과 요괴 이실 ᄃᆺᄒ미 반슈로 ᄒ여
　　　금 쥰비ᄒ엿더니 과연 혬 밧긔 나지 아냐 독믈 쇼졔ᄒ<u>과이다</u>
　　　<권2 : 13b>

　　나. 다힝이 요괴롤 쇼탕ᄒ야 우리 쟝졸도 구ᄒ엿거니와 쏘ᄒ 후환
　　　을 <u>덜과이다</u><권1 : 30a>

――――――

　　는 {-도곤}이 18세기까지만 사용되었다고 기술하고 있으나, 판본자료에서도 19세기까
　　지 발견된다.
47) 이 세 아희롤 ᄀᆞᆯ쳐 뎌로 ᄒ여곰 成器ᄒ여 家門 敗壞홈을 兒홈이 언머이 됴커니ᄯᆞ녀
　　알과이다 나ᄂ 이 闕里人氏라 姓은 施오 일홈은<오륜전비언해1 : 15b>
　　帝 ᄀᆞᆯᄋ샤ᄃᆡ 皇后 ᄠᅳᆺ을 내 알과이다<어제내훈 이 : 85b>

  (23)의 '-과이다'는 이미 일어난 사실을 주관적으로 확신하여 강조하
는 평서형 어미로 보인다.48) 낙선재본을 비롯한 고전소설에서 '-과이다'
는 비교적 활발히 쓰이고 있는 종결어미로서, 19세기 말까지 그 쓰임을
볼 수 있다.

  『태원지』에는 '머믈다', '머므르다'와 관련하여 판본에서는 볼 수 없는
주목할 만한 예들이 존재한다.

  (24) 가. 잠간 머므러 샹호 비룰 슈습혼 후 도라가믈 도모ᄒ리라<권1 :
        13b>
      나. 이 쥐 여긔 머므러 여러 빅년이 지낫는 고로 능히 요슐을 힝ᄒ
        야 이러톳 신통ᄒ지라<권1 : 29b>

  (25) 가. 도스는 엇던 사롭고 원컨디 셩명을 머믈워 의심을 히셕ᄒ라<권
        1 : 36b>
      나. 미빅이 악니길을 머믈워 셩을 직희오고<권3 : 02b>

  (24)는 '머믈-'이 자동사로서 규칙활용의 예를 보인 것이다. (25)는 '머
믈-'에 사동접미사 '-오/우-'가 통합하여 사동사로 쓰인 예를 보인 것이
다. (24)와 같은 자동사로서의 용법, (26)과 같은 사동사로서의 용법은 15
세기부터 17세기까지 공통된 현상이다. 그런데, (25)의 '머믈우-'형은 17
세기 초반부터 어간재구조화를 경험하면서 (26)과 같이 '머므르-'형이
나타나게 된다.49)

---

48) 장요한, 「어미 '-과-'의 의미 기능에 대한 고찰」, 『한민족어문학』 49, 한민족어문학회,
   2006에서는 화자의 주관적 정서를 담아 강조하는 의미가 있고, '강한 감탄'의 의미를
   담고 있다고 하였다.
49) 장윤희, 「현대국어 '르-말음' 용언의 형태사」, 『어문연구』 30, 한국어문교육연구회,
   2002, 61~83쪽; 이래호, 「'머므르다'의 통시적 고찰」, 『한국언어문학』 64, 한국언어문

(25) 가. 미빅이 덕지와 졔쟝을 도라보니 다 졍을 <u>머므르눈</u> 눈을 뽀아
　　　 각각 견권훈 뜻이 잇거눌<권2 : 8a>
　　 나. 내 발을 <u>머므르고</u> 드른 즉 즈샹으로 별노 하꾀 아니 겨오시고
　　　 <명의록언해 상 : 34b(1777)>

　(25)의 '머므르-'는 대격 명사구를 동반하여 나타난다는 점으로 미루
어 타동사로 쓰인 것이 분명하다.[50] 다음의 예는 '머므러' 형태가 타동사
로 쓰인 예들이다.

(26) 가. 너ㅈ톤 흉훈 귀신을 <u>머므러</u> 무엇ㅎ리오<권2 : 34a>
　　 나. 문긔 아러 마통이 군을 <u>머므러</u> 디진홀 시<권2 : 50a>
　　 다. 이제 병을 <u>머므러</u> 삼국을 범 보돗 ㅎ고<권4 : 37b>

　(26) 역시 '머므러'가 대격 명사구를 동반한다는 점에서 타동사의 활용
형이라고 할 수 있는데, 이러한 예들은 17, 18세기의 판본에서도 찾아볼
수 있다. 그러나 지금까지 (26)과 같은 타동사 활용형 '머므러'가 '머므르-'
의 활용형인지 '머믈-'의 활용형인지에 대해서는 명확한 답을 내릴 수
없었다. '머믈-'에 자음으로 시작하는 어미가 결합된 형태인 '머므니, 머
믈고, 머므디/머므지' 등이 판본자료에서 타동사로 쓰인 예가 보이지 않
아 (26)과 같은 타동사로서의 '머므러'를 [머믈-+-어] 활용이라고 보기
어려운 점이 있었다. 그리하여 (26)의 '머므러'는 '머므르-'에 어미 '-어'
가 결합할 때 'ㆍ'가 탈락하는 규칙 활용형으로 해석하였다.[51] 그러나

학회, 2008, 95~120쪽.
50) '머므르-'가 사동사로 쓰인 예들은 17세기 문헌에서 10여 개 안팎의 예를, 18세기에는
　　 40여 개의 예를 찾아볼 수 있다.
51) 이래호 앞의 논문 참조.

『태원지』의 다음과 같은 예는 이에 대한 의문을 제기한다.

(27) 가. 정국이 병을 <u>머믈고</u> 물을 굿쳐 쓸오지 아니ᄒ니<권4 : 22b>
　　 나. 비롤 <u>머믈고</u> 무러 왈<권2 : 35b>

(27)의 '머믈고'가 (26)과 마찬가지로 대격 명사구를 동반한다는 점에서 타동사의 활용형이라 할 수 있다. (27)의 '머믈고'는 17세기 중반에 형성된 타동사 '머므르-'의 활용형이라 할 수 없다. 중세국어나 근대국어에서 모음으로 끝나는 어간에 자음으로 시작하는 어미가 결합할 때, ('르') 불규칙을 하는 예들을 찾아볼 수 없기 때문이다. 그렇다면 (27)의 '머믈고'는 [머믈-+-고]로 분석할 수밖에 없는 것이다. 그러면 (27)의 타동사 '머믈-'의 존재를 감안한다면 (26)의 '머므러'는 [머믈-+-어]로 분석하는 것도 충분히 타당성이 있다.

다음의 예는 '머므르-'가 자동사로 쓰인 예이다.

(28) 좌군은 능쥐의 <u>머므르고</u><권3 : 45a>

(28)은 '머므르-'가 대격 명사구를 가지지 않는 자동사로 사용되었다. '머므르-'가 주로 18세기에 주로 타동사적인 용법으로만 사용된 것과는 비교되는 것이다. '머므르-'의 자동사적 용법은 『오륜행실도』(1797)에서 보이다가[52] 『태상감응편도설언해』(1852)에 다시 나타난다. (28)은 『오륜

---

52) 내 함끠 가면 쇠 일우디 못ᄒ리라 ᄒ고 <u>머믈녀</u> 잇더니<오륜행실도 충신도 : 72b (1797)>
　　사실 이 예문은 '머믈녀'가 자동사로 쓰인 것인지, 타동사로 쓰인 것인지 명확히 구분할 수 없다.

행실도』와 『태상감응편도설언해』 사이의 시기에서 '머므르-'가 이전 시기에 비해 타동성을 잃어가고 자동사로 합류하기 시작하는 구체적인 예가 아닌가 한다. '머믈-', '머므르-'와 관련된 예들은 『태원지』가 국어사 연구에서 자료의 공백을 훌륭히 메워줄 수 있음을 보여 준다.

『태원지』에서는 '-ㄹ낫다'가 다수 등장한다.

> (29) 가. 내 만일 오지 아냣던들 쥬공이 위티홀낫다<권2 : 8a>
>   나. 덕지와 듕쟝이 일시의 니러 졀ᄒᆞ야 왈 만일 션싱의 신명홈 곳
>   아니런들 아등이 쇽졀업시 다 죽을낫다 ᄒᆞ더라<권2 : 9a>

(29)의 '-ㄹ낫다'가 쓰인 구문은, 선행절은 '-ㄴ둘'과 같은 양보의 어미나 조건의 어미가 결합되고 후행문의 서술어에는 '-ㄹ낫다'가 결합하였다. 이 '-ㄹ낫다'는 15세기의 '-리랏다'와 관련된다. '-리랏다'는 [-으리-+-더-+-옷-+-다]의 구성으로 감동법 선어말어미 '-옷-'이 결합한 형태이다. '-리랏다'가 '-ㄹ낫다'로 실현된 것은 선어말어미 '-으리-'의 축약과 관련된다. 17세기부터 '-리로다(←[으리-+-도-+-다]), '-리러라(←[으리-+-더-+-다])'와 같은 구성에서 선어말어미 '-리-'는 'ㄹ'로 축약되어 '-ㄹ러라, -ㄹ도다'와 같이 선행요소의 말음으로 자리하게 된다. 예를 들면 '알론 소리ᄅᆞᆯ 츠마 듯디 못홀러라<두창경험방 : 45b>, 내 아ᄃᆞᆯ 쇼혹은 모리면 ᄆᆞ홀로다<경민편언해 : 39b>'와 같은 예가 그것이다. 선어말어미 '-리-'가 축약되어 '-리러라', '-리로다'가 각각 '-ㄹ러라, -ㄹ도다'로 실현됨으로써 어중에 'ㄹㄹ' 연쇄가 발생하게 되었다. 근대국어 시기 어중의 'ㄹㄹ' 연쇄는 'ㄹㄴ'으로 표기되는 경향이 강했다. 이에 '-ㄹ러라', '-ㄹ로다'는 각각 '가슴이 픠어디는 ᄃᆞᆺ 츠마 보

옵디 못홀너라<계축일기上 : 22b>, 어디 이시리오 나는 촛마 못홀노다 ᄒ
오시니<서궁일기 : 23b>'처럼 '-ㄹ너라, -ㄹ노다'로 실현되기도 하였다.
'-리러라, -리로다'와 마찬가지로 '-리랏다'에서 '-리-'가 축약되어
'-ㄹ랏다'로 실현되었다.53) '-리-'가 축약된 '-ㄹ랏다'에서 어중의 'ㄹ
ㄹ'이 'ㄹㄴ'으로 표기되면서 '-ㄹ낫다'로 실현된 것이다. '-리랏다'와
축약형, 이표기들은 판본에서 대체로 18세기 중엽까지만 나타나는데,
(29)의 예를 통해 필사본에서는 여전히 쓰이고 있음을 보여준다.

(4) 어휘

『태원지』에는 여타 고전소설과 마찬가지로 현대에 쓰이지 않는 한자
어들이 많이 보인다. 그러나 이러한 한자어들은 모두 독자들에게는 표현
어휘 정도는 아니더라도 이해 어휘 정도는 되었을 것으로 생각된다. 여
기에서는 『태원지』에서 처음 나타나거나 독특한 의미로 쓰인 고유어 예
들의 일부를 제시하면 다음 (30)과 같다.

> (30) 가. 그 궁뎐과 셩곽은 다 석은 나모등걸과 돌무더기오 금옥긔명이
> 란 거슨 다 사름의 두골과 <u>게짝지</u> 조개겁질이라<권2 : 8b>
> 나. 미빅이 부쳐롤 드러 흔번 <u>두르치니</u> 풍위 긋치고 텬디 명낭흔지
> 라<권1 : 20b>
> 다. 흔 고이흔 즘싱이 나와시터 ᄀ의 <u>긔돈니다가</u> 이윽고 스스로 죽
> 으니<권2 : 13a>
> 라. 이괴 ᄯᅩ 변ᄒ야 누른 개 되야 니롤 <u>송고리고</u> ᄃᆞ라들거눌<권

---

53) 郭奉孝ㅣ 이시면 나룰 이리 크게 패치 아니케 <u>홀랏다</u> ᄒ고 가슴을 두드리고 울며 니로
되<삼역총해9 : 16b>

2 : 29a>

마. 우리 샹고의 <u>민도리</u> ㅎ고 ᄀ마니 셩듕의 드러가 밤 들기롤 기

ᄃ려 급히 치면 밋쳐 준비ᄒᆞ미 업술지라<권2 : 45b>

바. 신농시는 ᄶᅡ흘 보아 <u>좀기</u>롤 민ᄃ라 녀롬지롤 ᄀᆞᄅ치고<권2 :

38b>

(30가)의 '게짝지'는 "게의 등딱지" 즉, "게의 등을 이룬 단단한 껍데

기"를 이른다. '게짝지'의 '짝지'는 '닥지'로 소급될 어형인데, '닥지'54)

는 "헌데나 상처에서 피, 고름, 진물 따위가 나와 말라붙어 생긴 껍질."

<표준국어대사전>을 이르렀는데, 이 시기에 와서 '껍데기'를 이르는 의미

를 획득한 것으로 파악된다. (30나)의 '두ᄅ치-'는 '휘두르다'의 '두ᄅ-'에

강세 접미사 '-티/치-'가 결합한 어형이다. (30다)는 현대국어의 '기어

다니다' 정도의 의미로 "기다"를 의미하는 '긔-'와 "다니다"의 '단니-'

가 결합한 비통사적 합성어로 현대국어에서는 방언에서만 그 존재를 확

인할 수 있다. (30라)의 '송고리-'는 『태원지』에서 처음 등장하는 어휘로

서, 문맥상 "날카롭게 세우다" 정도의 의미인 듯하다. (30마)의 '민도리'

는 '민돌-+-이'의 내적 구조를 가진 '민ᄃᆞ리'의 제2음절이 'ᆞ'가 'ㅗ'

로 변화한 형태로서, '민ᄃᆞ리'는 "만든 것" 정도의 의미를 나타냈으나,

여기에서는 그러한 의미와는 다르게 문맥상 "준비" 정도의 쓰인 것으로

보인다. (30바)에서 '신농씨'가 나무로 쟁기를 만들어 농사를 가르쳤다는

신화가 있으므로 '좀기'는 '쟁기'를 뜻하는 것으로 파악된다. '좀기'는 중

세국어의 '잠개'<월인석보4 : 8a>에 소급할 어형으로, 이때에는 주로

---

54) 이에 대한 예는 "입뻬예 풀과 다리과 손과 발 알론 증이 이시니 대개 ᄂᆞ치 임의 거믄

<u>닥지</u> 짓ᄂᆞᆫ 고로 손과 발이 ᄇᆞ야흐로 脹ᄒᆞ야 곰기고 져호매 붓ᄂᆞᆫ 긔운이 더ᄒᆞ미오<두

창경험방, 59b(17세기)>"를 들 수 있다.

'무기'나 '연장'을 뜻하였다. 16세기 문헌에서는 '잠기'<은중경,26a>가 보이는데, (30바)의 '줌기'는 'ᆞ'의 비음운화의 영향으로 'ᆞ'와 'ㅏ'의 표기의 혼란을 보이는 것이다. 현대국어의 '쟁기'는 '잠기'의 제1음절에서 'ㅁ'이 조음위치동화와 'ㅣ'모음 역행동화를 겪어 만들어진 것이다. 18세기 후반부터 현대국어와 같은 "논밭을 가는 농기구"의 의미를 획득한 것으로 보인다.

현대국어의 '이미'에 해당하는 부사 '임의'는 일반적으로 화자가 예상한 때보다 사건이 먼저 이루어진 때를 뜻한다.[55] 그러나 『태원지』에서 '임의'는 이러한 뜻 외에도 다른 의미의 용법을 확인할 수 있다.

> (31) 가. 웅이 소리롤 크게 질너 쑤지저 왈 텬병이 <u>임의</u> 니른럿거놀 엇
>   지 항치 아닛ᄂ뇨<권2 : 50a>
>   나. 미빅 왈 션싱이 <u>임의</u> 우리롤 ᄇ리지 아니시니 다힝이라<권2 :
>   44a>
>   다. 황텬이 <u>임의</u> 범연이 너지 아냐 겨시니 엇지 다 죽게 ᄒ리오
>   <권1 : 13b>
>   라. 대댱뷔 쳐셰ᄒ미 <u>임의</u> 고인의 영웅을 밋지 못ᄒ고 초목과 훈가
>   지로 셕을 거시니 엇지 슬프지 아니리오<권1 : 4a>
>   마. 네 <u>임의</u> 쟝슈로 싸호고져 홀진디 내 엇지 ᄉ양ᄒ리오<권4 :
>   05a>
>   바. 제 <u>임의</u> 너희 댱뷔 되리니 무슴 슈괴ᄒ미 이시리오 ᄒ고<권
>   2 : 3b>

(31가)의 '임의'는 화자가 예상한 때보다 사건이 먼저 이루어진 때, 즉,

---

55) 이주행, 「후기중세국어 시간부사의 통사·의미론적 연구」, 『말』 14, 연세대학교 언어 연구교육원 한국어학당, 1989, 113쪽 참조.

다 끝난 일을 의미한다. 이러한 의미로 쓰이는 경우, '벌써' 정도로 대치할 수 있다. 그러나 (31나)~(31바)의 '임의'는 그러한 의미로 해석하기 어렵다. (31나)~(31라)는 문장이 부정문으로, (31가)와 같은 의미로는 부정문과 어울리기도 어렵다. 여기에서 '임의'는 '벌써'로 대치하기 어려우므로, 예상한 때에 어떠한 일이 이루어지지 않았음을 뜻하는 '아직' 정도의 의미로 해석하는 것이 적당하다. 또한 (31마)~(31바)의 '임의'가 수식하는 서술어는 '-고져 ᄒᆞ-', '-리-'가 결합되어 있어 정하여진 미래의 상황임을 알 수 있다. 곧, '임의'는 미래의 상황과 관련되어 해석을 해야 하므로 '곧'이나 장차 정도의 의미로 해석하는 것이 자연스럽다.

한편 '임의'는 사건이 먼저 이루어진 때를 의미하므로 동사를 수식한다. 그러나 (32)에서는 형용사를 수식하고 있다.

> (32) 가. 쳡이 셰샹의 난 지 <u>임의</u> 오러디 인륜낙스롤 아지 못ᄒᆞ더니<권
>   2 : 2a>
>   나. 방년이 <u>임의</u> 우익이 업논지라 엇지 버셔나리오<권4 : 09a>

(32)에서는 '임의'가 각각 형용사 '오러-'와 '없-'을 수식하고 있으며 그 의미는 지나간 상황을 이르는 것으로 판단된다. '임의'가 '지나간' 일 또는 상황이라는 점에서 (31가)와 공통점도 있지만, (32)의 '임의'는 어떤 상황이 예상시보다 앞서 완료된 후 그 결과가 지속됨을 내포하고 있다는 점에서 차이가 있다. 이러한 의미 때문에 '임의'가 형용사를 수식할 수 있는 것이다.

4. 결론

본 연구의 목적은 조선 후기의 고전소설『태원지』의 국어학적 연구를 통하여『태원지』를 둘러싼 몇 가지 문제에 대한 해결을 시도하고, 국어사 자료로서의 고전소설의 가치를 밝히는 데 있었다.

『태원지』는 '낮'의 분철 표기, '도야지', '오리-' 등의 어휘, '-던들'의 형태소 결합 양상, 어중 유기음의 표기 방식 등을 통하여『태원지』는 18세기 말 이후에 필사되었을 것으로 추정되며 필사의 상한선은 일러도 1777년 이후로 잡을 수 있다. 그리고『태원지』에 '밋', '뼈' 등의 번역소설에 많이 나타나는 전이어의 출현 빈도가 높은 점은『태원지』가 한문본『太原誌』를 번역한 소설임을 알려 준다.

『태원지』에서 어두 된소리 표기는 'ㅅ'계와 'ㅂ'계 합용병서가 담당하지만, 'ㅅ'계와 'ㅂ'계 합용병서는 혼용되지 않고 어휘별로 구별되어 쓰인다. 또한 종성 표기는 근대국어 문헌의 일반적인 경향과 같이 7종성으로 표기된다. 분철표기는 곡용에서는 말음에 따라 차이가 있지만, 꽤 일반적인 모습을 보인다. 즉, 분철되는 선행명사의 말음이 'ㄱ, ㄴ, ㄹ, ㅁ, ㅂ'일 경우에는 예외없이 분철되고, 'ㅅ'인 경우에는 분철이 되는 경우도 많지만, 경우에 따라서 연철과 중철이 다양하게 나타난다. 활용에서는 용언 어간 말음이 'ㄱ, ㅂ, ㅁ'일 경우와 어간말 자음군이 'ㄲ'일 경우 모음이 후행할 때에 분철되고 그 외 말음의 경우에는 거의 대부분이 연철된다. 'ㄹ-ㄹ' 연쇄는 대부분 'ㄹ-ㄴ'로 표기되어 있다.

『태원지』는 원순모음화 반영에 있어 보수적인 경향이 강하며, 구개음화와 관련하여서는 주로 고유어에 ㄷ구개음화 반영되어 나타남을 볼 수 있다. 이 시기 다른 문헌에서 자주 등장하는 주격조사가 '가'는 나타나지 않으며, 대격조사, 보조사는 모음조화와 관계없이 '을/롤', '은/논'으로, 속격조사와 처격조사는 '의'로 통일되는 경향을 보이는데, 이는 대격조사와 격조사, 처격조사의 이형태가 간소화가 거의 완성 단계에 이르렀음을 보여주는 것이다. 비교격 조사는 '-에/의셔'만이 보이며, 근대국어에서 일부 문헌에만 보이던 '-과이다'가 나타난다. '머믈-'이 타동사로서 자음으로 시작하는 어미와 결합하는 예도 확인할 수 있는데, 이러한 예들은 『태원지』가 국어사 연구에서 자료의 공백을 훌륭히 메워줄 수 있음을 보여 준다.

『태원지』에는 이전 시대까지 보이지 않았던 '게짝지', '두르치-', '긔단니-' 따위의 어휘들을 발견할 수 있어, 국어 어휘를 풍부하게 하여 주며, '임의'와 같이 다양한 의미의 용법을 확인할 수 있어, 『태원지』는 어휘 연구에도 좋은 자료가 될 수 있다.

참고문헌

강문종, 한문본 <太原誌>의 고전소설사적 의미, 『제111차 정기학술대회 발표 자료집』, 한국고전소설학회, 2015.

강문종, 「한문본 <태원지(太原誌)> 연구」, 『고소설연구』 42, 한국고전소설학회, 2016.

곽충구, 「18세기 국어의 음운론적 연구」, 서울대학교 석사학위논문, 1980.

김규하, 「국어의 비교구문에 관한 역사적 연구」, 경상대학교 박사학위논문, 1995.

김주필, 「18세기 역서류 문헌과 왕실문헌의 음운변화-구개음화와 원순모음화를 중심으로」, 『어문연구』, 한국어문교육연구회, 33-2, 2005.

김주필, 『됴야긔문연구』, 한국학중앙연구원, 2007.

김진세, 「태원지고 : 이조후기 사회인들의 Utopia를 중심으로」, 『영남대학교논문집』 1 · 합집, 영남대학교, 1968.

박부자, 「장서각 소장 왕실 실기류-『녈셩지장통긔』와 『녈셩후비지문』을 중심으로」, 『장서각 소장 필사 자료 연구』, 태학사, 2007.

박재연, 「중국 번역소설과 역학서에 나타난 어휘에 대하여」, 『한국어문학연구』 1, 한국어문학연구회, 2001.

배영환, 「장서각 소장 영조 어제 언해서류(1)-『어제자성편(언해)』와 『어제속자성편(언해)』를 중심으로」, 『장서각 소장 필사 자료 연구』 태학사, 2007.

백두현, 「국어사 연구의 새로운 방향 설정을 위하여」, 『국어학』 47, 국어학회, 2006.

백두현, 「『속사씨남정기』의 서지 · 국어학적 연구」, 『구결연구』 17, 구결학회, 2006.

손희하, 「국어사 연구와 서지학」, 『한국언어문학』 37, 한국언어문학회, 1994.

신성철, 「장서각 소장 영조 어제 언해서류(1)-『어제경세문답(언해)』와 『어제경세문답속록(언해)』, 『어제조훈(언해)』, 『어제(언해)』를 중심으로」, 『장서각 소장 필사 자료 연구』 태학사, 2007.

양　언, 「중세 언해 문헌의 전이어에 대한 연구」, 한국학중앙연구원 박사학위논문, 2011.

이광호, 「한글필사본 '殘薰五代演義'의 국어 문법적 검토」, 『장서각』 7, 한국정신문화연구원, 2002.

이기문, 『국어사개설』, 탑출판사, 1972.

이래호, 「장서각 소장 사서 언해서류-『됴야긔문』와 『조야첨지』, 『됴야회통』을 중심으로」, 『장서각 소장 필사 자료 연구』 태학사, 2007.

이래호, 「'머므르다'의 통시적 고찰」, 『한국언어문학』 64, 한국언어문학회, 2008.

이래호, 「장서각 소장 한글 필사본 『동의보감 내경편』의 국어학적 고찰」, 『장서각』 21, 한국학중앙연구원, 2009.

이래호, 「한글본 『동의보감』의 언해 양상과 국어학적 특징」, 『인문학연구』 64, 경희대학교 인문학연구원, 2012.

이재홍, 「국립중앙도서관소장 한글번역필사본 《츈츄녈국지》(17권17책)에 대하여」, 『중국소설논총』 26, 한국중국소설학회, 2007.

이주행, 「후기중세국어 시간부사의 통사·의미론적 연구」, 『말』 14, 연세대학교 언어연구교육원 한국어학당, 1989.

이진호, 「국어 유음화에 대한 종합적 고찰」, 『국어학』 31, 국어학회, 1998.

이현희, 「19세기 초기부터 20세기 초기까지의 한국어는 어떤 모습이었나―주로 문법사적 기술을 중심으로」, 『우리말글』 41, 우리말글학회, 2007.

임치균, 「태원지 연구」, 『고전문학연구』 35, 한국고전문학회, 2008.

장요한, 「어미 '-과-'의 의미 기능에 대한 고찰」, 『한민족어문학』 49, 한민족어문학회, 2006.

장윤희, 「현대국어 '르-말음' 용언의 형태사」, 『어문연구』 30, 한국어문교육연구회, 2002.

전광현, 「17세기 국어의 연구」, 서울대학교 석사학위논문, 1967.

조항범, 「'돼지'의 어휘사」, 『한국어의미학』 11, 한국어의미학회, 2002.

조희웅, 「낙선재본 번역소설 연구」, 『국어국문학』 62·63합집, 국어국문학회, 1973.

최동주, 「국어 시상체계의 통시적 변화에 관한 연구」, 서울대박사학위논문, 1995.

황문환, 「근대 문헌의 'ㅅ' 분철 표기에 대하여」, 『국어연구의 이론과 실제』, 태학사, 2001.

황미숙, 「<태원지> 서사분석에 의한 국적 규명」, 『한국고전연구』 29, 한국고전연구학회, 2014.

〈태원지〉 시공간 구성의 의미

1. 서론

〈태원지〉[1]는 당시 세계관에 비춰 파격이라 할 세계상을 제시했다. 또 독자가 지닌 세계관에 충격을 주기 위해 공간과 시간을 치밀하게 구성했다. 출신이 한미한 주인공이 '미지 대륙'에서 임금에 오르는 설정 역시 우리 소설사에서 드문 사례였다.

문제적 내용에도 불구하고 〈태원지〉는 우리 고소설 연구에서 제외하는 것이 일반적이었다. 『중국역사회모본(中國歷史繪模本)』[2]에 '태원지(太原志)'란 제명이 나오는 까닭에 중국소설로 여겼기 때문이다.

근래 임치균은 〈태원지〉 국적을 중국으로 본 시각에 의문을 제기하며 내용 분석을 통해 우리 소설로 규정했다.[3] 임치균의 연구로써 〈태원지〉 작품론을 전개할 근간이 마련되었다.

---

1) 이 글은 한국학중앙연구원 장서각 소장 『太原誌』(귀K4-6852)를 교주한 『靈異錄·太原誌』(한국어문연구소 편, 이화여자대학교 출판부, 1973)를 텍스트로 삼는다. 이하 『태원지』로 표기한다.
2) 『중국역사회모본(中國歷史繪模本)』(국립중앙도서관, 한貴古朝82-11).
3) 임치균, 「〈태원지〉 연구」, 『고전문학연구』 35, 한국고전문학회, 2009, 355~381쪽.

　　본고는 <태원지>가 지닌 특징에 주목해, 작품론을 전개하는 데 목적
이 있다. 파격적 지리 공간을 배태한 배경 및 시공간 구성 방식을 살피고
이를 근간으로 삼아 주제의식을 구명하는 데까지 나아가겠다.

　　논의 순서는 다음과 같다. 2장에서 <태원지>에 형상된 지리 공간의
구성 배경을 살피겠다.4) 주인공 임성은 원해(遠海)에서 표류하고 신대륙
태원(太原)에서 다섯 나라를 병탄한다. 원해와 태원은 중원에 알려지지 않
은 미지 세계다. 미지 세계를 무대로 삼은 설정은 중원 밖 세계에 대한
관심과 인식 확장을 반영한다.

　　3장 1절에서5) 장서각본과 한문본 <태원지> 사이 연호와 간지가 다른
까닭을 밝히겠다. 이어서 연호와 간지가 지닌 '기능'을 검토한다. 3장 2절
에서 공간 구성 방식을 검토하겠다. <태원지> 속 지리는 중원·원해·
태원으로 나뉜다. 태원은 현실적 공간이지만 환상적 색채가 짙은 원해보
다 더 뜻밖의 공간으로 규정된다. 시공간 구성 방식을 검토해 <태원지>
속 세계상을 심도 있게 이해하고 주제의식을 검토할 실마리로 삼겠다.

　　4장에서 이제껏 논의를 종합하며 <태원지>에 담긴 주제의식을 살피
겠다. <태원지> 주제의식은 건국과 통일 과정에서 나타난다. 임성 일행
은 중원에서 오랑캐를 몰아내려 한다. 하지만 신대륙 태원에 다다른 임
성 일행은 거꾸로 오랑캐 처지에 놓인다. 신대륙 태원에서 나타난 '처지
역전'은 주제의식을 간명하게 드러낸다.

---

4) 2장 '지리 공간의 구성 배경' 가운데 웅천대장군 관련 논의는 해도진인설(海島眞人說)을
　추가해 보완하였다.

5) 한문본 <태원지>가 발굴 보고되었다(강문종, 「한문본 <태원지(太原誌)> 연구」, 『고소
　설연구』 42, 한국고소설학회, 2016, 145~176쪽). 이에 따라 기존 논문 3장 2절 '간지를
　통한 역사적 시간 제시'를 '연호와 간지를 통한 역사와 허구의 연계'로 바꾸었으며 내
　용 역시 보완하였다.

2. 지리 공간의 구성 배경

주인공 임성이 태원을 통일하기까지 과정은 크게 네 시기로 나뉜다. 네 시기는 금릉 일대에서 힘을 기르는 준비기, 원해(遠海)에서 표류하는 표류기, 서안국을 정벌하는 건국기, 태원을 통일하는 통일기다. 다른 영웅소설과 달리 원해에서 표류기가 있다. 또 건국기와 통일기는 중원이 아닌, 미지 대륙을 무대로 한다. 임성과 그를 따르는 영웅호걸의 활약은 원해와 미지 대륙이라는, 전에 없던 지리 공간을 배경 삼아 전개된 셈이다. 여기서는 <태원지>의 독특한 지리 공간을 배태한 배경을 조선 후기 세계지리 인식과 자국 지리 인식으로 나누어 살피겠다.

조선 후기 세계지리에 대한 관심과 인식 확장은 당시 제작한 세계지도를 통해 그 양상을 살필 수 있다. 지도에 세계를 형상한 도상(圖像)은 당시 지리관과 세계관을 반영하기 때문이다. 조선은 이른 시기부터 세계지도를 제작했다. 그러나 관제 세계지도는 대부분 유일본으로, 널리 퍼졌다고 보기 어렵다. 연행사가 사들여온 서양 세계지도 역시 접근성은 낮았다. 정밀한 세계지도는 국가 방위와 관련되었으므로, 소수 지식인만 열람했을 터이다.

현전 옛 세계지도 가운데 이본 수가 가장 많은 지도는 원형 <천하도(天下圖)>다.[6] 원형 <천하도>는 조선에서 독자적으로 제작한 세계지도로

---

6) 원형 <천하도>에 대한 논의는 다양하다. 배우성, 「서구식 세계지도의 조선적 해석 <천하도>」, 『한국과학사학회지』 22, 2000, 52쪽에서 그간 논의를 정리했다. 배우성은 서양에서 제작한 원형(圓形) 세계지도를 동양 고전에 근거해 이해한 결과가 원형 <천하도>라고 보았다. 한편, 오상학은 「조선후기 원형 천하도의 특성과 세계관」, 『지리학연구』 35-3, 2001, 231~247쪽에서 원형 <천하도>는 천원지방(天圓地方)의 세계관을 표현한 것이며, 하늘을 둥글게 인식하고 모난 땅을 내려다보는 시점에서 그렸다고 보았다.

평가받는다. "같은 한자 문화권인 중국이나 일본에서는 동일 지도가 발견되지"[7] 않기 때문이다. 정확한 제작 연대는 알 수 없으나, 이 세계지도는 17세기 후반 출현해 18~19세기에 널리 퍼진다.

[도 1] 천하도(天下圖), 19세기 전반, 영남대학교박물관

18세기에 활동한 실학자 존재(存齋) 위백규(魏伯珪, 1727~1798)는 〈천하도〉를 『환영지(環瀛誌)』에 수록하며 「이마두천하도(利瑪竇天下圖)」[8]라 명명했다.[9] 존재 사례에서 드러나듯, 당시 지식인은 정밀한 세계지도를 풍문만 접했거나, 유행하던 원형 〈천하도〉를 서양에서 제작한 세계지도와

---

7) 오상학, 위의 논문, 232쪽.

8) 이마두(利瑪竇, Matteo Ricci)는 신앙 활동의 일환으로 중국에 서양 과학지식을 전한 예수회 선교사다. 그가 제작한 「곤여만국전도(坤輿萬國全圖)」는 조선에 수입되어 지식인 사이에 파장을 일으키기도 했다. 서양 세계지도를 접한 조선 지식인의 반응은 김문식, 『조선후기 지식인의 대외인식』, 새문사, 2009, 68~69쪽 참조.

9) 방동인, 『한국 지도의 역사』, 신구문화사, 2001, 189쪽, [지도] 참조. 존재(存齋)는 '원형 〈천하도〉'를 저서에 수록하며 지명 및 안쪽 대륙은 그대로 두고, 외곽을 원형에서 방형으로 바꿨다. 원형 〈천하도〉를 비판적 자세로 이해했음을 알 수 있다.

비슷하거나 같은 것으로 인식했다.

이런 상황에서 원형 〈천하도〉는 세계지리에 대한 지적(知的) 갈급을 해소하는 역할을 일정 부분 담당한다. 19세기에 이르면 경위선을 표시한 원형 〈천하도〉가 나타난다. 이 이본은 당시 지식인이 원형 〈천하도〉를 첨삭해 도상에 담긴 정보를 다듬었음을 보여준다. 세계지리를 이해하고 세계상을 구상하는 데에 원형 〈천하도〉를 쓴 것이다.

존재 역시 세계지리에 대한 궁금증을 해소하는 과정에서 이 지도를 접한 것으로 보인다. 존재 사례와 다양한 이본을 고려하면, 원형 〈천하도〉는 "민간의 평균적인 지식인들이 세계를 들여다보는 창과 같은 구실을"10) 했다고 하겠다.

〈태원지〉 지리 공간의 짜임새는 원형 〈천하도〉와 비슷하다. 〈태원지〉의 공간은 크게 기지공간(既知空間)과 미지공간(未知空間)으로 나뉜다. 중원 대륙은 기지공간이며, 원해와 태원은 실체를 확언할 수 없는 미지공간이다. 공간을 나누는 양상은 원형 〈천하도〉 역시 비슷하다. 지도에 중원을 중심으로 한 대륙은 기지공간이고, 바다와 바다 밖 대륙은 미지공간이다.

미지공간에 배치된 나라 대부분은 『산해경』에 나오는 '상상의 나라'다.11) 기지 공간만 모사하지 않고, 미지 공간 역시 도상화(圖像化)한 것은 중원 밖 세계에 관심을 둔 결과다. 중원 밖 미지공간에 둔 관심은 〈태원지〉도 같다. 〈태원지〉 서사에서 관심 대상이 되는 주요 장소는 거의 미지공간이다. 또 〈태원지〉 속 원해는 원형 〈천하도〉와 마찬가지로 '상

10) 배우성, 앞의 논문, 78쪽.
11) 하지만 지명 배치에 차이가 없지 않다. 원형 〈천하도〉와 『산해경(山海經)』 사이의 다른 점은 배우성, 「옛지도와 세계관」, 『우리 옛 지도와 그 아름다움』, 효형출판사, 1999, 177~178쪽 참조

상의 섬나라'로 채워진다. 원해를 비워두지 않고 유사 방식으로 채워 넣은 점, 바다 건너 대륙을 상정한 점은 원형 <천하도>와 <태원지>가 공간으로서 '천하'를 비슷한 방식으로 이해한 사실을 보여준다.

앞서, 18~19세기 원형 <천하도>가 유행하며 많은 이본이 만들어졌다고 했다. 원형 <천하도>는 18~19세기 중원 밖 세계에 대한 관심을 대표하는 세계지도라 할 수 있다. 요컨대, 장서각본 <태원지>는 원형 <천하도>로 대표되는 조선 후기 중원 밖 세계에 대한 관심을 배경으로 지리적 공간을 구성했다고 하겠다.

그러나 비슷한 짜임새에도 불구하고 원형 <천하도>와 <태원지>에 형상된 세계상은 차이가 없지 않다. 공간을 나눠 이해하는 방식과 미지 공간을 향한 관심은 같지만, 구상한 세계가 다르기 때문이다.

'도1'에서 보았듯, 원형 <천하도>는 중원 밖 세계에 대한 관심은 보이나 여전히 중국을 가운데에 그린다. 또 도상화한 미지 공간은 넓은 대역에 걸치지만, 중화권 변두리에 머물 뿐이다. 지도 제작자는 화이관을 바탕으로 세계를 모사한 것이다.

반면, <태원지> 태원은 미지공간에 놓인 대륙이지만, 역사와 크기에서 중원을 웃돈다. 태원이 중원보다 더 유구한 역사를 지닌 대륙일 때 <태원지> 속 세계상은 직방세계(職方世界)와 다른 방향으로 재편된다. <태원지> 속 세계상의 재편은 조선 후기 중원 밖 세계에 대한 '인식 확장'을 배경으로 한다.

장서각본 <태원지>에 나타난 중원 밖 세계에 대한 인식 확장은 『직방외기(職方外記)』[12] 등 조선 후기 읽힌 서학서(西學書)에 기인할 터이다. 주

---

12) 『직방외기(職方外記)』에 수록된 세계지리에 대한 정보는 조선 지식인 사이에 논란을 일으키기도 했다. 이에 대해서는 천기철, 「『직방외기』의 저술 의도와 조선 지식인들의

지하다시피, 조선 후기 다양한 서학서가 반입되어 지식인 사이에 읽힌다. 서학서는 중원 밖 문명국에 관한 정보가 적지 않다. 또 『직방외기』는 납득할 만한 이론을 통해 화이관과 직방세계를 부정한다.[13]

장서각본 〈태원지〉 속 태원은 역사와 규모가 중원을 웃도는 대륙이다. 또 주인공 임성과 영웅호걸이 활약하는 원해와 미지 대륙은 우리 소설사에서 전에 없던 새로운 세계상이다. 요컨대 〈태원지〉 작가는 원형 〈천하도〉에 보이는 중원 밖 세계에 대한 관심은 공유하면서도, 『직방외기』 등 서학서 영향 아래 기존과 다른, 열린 시각을 지니고 원해와 미지 대륙 태원을 구성한 것이다.

한편, 주인공 일행은 원해에 표류하며 갖은 고초를 겪는다. 처음 표착한 곳은 영도의 부속 섬이다. 〈태원지〉에 나오는 다른 섬에 이름이 없는 점을 고려하면 영도는 어떤 섬을 의식한 것이다.

영도를 지배하는 수괴는 웅천대장군이다. 웅천대장군을 통해, 작가가 염두에 둔 섬을 추정할 수 있다. 다음은 해적 반수가 웅천대장군 내력을 설명하는 장면이다.

한 섬이 이시니 쥬회 빅니오 일홈은 영되라 그 가온디 훈 뫼히 이시니 호왈 신쳥봉이라 봉 우희 훈 굼기 이시니 호왈 신혈이라 드르니 복희시 쎄의 훈 사롬이 그 가온디로셔 나오니 신댱이 일댱 오쳑이오 쇠 몸의 구리 모리며 눈이 금빗ㅈ고 니 옥ㅈ트니 물의 드러도 썬지지 아니ᄒ고 불

반응」, 『직방외기-17세기 예수회 신부들이 그려낸 세계』, 일조각, 2005, 348~356쪽 참조.

13) 애율략(艾儒略, Julius Aleni), 『직방외기(職方外記)』, 「오대주총도계도해(五大州總圖界度解)」 : 땅이 이미 둥글다면 가운데가 아닌 곳은 없다. 이른바 동서남북의 구분은 사람이 사는 곳을 기준으로 이름 붙인 것에 불과하며 애초에 정해진 기준은 없었다(地旣圓形 則 無處非中 所謂東西南北之分 不過就人所居立名 初無定準). *천기철, 위의 책, 56~57쪽에서 재인용. 번역문은 필자가 수정했다.

의 드러도 타지 아니ᄒ며 금슈도 능히 해치 못ᄒᄂ지라14)

신청봉은 영도 가운데 자리한 산이다. 응천대장군은 복희(伏羲) 때 신청봉 신혈(神穴)에서 태어난다. 응천대장군의 탄생과 외관 묘사는 <태원지>에 나오는 여느 요괴와 달리 구체적이다. 또 자못 신이하다.

섬 가운데 산, 봉우리 신혈 그리고 신이한 탄생은 제주 삼성혈 신화를 떠올리게 한다. 『신증동국여지승람(新增東國興地勝覽)』에 따르면, 제주민의 시조가 되는 신인 세 명은 한라산 근처 신혈에서 태어난다.15) 명수만 다를 뿐 탄생 방식과 장소 유형은 삼성혈 신인과 응천대장군이 같을 만큼 비슷하다. 또 응천대장군은 땅속이나 동굴에 근거지를 둔 '지하국 대적'과 다르다. 그는 지상에서 왕처럼 군림한다. 이 역시 신혈에서 솟아 제주를 다스린다는 삼성혈 신화와 연관해 음미해볼 대목이다.

서사 속 지리 공간을 구성할 한 섬으로 제주를 활용한 배경에는 자국 지리에 관한 인식 변화가 있다. 영도는 영주(瀛洲)와 첫 글자 음이 같은데, 제주를 영주로 본 시각을 반영한 것이다. 영주는 신선이 사는 삼신산(三神山) 가운데 하나다. 사마천(司馬遷)은 『사기(史記)』에서 삼신산이 자리한 곳을 발해(渤海)로 추정한다.16) 그런데 조선 후기에 이르면 조선 지식인은 삼신산을 우리 산악으로 비정한다.

---

14) 『태원지』, 168쪽.

15) 노사신(盧思愼) 등 편, 『신증(新增) 동국여지승람(東國興地勝覽)』 권38, 「제주목(濟州牧)」(『국역 신증동국여지승람』 V, 민족문화추진회, 1967, 93쪽) : 고려사(高麗史) 고기(古記)에 이르길, '처음에는 인물이 없었는데 3신인(神人)이 땅으로부터 솟아 나왔다. 진산(鎭山) 북쪽 기슭에 모흥(毛興)이라는 구멍이 있으니 이곳이 3신인이 나온 땅이다.'

16) 司馬遷, 『史記』 卷28, 「封禪書」(中華書局, 1959, 1369쪽) : 蓬萊 方丈 瀛洲 此神仙山者 其傳在渤海中 諸仙人及不死之藥皆在焉.

① 동해 바닷가 외딴곳에 소중화가 있다. …… 이 지역 가운데 이름난 산이 있는데 금강산, 마니산, 한라산으로 중국에서 말하는 삼신산이 이것이다.17)

② 무릇 바다의 산 중에 또한 기이한 것이 많은데, 제주 한라산이 바로 영주산이다.18)

③ 이수광 선생이 말씀하셨다. "세상 사람들은 삼신산이 우리나라에 있다고 말한다. 금강산은 봉래이고, 지리산은 방장이며 한라산은 영주니, 두보 시에 '방장은 삼한 밖에.'라는 구절이 있는데 이것으로써 증명된다."19)

①은 19세기 한문소설『옥선몽(玉仙夢)』도입부, ②는『택리지(擇里志)』, ③은『임하필기(林下筆記)』한 대목이다. 주목할 내용은 영주 위치다. 삼신산 위치를 발해로 본 중국과 달리, 위 인용문에서 영주는 제주 한라산으로 비정된다. 글 성격은 다르지만, 기술 배경으로서 지리 인식은 일치한다. 18~19세기 삼신산 가운데 영주를 제주 한라산으로 본 지리 인식은 조선 지식인 사이에서 널리 인정된 셈이다.

선행연구에서 서경희는 삼신산을 자국 영토 일부로 본 것은 중국에 관한 막연한 선망을 벗어나 조선을 의미 있는 공간으로 보겠다는 의도를 전제한다고 했다.20) 장서각본 〈태원지〉 속 지리 공간은 이러한 자국 지리에 관한 인식 변화를 구성 배경의 한 축으로 한다. 자국 산천이나 신화

---

17) 『옥선몽』상, 1쪽. 서경희, 「<옥선몽> 연구-19세기 소설의 정체성과 소설론의 향방-」, 이화여대 박사학위논문, 2003, 118쪽에서 재인용.

18) 이중환(李重煥), 『택리지(擇里志)』, 「복거총론(卜居總論)」산수(山水) : 夫海山中 亦多奇異 濟州漢挐山 是爲瀛洲山. 이익성 옮김, 『택리지(擇里志)』, 을유문화사, 1993, 224쪽에서 원문 재인용.

19) 이유원(李裕元), 『임하필기(林下筆記)』권1 : 李晬光 曰 世謂三山乃在我國 以金剛爲蓬萊 地異爲方丈 漢挐爲瀛洲 以杜詩方丈三韓外 證之.

20) 서경희, 앞의 논문, 119쪽.

등을 서사로 끌어들인 배경에 조선을 의미 있는 공간으로 보겠다는 인식
이 자리한 것이다.

그런데 장서각본 〈태원지〉 속 영도를 삼신산 영주로 여겼던 제주로
본다면, 조선 도서(島嶼)를 부정적으로 묘사했을까 하는 의문이 남는다.
제주는 조선 일부니 긍정적으로 서술해야 서사 내적 논리에 들어맞는다.
하지만 영도는 응천대장군이 지배하는 섬이다.

이러한 설정은 뭍의 지식인이 지닌 지역 인식에 기인한다. 조선 시대
기록물에 제주민에 대한 부정적 기술이 없지 않다.21) 제주는 분명 자국
섬이지만 그곳 백성은 곱지 않은 시선으로 본 것이다.

또 조선 후기 유행한 해도진인설(海島眞人說)에 대한 작가 인식을 꼽을
수 있다. 조선 후기 바다 밖 섬에 정진인(鄭眞人)이 살고 있으며 도래해 민
중을 이끌 것이라는 이야기가 광범위하게 유포된다.22) 여기서 정진인은
새 세상을 연다고 알려진 정도령을 일컫는다. 〈태원지〉 작가는 해도(海
島)에 있다는 진인(眞人)은 괴인(怪人)이나 해적에 불과하다는 인식과 신비
한 존재로 여겼던 정도령에 대한 기존 인식을 절충해, 응천대장군을 흉

---

21) 노사신 등 편, 앞의 책(96~97쪽)에는 권근(權近)의 글을 통해 "풍속이 별나고 군사는
사납고 백성은 어리석다", 정이오(鄭以吾)의 글을 통해 "풍속이 야만이고 거리가 멀다."
라고 적고 있다. 물론, 권근과 정이오의 개인적 의견이다. 하지만 『신증동국여지승람』
은 대표적 관찬 지리지다. 많은 사람이 읽었을 것이고, 제주에 대한 인식에 일정 부분
영향을 주었을 것이다.
　　이와 별도로 최부(崔溥)가 『표해록(漂海錄)』에서 언급한 제주는 〈태원지〉의 영도와 상
통한다. "제주는 큰 바다 가운데 있어 수로가 매우 험하고 멀기만 합니다. 죄를 범한
사람들이 모두 도망해 들어가 피하여 오랫동안 도망범의 소굴이 되었으니, 그런 까닭
에 가서 이들을 잡아오는 것입니다(최부, 『표해록』 권1, 「이월초사일(二月初四日)」 : 臣
曰 濟州在大海中 水路甚險甚遠 凡有罪者 皆逃入以避 久爲逋逃之藪 故往刷之)." 박원호, 『최
부(崔溥) 표해록(漂海錄) 역주(譯註)』, 고려대학교 출판부, 2006, 128쪽에서 재인용. 이와
관련해 〈태원지〉 속 영도에서 해적질하는 반수의 출신을 고려해볼 수 있다. 반수 역
시 중국에서 탐관오리를 살해하고 달아난 범죄자다. 『태원지』, 167쪽 참조.
22) 강명관, 『허생의 섬, 연암의 아나키즘』, 휴머니스트, 2017, 192쪽.

포한 면모와 신이한 면모를 함께 지닌 괴인으로 형상한 셈이다.

요컨대, 제주민과 해도진인설에 대한 부정적 인식에 기인해 영도를 괴인이 지배하는 해적소굴로 설정하면서도, 제주 신화와 정도령을 염두에 둔 결과 응천대장군의 형상은 여느 요괴와 달리, 신이하게 묘사한 것이다. 또 제주는 중국에서 출항한 배가 풍랑을 만나 닿을 수 있는 곳이므로, 언급한 제반 사정을 종합해 첫 표류지인 영도 일대를 형상했다고 하겠다.

이상 〈태원지〉에 형상된 지리적 공간의 구성 배경을 살폈다. 〈태원지〉 지리 공간은 조선 후기 중원 밖 세계에 대한 관심과 인식 확장을 배경으로 구성되었다. 또 원해 섬 가운데 하나인 영도는 조선 후기 자국 지리에 대한 인식 변화를 배경으로 형상되었다. 이러한 인식을 배경으로 구성된 〈태원지〉 시공간은 화이관을 바탕에 둔 직방세계와 달랐다. 이에 관해서 장을 달리해 살피겠다.

3. 시공간 구성 방식

(1) 연호와 간지를 통한 역사와 허구의 연계

장서각본 〈태원지〉에서 임위 부부는 지정 을축 정월 신묘 일에 북고산에서 치성을 드린다. 그해 시월 임성이 태어난다. 그런데 한문본 〈태원지〉은 지원(至元) 을유(乙酉)를 임성이 태어난 해로 제시한다. 지정과 지원, 을축과 을유로 두 이본 사이 연호와 간지는 다르다. 여기서는 장서각본 속 연호와 간지가 한문본과 다른 연유 및 연호와 간지의 기능을 검토하겠다.

장서각본 〈태원지〉에서 임성은 갑진(甲辰)에 중원을 탈출해 무신(戊申)에 태원을 통일한다. 중원을 떠나던 갑진에서 태원을 통일하던 무신까지 간지는 여덟 번에 걸쳐 제시된다. 간지는 십간과 십이지 조합이므로 여덟 개 간지가 적확한지 따져 임성이 태어난 해를 알 수 있다. 다음은 갑진과 무신 사이 제시된 간지이다.

① 이쩍는 갑진 츈 삼월이라 이쩍 님셩의 나히 이십이니 (162쪽)
② 유세츠 갑진 오월 뎡묘 삭 십亽일 진시의 신 종황은 (185쪽)
③ 비의 도라와 즉시 노하 힝홀시 추시는 정히 갑진년 츈 칠월 긔망이라 (211쪽)
④ 긔이 등으로 더브러 셩듕의 드러가니 이쩍는 을亽 츈 정월이라 (248쪽)
⑤ 유세츠 을亽 오월 신유 삭 십오일 을ᄒ의 신 님셩은 (271쪽)
⑥ 호롤 구십만이라 ᄒ고 병오 亽월 이십삼일 병인의 (281쪽)
⑦ 호번 叫화 즈웅을 결ᄒ라 병오 칠월 십亽일의 종황은 (313쪽)
⑧ 무신 하 뉴월의 오국을 임의 통일ᄒ엿는지라 …… 님셩을 츄존ᄒ야 황데라 (336쪽)

⑧에서 무신, ⑦⑥에서 병오(丙午), ⑤④에서 을사(乙巳), ③②①에서 갑진이 제시된다. 임성은 임금에 오른 뒤 용왕에게 부탁해, 중원에서 태원으로 부모를 모셔온다. 이때 임위 부부는 아들 임성을 떠나보낸 지 5년이라고 말한다.23) 무신에서 5년을 빼면, 피난하던 해인 갑진과 맞아떨어진다. 따라서 ①과 ⑧은 적확한 간지이다. 또 ①~⑧ 사이 간지는 정미(丁

---

23) 님위 부체 ᄋ즈롤 니별ᄒ 지 오 년이로디 신식이 돈졀ᄒ야 亽셩을 아지 못ᄒ는지라 듀야로 츅쳔ᄒ야 수이 보기롤 ᄇ르고 눈물노 셰월을 보니여. 『태원지』, 340~341쪽.

未)만 빠졌을 뿐, 모두 갑진과 무진 사이에 있다. ① 갑진에 임성이 스무 살이므로, 소급해 계산하면 출생한 해 간지가 나온다. 임성이 출생한 해 간지는 '을축'이 아닌 '을유'다.

그런데 장서각본 〈태원지〉 속 간지는 '을유'가 아닌, '을축'이다. 이는 오기(誤記)거나 번역자(혹은 필사자)가 의도한 결과다. 의도라고 보는 관점에서, 장서각본 '을축'은 허구 서사를 용이하게 전개하려던 설정일 수 있다. 실재하는 시공간(원, 금릉) 속에서 '신대륙 태원'이라는, 전에 없던 세계상을 보여야 했으므로 허구 간지인 '을축'을 제시했다고 볼 수 있다. 그러나 앞서 살폈듯, 여덟 개 간지는 적확하고 오직 '을축'만 어긋난다. 또 한문본 〈태원지〉는 을축이 아닌 을유로 표기한다. 유독 '을축'만 어긋나고 한문본에서 '을유'로 표기했으므로 장서각본에 나타난 '을축'은 필사 과정에 나타난 오기로 보는 게 타당하겠다.

그렇다면 장서각본 '지정'도 오기로 봐야 하는지 의문이 남는다. 한문본 〈태원지〉에 나오는 연호는 '지원'이다. 반면, 장서각본은 '지정'이다. '지정'은 원 세조(世祖), 마지막 임금 혜종[惠宗, 순제(順帝)]이 쓴 연호이다. 원 세조는 중통(中統, 1260~1264) **지원**(至元, 1264~1294) 원정(元貞, 1295~1297) 대덕(大德, 1297~1307)을 연호로 쓴다. 마지막 임금 혜종은 원통(元統, 1333~1335) **지원**(至元, 1335~1340) 지정(至正, 1341~1370)을 연호로 쓴다. 연호 '지원'은 세조와 혜종의 치세를 모두 지칭하는 셈이다.

장서각본 〈태원지〉는 5년의 서사 시간 동안 여덟 번에 걸쳐 간지를 제시한다. 시간 흐름을 계산해 꼼꼼하게 제시한 것이다. 그래서 원 군대를 피해 갈 곳으로 조선을 언급하는 대목은24) 어색해 보인다. 원이 중원

---

24) 내 일즉 드르니 동방의 흔 나라히 이시니 굴온 됴션이라 본디 산쉬 명녀ᄒ고 인물이
번화ᄒ며 녜악 법되 삼황 오뎨롤 본바드니 의관 문물이 쏘흔 셩뎨 명왕을 법밧고 능

을 지배할 당시 우리나라는 조선이 아닌 고려였기 때문이다. 또 우리소
설 〈유이양문록〉은 배경은 중국이지만, 고려를 예찬하며 "주인공인 이
연기가 10년의 곤액을 피하여 들어온" 곳으로 금강산을 지명한다.25)
〈태원지〉에서 임성 일행이 피난하려던 나라를 고려로 해도 이상하지
않다.

그런데도 〈태원지〉는 임성 일행이 피난하려던 곳을 조선으로 설정한
다. 한문본을 번역한 번역가나 장서각본을 필사한 필사자는 연호와 관련
해 '조선'을 고려한 것으로 판단된다. 원을 서사 배경으로 삼으면서도 조
선이 언급되므로 연호 '지원'은 원 초대 임금인 세조의 것은 아니라고 여
긴 것이다. 원 세조의 치세는 조선이 건국되기 한참 전이기 때문이다. 세
조는 몽골 제국 제5대 임금이며 원을 세운 임금이다.

앞서 언급했듯, '지원'은 원 마지막 임금 혜종의 연호이기도 하다. 또
본문에 제시된 여덟 개 간지는 모두 혜종 '지정' 연간에 들어간다. 요컨
대, 번역가(혹은 필사자)는 조선이 언급되므로 지원을 원 초대 임금인 세조
가 아닌 마지막 임금 혜종의 연호로 봤고, 여덟 개 간지가 혜종 지정 연
간에 들었으므로 '지원'을 혜종의 연호 '지정'으로 고쳤던 것이다.

'지원'이 '지정'으로 바뀐 또 다른 연유로 원의 쇠락과 명 건국이라는
역사적 사실을 꼽을 수 있다. 장서각본 〈태원지〉 서사는 지정 무신을
종점으로 진행된다. 지정 무신은 명이 세워진 해로, 중원에서 원의 천명
이 끝나는 때다. 같은 무신에 〈태원지〉 속 임성은 태원에서 다섯 나라
를 통일한다. 원의 천명이 끝날 때 임성이 받은 천명이 발현된 셈이다.

───────────

히 부즈즈효와 군의신틈과 부부유별과 댱즈유 유경댱을 삼가는 고로 텬보동방녜의지
국이라 흐니 아둥이 이제 새도록 비록 투고 갈진터 가히 탁흔 나라흘 어더 ᄆ음
의 품은 일을 도모흐야 게 가 의지흐리라. 『태원지』, 164쪽.

25) 임치균, 앞의 논문, 362쪽.

번역자(혹은 필사자)는 원의 쇠락, 주원장의 활약과 명 건국, 임성의 태원 통일을 종합적으로 고려해 '지원'을 '지정'으로 고친 것이다.

장서각본 〈태원지〉는 혜종 지정 연간을 배경으로 삼아 서사를 전개한다. 연호와 간지를 통해 역사와 허구는 연계된다. 지정 말, 원 조정에 대항한 봉기가 중원 곳곳에서 일어난다. 주원장(朱元璋)은 1350년대 중반 이후 반란 세력 가운데 두각을 나타낸다. 그는 1367년에 이르면 중원 남부에 대한 지배권을 확실히 다진다.26) 연호 '지정'을 통해 원 말기 봉기와 영웅의 출현이라는 역사는 장서각본 〈태원지〉에 음영을 드리운다. 역사가 허구 서사로 침투한 것이다.

이 부분에서 연호와 간지가 지닌 다른 기능이 나타난다. 간지를 통해 역사와 연계된 허구 서사는 독자가 견지했던 인식을 변화시킨다. 인식 변화는 '역사와 허구의 상호 침투'로 이루어진다.

장서각본 〈태원지〉는 원 마지막 임금 혜종의 연호를 써 원 말기 사실 (史實)을 끌어들인다. 그러나 무조건 역사에 이끌리지 않는다. 역으로 허구 서사로써 역사를 새롭게 바라본다. 임성이 태원을 통일하고 임금에 오른 해는 지정 무신(1368)이다. 지정 무신에 주원장은 원을 몰아내고 명을 건국한다. 임성이 있으므로 명 말고도 온당한 천명을 받은 나라가 존재하는 상황이다. 또 임성이 신대륙 태원에서 임금이 되므로, 천명이 발현될 터전은 중원에 국한되지 않는다. 요컨대, 천명은 중원을 정복한 나라에만 부여될 게 아니다.

이러한 인식을 현실로 환원하면, 중원 아닌 다른 곳의 천명 역시 온당하게 간주할 시각이 성립한다. 결국, 독자는 〈태원지〉 서사를 통해 기존

---

26) 기시모토 미오 · 미야지마 히로시 지음, 김현영 · 문순실 옮김, 『조선과 중국 근세 오백 년을 가다 -일국사를 넘어선 동아시아 읽기-』, 역사비평사, 1998, 28~29쪽.

과 다른 방향에서 역사를 바라보게 된다. 허구가 역사에 침투한 것이다. 〈태원지〉에 언급된 실제 간지는 역사와 허구의 상호 침투를 가능하게 하는 창구 구실을 한다고 하겠다.

이상 장서각본 〈태원지〉 속 연호와 간지를 살폈다. 장서각본 〈태원지〉는 한문본의 '지정'을 '지원'으로 바꿔 제시했다. 이로써 장서각본 〈태원지〉 속 연호와 간지는 역사와 허구 서사의 상호 침투를 가능하게 하는 창구 구실을 했다. 장서각본 〈태원지〉 임성은 주원장과 같은 해인 지정 무신에 신대륙 태원에서 임금에 올랐다. 이러한 시간 설정을 통해 중국만이 천명을 받은 유일한 황제국이라는 기존 인식은 부정되었다.

(2) 기지 공간과 미지 공간의 연계

장서각본 〈태원지〉의 지리는 중원·원해·태원으로 나뉜다. 중원과 태원은 기지 공간과 미지 공간에 각각 대응한다. 주인공 일행은 중원을 출발해 원해를 거쳐 태원에 이른다. 임성 일행의 이동은 기지 공간에서 미지 공간으로의 노정이다.27) 여기서는 미지공간과 기지공간의 연계 방식과 의미를 살피겠다.

초반 배경인 중원 금릉(金陵)은 널리 알려진 기지공간이다. 임위는 금릉 북고산(北固山)에서 빌어 임성을 얻는다. 임위가 치성을 드렸던 북고산은 금릉 양자강(揚子江) 하류 부근에 실재한다.28) 임위는 강에서 고기를 낚아 치성할 제물을 마련하는데, 이 역시 양자강 하류를 품고 있는 금릉 일대

---

27) 임성 일행의 노정은 건국주가 될 영웅이 새로운 땅을 찾아 떠나는 통과의례적 모험이 다. 이에 대해서는 임치균, 앞의 논문, 369~374쪽 참조.
28) 臧勵龢 編, 『中國古今地名大辭典』, 臺灣商務印書館, 1975, 183쪽, 北固山 條.

실지형에 들어맞는다. 또 북고산은 실제로 용왕묘(龍王廟) 등이 자리해[29] 치성을 드릴만 한 장소기도 하다. 장서각본 〈태원지〉 초반 배경은 실제 금릉 지리에 들어맞는다.

원 군대를 피해 금릉을 탈출한 임성 일행은 원해에서 표류한다.[30] 이때 원해는 어디에 무엇이 존재하는지 모를 미지 공간이다. 임성 일행은 원해를 알고 있지만, 전모를 파악하기에 턱없이 부족한 수준이다. 원해는 임성 일행이 가보지 못했던 새로운 공간이다.

원해에 사는 요괴는 임성 일행이 지닌 얕은 지식을 이용한다. 다음은 여자로 변신한 여우가 여인국을 일컬으며 임성 일행을 속이는 장면이다.

> 즁국이 비록 졀원ᄒᆞ나 아국이 슈즁의 싱댱ᄒᆞ야 깁히 슈리를 아ᄂᆞᆫ고로 믹양 듕국 근쳐 졔국의 가 홍판ᄒᆞ야 오미 스스로 녀인국 사ᄅᆞᆷ이라 일ᄏᆞᆺ ᄂᆞᆫ 고로 듕국 사ᄅᆞᆷ이 분간치 못ᄒᆞ고 ᄒᆞᆫ갓 녀인국 사ᄅᆞᆷ으로 알 ᄯᆞᄅᆞᆷ이오 진실노 우리 잇ᄂᆞᆫ 줄은 아지 못ᄒᆞ고 아국 사ᄅᆞᆷ은 듕국 일을 ᄌᆞ시 아ᄂᆞ니라 이써 녀ᄌᆞ들의 디답이 흐르ᄂᆞᆫ 듯ᄒᆞ고 그 언시 ᄀᆞ장 유리ᄒᆞ지라.[31]

임성은 여인국의 존재와 위치를 개략적으로나마 알고 있다.[32] 그래서

---

29) 위의 책, 183쪽, 같은 조(條).

30) 임성 일행의 표류는 중원에서 점점 멀어지는 양상이다. 작가는 몇 가지 언급을 통해 이동 양상을 꼼꼼하게 보여준다. 처음 표착한 영도는 중원 사람이 표류해 닿는 곳이다. 다음에 닿은 섬에서 여우는 중원을 알고 있다. 이후 섬에 표착했을 때 동해 용왕은 중국까지 거리를 "오만칠쳔ᄉᆞ빅삼 리"라고 말한다. 마지막 태원에 표착했을 때 그곳 사람들은 중원을 아예 모른다. 임성 일행의 표류는 중원 사람이 닿는 곳에서 중원을 아예 모르는 곳으로의 이동인 것이다.

31) 『태원지』, 198쪽.

32) 덕지 경아 왈 내 젼의 녀인국 잇단 말은 드럿거니와 듕국의셔 머지 아니커눌 엇지 여긔 이시리오 ᄯᅩ 아니 요괴를 만나민가 …… 덕지 왈 내 본더 녀인국을 아ᄂᆞ니 듕국의셔 머지 아닌 곳의 이셔 잇다감 드러와 됴공ᄒᆞ니 엇지 간터로 졀원ᄒᆞ리오 『태원지』, 196~197쪽.

임성은 여인들이 일컫는 말을 거듭 의심한다. 임성 일행은 기지(旣知)를 통해 원해를 이해했던 것이다. 그러나 원해는 임성 일행이 지닌 기지(旣知)가 통할 데가 아니다. 변신한 여우가 "중국 사람이 분간하지 못하는" 이유를 정연하게 설명하자 임성 일행은 그대로 속아 넘어간다.

이 장면은 중원 사람이 지닌 편벽한 자세를 비판한 것으로 볼 수 있다. 천하 중심국에 산다는 자긍심 아래, 오직 중원만을 관심에 두고 만들어 낸 지식은 중원 밖에서 무용한 셈이다. 결과적으로 임성 일행에게 중원 밖 세계와 원해는 기지(旣知)로 전모를 파악할 수 없는 곳으로 나타난다.

그러나 <태원지> 속 원해는 완전한 미지 공간은 아니다. 공간성은 혼합된 양상을 띤다. 일행 가운데 종황은 군사(軍師) 역을 맡아, 요괴를 이길 묘안을 내놓는다. 또 상성을 맞춘 물품을 마련해 변신 여우, 대망(大蟒), 천년 묵은 쥐 등을 물리친다. 물품을 준비하거나 꾀를 쓰는 것은 요괴 정체를 미리 알아야 가능하다. 종황은 요괴가 지닌 습성을 기지하고 이용하는 것이다. 요컨대, 원해는 미지 공간이지만, 요괴가 지닌 기지 속성을 고려하면 '미지와 기지의 공간성'을 모두 지니는 곳이라 하겠다.

원해의 이러한 특성은 요괴와의 전투에서 나타난다.

> 양관이 술병 수십을 길ᄀᆞ의 ᄇᆞ리고 짐줏 패ᄒᆞ야 ᄃᆞ라난디 진납이 셩품이 본디 술을 됴화ᄒᆞᄂᆞᆫ지라 술병이 길ᄀᆞ의 ᄇᆞ려시믈 보고 ᄯᅳ라갈 ᄯᅳᆺ이 업서 일시의 술병을 가져다가 웃듬 재 몬져 두어 병을 먹고 그 남으니ᄂᆞᆫ 서로 ᄃᆞ토와 아사 먹으니 대개 그 술이 미빅의 계교로 독약을 탓ᄂᆞᆫ지라.33)

임성 일행이 섬에 표착하자 잔나비는 이들을 속여 납치한다. 임성 일

---

33) 『태원지』, 191쪽.

행은 잔나비와 전투를 치르고 납치된 일행을 구해낸다. 전투에 앞서 종황은 잔나비 습성을 미리 알고 계교를 준비한다. 종황이 내린 지시에 따라, 양관은 거짓 퇴각하며 독을 탄 술병을 던져놓는다. 종황이 알았던 잔나비 습성은 다름 아니라 술을 좋아한다는 것이다.

술을 좋아하는 습성은 요괴가 지닌 '기지 속성'이다. 종황이 이용한 잔나비 습성은 전거(典據)를 지닌다. 전거를 지니기에 작중 인물만 아는 것이 아니라 독자 역시 기지한 부분이 된다. 다음은 성성(猩猩)에 관한 『회남자(淮南子)』와 『산해경(山海經)』의 언급이다.

> ① 성성(猩猩)은 지나간 일은 알아도 올 일은 모른다. [······ 성성은 술을 좋아해, 사람들은 술로써 성성을 잡는다. 술을 마시기 시작하면 조금도 쉬지 않아 취하는 것조차 모르니, 이로써 그 몸뚱이를 붙잡는다. 고로 '올 일을 모른다.'고 말한다.]34)
> ② 이곳의 어떤 짐승은 생김새가 긴꼬리원숭이 같고 귀가 희다. [긴꼬리원숭이는 미후와 비슷하나 눈은 붉고 크며 꼬리는 길다. ······] 기다가 사람처럼 달리기도 한다. 이름을 '성성'이라 한다. 이것을 먹으면 달리기를 잘하게 된다. [성성은 긴꼬리원숭이로 생김새는 원숭이 같다. ······]35)

①을 통해, 성성의 습성을 이용한 사냥 방법을 알 수 있다. ②를 통해서는 성성이 원숭이 일종이라는 사실을 알 수 있다. 성성은 앞으로 닥칠

---

34) 劉安 著, 高誘 注, 『淮南鴻烈解』 卷13, 「氾論訓」(影印 文淵閣四庫全書 第848冊, 臺灣商務印書館, 657쪽) : 猩猩知往 而不知來 [······ 又嗜酒 人以酒搏之 飮而不耐息 不知當醉 以禽其身 故曰 不知來也].
35) 郭璞 撰, 『山海經』 卷10, 「南山經」(影印 文淵閣四庫全書 第1042冊, 臺灣商務印書館,, 4쪽) : 有獸焉 其狀如禺 而白耳 [禺似獼猴 而大赤目長尾 今江南山中多 ······] 伏行人走 其名曰猩猩 食之善走 [猩猩禺獸 狀如猿 ······].

일은 모른 채 눈앞에 놓인 술에 정신이 팔리는 원숭이다. 성성을 사냥하는 방법은 <태원지>에서 종황이 쓴 계교와 비슷하다. 종황은 성성이 지닌 습성을 기지하고 이를 이용해 계교를 쓴 것이다.

원해를 온전한 미지 공간으로 두지 않고 공간성을 혼합한 것은 태원을 염두에 둔 설정이다. 초반 배경인 금릉은 실지형에 부합한다. 반면 원해는 요괴가 사는 섬으로 채워진다. 임성 일행은 원해에 표류하고 섬을 탐험하며 여러 요괴와 전투를 치른다. 앞서 언급했듯, 이때 요괴들은 일정 부분 기지 속성을 지니며, 임성 일행은 이를 이용한다.[36] 원해는 미지 공간이지만, 표착한 섬에서 만나는 요괴는 기지 속성을 지니는 것이다. 요괴가 지닌 기지 속성은 그 기지성(旣知性)으로 인해, 원해의 미지성(未知性)을 감소시킨다. 결과적으로, 임성 일행이 요괴를 퇴치하며 항해를 거듭할수록 원해에 대한 기지는 확장한다.

환상적 색채를 지닌 원해는 실지형에 이어진 곳이기에 독자에게 뜻밖으로 받아들여진다. 원해 끝에 태원이 있다. 태원은 주인공이 웅지를 펴는 땅으로 서사 공간에서 가장 중요한 곳이다. 그러므로 태원은 원해보다 더 선명하게 두드러질 필요가 있다. 원해에 공간성을 혼합함으로써 태원은 현실적이면서도 뜻밖의 공간으로 규정된다.

원해를 지나온 임성 일행은 태원에 닿자 신분을 숨긴다. 임성 일행은 이곳 역시 요괴가 사는 섬일지 모른다는 두려움을 가지고 신분을 숨긴 채, 중원에서 표류하다 태원에 이르렀다고 거짓말을 한다. 태원을 지금껏

---

36) 종황은 기지(旣知)를 토대로 변신 여우에게 개가죽, 대망(大蟒)에게 석황, 쥐에게 부적(고양이로 변신) 따위를 사용한다. 순풍이와 천리안 역시 전거가 있는 기지 요괴다(『태원지』, 228~236쪽). 순풍이와 천리안은 『셔쥬연의』 제89~91회(장경남·이재홍·손지봉 校註, 『셔쥬연의』, 이회문화사, 2003, 531~548쪽)에 등장하는 순풍이와 천리안을 가져다 쓴 것이다.

지나온 공간의 연장선에서 이해한 것이다.

그런데 임성 일행이 예상했던 것과 다르다. 태원 주민은 중원을 아예 모른다. 또 임성 일행에게 태원은 전혀 듣도 보도 못한 곳이다.[37] 임성 일행이 기지성을 확장하는 와중에 예상한 공간이 애초 예상과 정반대로 드러난 것이다. 원주민이 중원의 존재를 아예 모른다는 설정으로써 중원만 알았던 임성 일행에게 태원은 뜻밖의 장소로 받아들여진다. 또 태원은 유구한 세월 동안 다섯 나라가 존속해온 대륙이라는 점, 그 크기가 중원을 압도한다는 점에서 천하 중심을 중원으로 상정했던 당시 세계관에 충격을 준다. 결과적으로 태원에 이르러 그간 확장한 기지성은 일거에 구축(驅逐)된다.

미지 공간인 원해에 기지 속성을 지닌 요괴를 배치한 이유가 여기에 있다. 앞서 살폈듯, 태원은 원해보다 환상적 색채는 덜한 곳이다. 태원은 미지 공간이지만 오히려 원해보다 현실적이다. 그래서 기이한 곳이라는 인상은 태원이 원해만 못하다. 그럼에도 태원은 원해보다 뜻밖의 공간으로 규정된다. 확장해가던 기지성을 일거에 몰아낼 때, 태원은 뜻밖의 공간이 된다.

이상, 〈태원지〉의 공간 구성 방식을 살폈다. 〈태원지〉 작가는 금릉·원해·태원에 공간성을 부여해 배치했다. 작가는 특히 원해가 지닌 기지성과 미지성의 변화를 주의를 기울여 형상했다. 신대륙 태원을 파격적으로 등장시키려던 의도였다. 이러한 공간 구성을 통해 미지 대륙 태원은 현실적이지만 뜻밖의 공간으로 등장했다.

---

37) 미빅이 대경 왈 일죽 셔안국을 듯지 못ᄒ여시니 이는 반ᄃ시 듕원 ᄯ히 아니오 히듕 각별 고이혼 ᄯ히로다 …… 미빅이 경 문왈 태원이란 말이 더욱 심히 고이ᄒ니 원컨더 ᄌ시 닐너 나의 의심을 결케 ᄒ라 …… 덕지 앙텬 탄왈 엇지 텬하의 이러ᄐ시 큰 ᄯ히 이실 줄 알니오. 『태원지』, 238~239쪽.

4. 새로운 공간에서 건국과 통일

태원은 금·목·토·화·수 다섯 대국과 서안국 등 소국이 자리한 대륙이다. 다섯 나라에 각각 다섯 진방이 있고, 진방 안에 무수한 주현(州縣)이 있다. 태원의 크기는 중원 못지않다. 중원을 떠난 임성 일행은 미지의 대륙 태원을 통일한다. 여기서는 건국과 통일 과정을 중심으로 <태원지> 주제의식을 살피겠다.

주인공 임성은 중원을 도모하기 위해 동지를 규합한다. 조상에 대한 언급은 없지만, 임성은 원(元)을 오랑캐라며 멸시하는 것으로 보아 한족(漢族)으로 추정된다. 임성이 지닌 화이관은 뚜렷하다. 임성은 한족으로서 오랑캐인 원(元)을 몰아내려 한다. 화이론은 중원에서 병사를 갖추고 자금을 모을 수 있는 큰 명분이 된다. 임성을 좇아 결의한 호걸들 역시 원(元)이 중원을 지배하는 현실에 불만을 지닌다.

하지만 원(元)의 학정은 문면에 없다. 임성과 영웅호걸이 체제를 전복하려 내세운 명분은 '화이(華夷) 유별(有別)' 뿐이다. 그래서 임성 일행은 오랑캐인 원(元)이 쉽게 멸망하지 않은 이유를 깨닫지 못한다.

> 작야의 건상을 우러러 술피니 데셩이 빗나고 다숫 별이 도수롤 일치 아니 흐고 혜불셩이 나지 아냐시니 이논 텬명이 오히려 진치 아냣논지라 가븨야이 치지 못홀 거시니 쟝군의 긔샹이 하눌이 닉신 셩쥐니 실노 그 곡졀을 아지 못홀지라[38]

위 발언을 한 종황은 천문에 달통한 도사로 『삼국지연의(三國志演義)』 속

제갈공명 같은 인물이다. 이런 종황조차도 뚜렷한 화이관을 지녔기에, 곡절을 풀이하지 못한다. 종황은 한족이 천명을 받았음에도 오랑캐의 천명이 끝나지 않는 상황이 의아스러울 뿐이다. 임성 일행은 천명에 화이 구별이 없는 진실을 바로 보지 못한다.

소설 속 원에 대한 관점을 현실로 환원하면 청을 대하는 조선의 보수적 인식이 된다.[39] 조선의 보수적 인식은 국제 정세를 무시한 채 화이론만 앞세운 배청 논리다. 〈태원지〉에서 오랑캐의 천명은 쉽사리 끝나지 않는다. 원이 받은 천명 역시 천명이기 때문이다. 원(元)을 청(淸)으로 본다면, 청이 중원을 지배하는 현실도 천명에 따른 결과인 셈이다.

오랑캐도 천명을 지니고 중원의 주인이 될 수 있다는 인식은 자못 신선하다. 이와 관련해 〈태원지〉 작가는 태원을 대륙으로 설정해 '천하의 중심'에 관한 문제를 던진다. 앞서 언급했듯, 태원은 역사와 크기에서 중원 못지않은 대륙이다. 태원이 유구한 역사를 지닌 대륙이라면, 중원이 지닌 '세계의 중심'이라는 의미는 퇴색한다. 중원은 중심이 아닌, 세계의 부분일 뿐이다.

태원이 미개한 대륙이라면 문화에 비추어 중원을 중심으로 고수할 수 있다. 그러나 태원을 구성한 나라들은 '팔조법'을 토대로 장구한 세월 동안 유지됐다. 또, 다섯 나라의 건국주는 하늘에서 내려온 신인이다.[40] 작

---

39) 소설 속 원을 현실의 청으로 본 것은 임치균, 앞의 논문(2009), 377~378쪽에서 논구한 부분이다.
40) 수만년 전의 다숫 별이 귀향으로 이 짜히 느려와 사롬이 되야 각각 그 디방을 직희여 남군이 되야 나라홀 셰우니 법도롤 ᄀ초와 녜의로 빅셩을 ᄀ르쳐 여듧 가지 법을 베퍼 인덕의 교화 잇ᄂ지라. 『태원지』, 243쪽.
　'하늘에서 하강한 복수(複數) 건국주'와 '팔조법 시행'은 가야와 기자조선에 관한 이야기를 활용한 것으로 보인다. 이 대목은 제주 신화를 변용한 부분과 더불어 〈태원지〉 국적을 조선으로 비정할 방증 가운데 하나다.

가는 태원을 중원보다 유구한 역사를 지닌 대륙으로 설정한 것이다. 결과적으로, <태원지>는 중원 밖 문명 대역을 설정해 화이관에서 이탈하고 있다.

태원에 이른 임성 일행은 중원에서와 정반대 처지에 놓인다. 고토를 회복하려던 원주민이 아닌, 빼앗으려는 이민족 입장에 서게 된다. 원주민에서 이민족으로 처지 변화는 무색해진 화이질서를 명료하게 보여준다. 다음은 임성이 세운 대흥국이 토국을 정벌하는 대목이다. 토국 조정은 항전과 항복을 놓고 의견이 분분하다.

> 토왕의 태즈 경역이 울며 주왈 우리 션왕의 샤직 종묘를 엇지 일됴의 도적을 주어 욕을 감심ᄒ리오 맛당이 냥쟝 졍명을 됴발ᄒ야 싸호다가 …… 토왕이 급히 말리고 위로 왈 내 엇지 대의를 모르리오마는 텬니 인심이 임의 져의게 도라간지라 …… 너는 말 말나 경역이 궁듕의 드러가 쳐즈를 죽이고 종묘의 드러가 션왕긔 하직ᄒ야 통곡ᄒ고 스스로 목미야 죽으니라.41)

토국 태자 경역은 임성 일행을 도적이라 일컫는다. 토국에서 임성은 침입자며 도적일 뿐이다. 서안국 장수 마통은 임성을 "무단한 수적"이라 부르며 전쟁을 치른다.42) 임성은 중원에서 한족으로서 화이질서를 내세웠지만, 태원에 이르러 침입자이자 도적과 수적(水賊)으로 규정된다. 중원에서 오랑캐를 물리치려던 인물이 태원에서는 오랑캐 입장에 놓이는 것이다. 결국, 화이 구별은 곳에 따라 달라지며, 고정된 질서는 아닌 것이 된다. 화이 구별이 무의미해질 때, 현실 독자는 "중국을 객관적으로 바라

---

41) 『태원지』, 334쪽.
42) 마통이 심듕의 크게 두려 강잉ᄒ야 답왈 무단혼 슈적이 우리 디경을 범ᄒ니. 『태원지』, 252쪽.

볼 수 있는 여지를 만들게 된다."[43] 달리 말하면, 세계를 상대적으로 인식할 여지를 두게 되는 것이다.

태자 경역은 사직을 지키려 결전을 불사하려 하지만 토국 왕은 항복을 결심한다. 그는 천리와 인심이 이미 임성에게 돌아갔다고 말한다. 천명이 임성에게 갔으니 어쩔 수 없다는 논리다. 경역은 현실을 용납하지 못하고, 처자를 죽이고 목매어 자살한다. 경역이 다졌던 비장한 결의와 최후는 보는 이를 숙연하게 한다.

경역이 맞이한 비장한 최후는 임성이 놓인 이중적 처지를 보이는 교묘한 장치이기도 하다. 다음은 서장관으로 청에 다녀온 학암(鶴巖) 조문명(趙文命, 1680~1732)이 영조(英祖)에게 보고하는 대목이다.

> 조문명이 아뢰었다. "…… 숭정 갑신에 도성이 함락되던 날, 의종 황제는 산 위의 매산각에서 참혹하게 목숨을 버렸습니다. 그날 황제는 공주와 여러 비빈을 칼로 찌르며 말하기를 ……."[44]

학암은 영조에게 보고하는 자리에서 붕당의 폐해를 논한다. 이때 숭정제(崇禎帝) 최후를 첫머리에 끌어오며 『명사(明史)』에[45] 나오지 않는 정황을 언급한다.[46] 그 '정황'은 앞서 살핀 토국 태자 경역이 맞이한 최후와

---

43) 임치균, 앞의 논문, 378쪽.

44) 『영조실록(英祖實錄)』 권8, 영조 1년, 10월 기사 일, 여섯째 기사 : 文命 奏日 …… 崇禎甲申城陷之日 毅宗皇帝 殉烈於山上煤山閣 其日 皇帝手刃公主及諸妃嬪 日 …….

45) 『明史』卷25, 「莊烈帝」 二 (影印 文淵閣四庫全書 第297冊, 臺灣商務印書館, 242쪽) : 丙午日 晡 外城陷 是夕 皇后周氏崩 丁未 昧爽 內城陷 帝崩於萬歲山 王承恩從死 御書衣襟 日 …….

46) 학암(鶴巖)이 접한 정보의 연원에 대해서는 조사가 필요하다. 중국 『剿闖小說』에 나오는 숭정제 최후가 비슷하나, 학암(鶴巖)이 『剿闖小說』을 읽었다고 확언할 수 없다. 연행사 일행은 전언(傳言), 야사(野史), 소설(小說) 등 다양한 경로를 통해 '숭정제의 최후'를 접했을 것이다. 다음은 『剿闖小說』에 나오는 숭정제 자결 대목이다.
見袁宮人自縊 繩斷墮地 皇上乃持劍斷其頸 時長公主十五矣 在側悲啼 皇上欲殺之 手不能擧 小

비슷하다. 먼저 처자를 죽이는 점, 스스로 목을 매는 점은 경역과 숭정제가 같다. 또 처자를 죽이고 자액한 까닭은 둘 다 적의 침입에 있다.

그래서 경역과 숭정제가 맞이한 최후는 비슷한 정황과 이유로 인해 자연스럽게 겹친다. 두 사람이 맞이한 최후가 겹칠 때, 임성과 이자성(李自成) 역시 겹쳐진다. 이자성에 관한 평가는 분분하다. 민중 봉기를 이끌어 쇠퇴하던 왕조를 멸망시킨 인물이지만, 명 입장에서 보면 사직을 무너뜨린 도적이다. 이자성과 겹쳐진 임성에게도 이중적 형상이 부여된다. 임성은 침입자로서 원주민의 나라를 멸망시키지만, 이는 천명의 결과다. 임성에게 이중적 형상을 부여함으로써 나라 흥망은 천명에 따른 결과라는 사실을 보여준다. 이민족 오랑캐건 원주민이건 나라를 세우고 유지하는 일체는 천명에 따른 결과인 것이다.

토국 태자 경역은 천명과 현실을 용납하지 못한다. 그는 처자를 죽이고 종묘에 들어가 목을 맨다. 하지만 임성은 토국을 무너뜨리고 태원을 통일한다. 죽음은 장렬하나 천명은 막을 수 없다. 숭정제의 최후 또한 그렇다. 명의 멸망도 천명에 따른 결과였을 뿐이다.

물론, 임성은 한족이므로 태원 정복은 중화의 강역을 넓힌 것으로 볼 수 있다. 그러나 임성은 태원에서 '화이의 유별'을 내세우지 않았다. 오히려 원주민에게 도적이나 수적으로 멸시받았다. 무엇보다 중화에 의한 '교화'가 나타나지 않았다. 조각(組閣) 역시 출신을 가르지 않고 전공에 따라 차별 없이 진행했다. 또 임성은 원주민 평이기의 딸을 황후로 맞아들이고 그를 목왕에 봉했다. 태원에서 임성은 중원에서와 달리 '화이질서'를 탈피한 것이다.

頃 連砍二刀 悶絶于地 皇上乃自縊于梅山. 오오키야스시 지음, 노경희 옮김, 『명말 강남의 출판문화』, 소명출판, 2004, 181쪽에서 재인용.

　〈태원지〉 주제의식은 태원을 배경으로 한 건국과 통일 과정에서 드러났다. 태원은 중원 못지않은 역사와 크기를 지닌 대륙이었다. 임성은 중원에서 이민족을 오랑캐라 멸시하며 '화이의 유별'을 내세웠다. 하지만 태원에 이르러서 '오랑캐'로 규정되었다. 신대륙 태원의 형상과 임성 일행이 맞닥뜨린 '입장 역전'은 '화이질서'를 무색하게 만들었다.

5. 결론

　본고는 〈태원지〉 지리적 공간의 구성 배경, 시공간 구성 방식을 살펴 작품 특성과 주제의식을 구명하려 했다. 지금까지 진행한 논의를 정리하는 것으로 결론을 갈음하겠다.

　장서각본 〈태원지〉의 지리적 공간은 직방세계와 달랐다. 새로운 지리 공간은 조선 후기 중원 밖 세계에 관한 관심과 인식 확장을 배경으로 만들어졌다. 조선 후기 유행한 원형 〈천하도〉를 통해 중원 밖 세계에 관한 관심을 살폈다. 인식 확장은 『직방외기』 등 서학서를 통해 살폈다.

　다음으로 시공간 구성 방식을 논의했다. 장서각본 〈태원지〉는 시공간 구성을 통해 화이질서에 반하는 세계를 형상했다. 〈태원지〉의 시간 흐름은 연호와 간지를 통해 제시되었다. 연호와 간지는 '역사의 음영을 서사에 드리우는 기능'과 '역사와 허구가 상호 침투를 가능하게 하는 창구 역할'을 했다. 한편, 〈태원지〉의 공간은 기지 공간과 미지 공간으로 나뉘었다. 공간을 나누어 배치한 이유는 현실적 공간인 태원을 선명하게 부각하기 위해서였다. 원해에 기지성과 미지성을 혼합해놓고 태원에 이르러 기지성을 한 번에 구축(驅逐)했다. 이렇게 등장한 신대륙 태원은 직방세계로 대표되는 기존 세계관에 충격을 주었다.

마지막으로 <태원지>의 주제의식에 대해 살폈다. <태원지>의 주제의식은 건국과 통일 과정에서 나타났다. 임성이 가졌던 화이관은 뚜렷했다. 임성은 중원에서 오랑캐를 몰아내려 '화이의 유별'을 명분으로 내세웠다. 하지만 임성 일행은 신대륙 태원에서 오랑캐로 규정되었다. 주인공이 천명을 이룬 태원에서 '화이질서'는 무색해졌다.

본고는 작품이 지닌 특성에 파고들려다 보니, 작가나 독자층에 대한 논의까지 나아가지 못했다. 앞으로, <태원지> 작가가 속했을 계층을 논구하는 한편, 여타 작품과 연계한 논의를 통해 소설사적 의의를 부여해야 할 것이다. 후속 논고를 기약한다.

참고문헌

『뉴니낭문녹』(藏書閣, MF35-89~93)

『明史』(影印 文淵閣四庫全書 第297冊, 臺灣商務印書館)

『史記』(司馬遷, 中華書局, 1959)

『山海經』(郭璞 撰, 影印 文淵閣四庫全書 第1042冊, 臺灣商務印書館)

『셔쥬연의』(장경남·이재홍·손지봉 校註, 이회문화사, 2003)

『新增東國輿地勝覽』(盧思愼 等 編, 『국역 신증동국여지승람』, 민족문화추진회, 1967)

『영남대학박물관 소장 한국의 옛 지도』(영남대학교박물관, 1998)

『靈異錄·太原誌』(한국어문학연구소 편, 이화여자대학교 출판부, 1973)

『英祖實錄』(卷8, 英祖1年, 10月 己巳)

『林下筆記』(李裕元 著)

『中國古今地名大辭典』(臧勵龢 編, 臺灣商務印書館, 1975)

『中國歷史繪模本』(국립중앙도서관, 한貴古朝 82-11)

『職方外記』(艾儒略 著)

『擇里志』(李重煥 著)

『漂海錄』(崔溥 著)

『韓國의 古地圖』(이찬, 범우사, 1991)

『淮南鴻烈解』(劉安 著, 高誘 注, 影印 文淵閣四庫全書 第848冊, 臺灣商務印書館)

강명관, 『허생의 섬, 연암의 아나키즘』, 휴머니스트, 2017.

강문종, 「한문본 <태원지(太原誌)> 연구」, 『고소설연구』 42, 한국고소설학회, 2016.

김문식, 『조선후기 지식인의 대외인식』, 새문사, 2009.

김진세, 「태원지攷 : 李朝後期 社會人들의 Utopia를 中心으로」, 『영남대학교논문집』 1·2, 영남대학교, 1968.

김진세, 「태원지」, 『國學資料』 28, 文化財管理局 藏書閣事務局, 1978.

민관동, 「中國古典小說의 한글 飜譯問題」, 『고소설연구』 5, 한국고소설학회, 1998.

박원호, 『崔溥 漂海錄 譯註』, 고려대학교 출판부, 2006.

박재연, 『中國小說繪模本』, 강원대학교출판부, 1993.

방동인, 『한국지도의 역사』, 신구문화사, 2001.

배우성, 「옛지도와 세계관」, 『우리 옛지도와 그 아름다움』, 효형출판사, 1999.

배우성, 「서구식 세계지도의 조선적 해석 <천하도>」, 『한국과학사학회지』 22, 2000.
서경희, 「<옥선몽> 연구-19세기 소설의 정체성과 소설론의 향방-」, 이화여대 박사
    학위논문, 2003.
오상학, 「조선후기 원형 천하도의 특성과 세계관」, 『지리학 연구』 35-3, 2001.
이익성 옮김, 『擇里志』, 을유문화사, 1993.
임치균, 「<태원지> 연구」, 『고전문학연구』 35, 한국고전문학회, 2009.
임치균, 「『王會傳』 연구」, 『장서각』 2, 1999.
조희웅, 「樂善齋本 飜譯小說 硏究」, 『國語國文學』 62·63, 국어국문학회, 1973.
천기철, 「『직방외기』의 저술 의도와 조선 지식인들의 반응」, 『직방외기-17세기 예수
    회 신부들이 그려낸 세계-』, 일조각, 2005.

기시모토미오·미야지마히로시 지음, 김현영·문순실 옮김, 『조선과 중국 근세 오백
    년을 가다 -일국사를 넘어선 동아시아 읽기-』, 역사비평사, 1998.
오오키야스시 지음, 노경희 옮김, 『명말 강남의 출판문화』, 소명출판, 2004.
줄리오 알레니 지음, 천기철 옮김, 『직방외기-17세기 예수회 신부들이 그려낸 세계-』,
    일조각, 2005.

〈태원지〉와 〈경화연〉의 해양 탐험담 비교

1. 서론

본고는 장서각본 소설 〈태원지〉와 중국 청나라 때 소설 〈경화연〉에 공동으로 등장하는 해양 탐험담에 대해 비교 연구를 진행하고자 한다. 이를 통해 비슷한 시기에 향유되었던 두 작품의 해양 탐험 양상을 고찰하고 해양 탐험담에 나타난 두 나라 사람들의 인식 지향을 밝히는 데 목적을 두고자 한다.

〈태원지〉는 4권 4책으로 되어있는데 중국 원나라 말기를 배경으로 창작된 소설이고 작가미상이다. 정확한 창작 시기를 알 수 없지만 현존하는 장서각본 〈태원지〉는 국어학적 표기 형태로 보아 19세기 초반 정도의 것으로 추정된다.[1] 〈태원지〉에서 주인공 임성이 그를 따르는 조력자들과 함께 바다에서 표류하는 내용은 작품 전체에서 아주 중요한 구성 부분이 되고 있다. 〈태원지〉는 그동안 중국소설로 인정되어[2] 연구가 거

---

[1] 임치균, 「〈태원지〉 연구」, 『고전문학연구』 35, 한국고전문학회, 2009, 357쪽.
[2] 조희웅, 「낙선재본 번역소설 연구」, 『국어국문학』 62·63, 국어국문학회, 1973; 박재연, 『중국소설회모본』, 강원대학교 출판부, 1993; 민관동, 「중국고전소설의 한글 번역문제」, 『고소설연구』 5, 한국고소설학회, 1998.

의 이루어지지 않았다. 최근 한국 작품이라는 사실이3) 밝혀진 이후 서사적 특징, 주제 의식의 구명 등 다양한 방면에서 학계의 관심을 한층 받고 있다.4)

　〈경화연〉은 중국 청나라 때 문인 이여진(李汝珍, 1763?~1830?)5)이 창작한 장편소설로, 뛰어난 문학성과 사상성을 인정받아 중국 고전소설사에서 비교적 높은 평가를 받고 있다.6) 〈경화연〉은 수십 여종에 달하는 판본을 가지고 있는데 그중에서 가장 이른 판본은 강녕(江寧) 도홍진(桃紅鎭) 판본으로 1817년 하반기 혹은 1818년 봄에 간행한 것으로 추정된다.7) 모두 100회로 이루어진 〈경화연〉은 중국 당나라 시기를 배경으로 하고 있으며, 주인공 당오(唐敖)의 해양 탐험담은 7~40회에 걸쳐 있다.8) 〈경

---

3) 임치균, 앞의 논문.

4) 임치균, 위의 논문 ; 홍현성, 「〈태원지〉 시공간 구성의 성격과 의미」, 『고소설연구』 29, 한국고소설학회, 2010; 임치균, 「조선후기 소설에 나타난 청나라 지배의 중국에 대한 인식의 변화와 의미」, 『장서각』 24, 한국학중앙연구원, 2010; 허순우, 「중화주의 균열이 초래한 주체의식의 혼란과 극복의 서사-〈태원지〉」, 『고소설연구』 33, 한국고소설학회, 2012; 김용기, 「〈태원지〉의 서사적 특징과 왕조교체」, 『고소설연구』 34, 한국고소설학회, 2012; 이명현, 「〈태원지〉의 표류와 정복에 나타난 타자인식」, 『다문화콘텐츠연구』 14, 중앙대학교 문화콘텐츠기술연구원, 2013; 김용기, 「〈태원지〉의 海洋 漂流와 島嶼間 이동의 의미-영웅의 자아실현을 중심으로」, 『島嶼文化』 41, 국립목포대학교 도서문화연구원, 2013.

5) 이여진(李汝珍)의 자는 송석(松石)이고 호는 송석도인(松石道人)이다. 작가의 생몰년은 현재 정확히 알려져 있지 않다, 위에서 제시한 생몰년은 연구자들이 대략 추정한 것이다.

6) 袁行霈 主編, 『中國文學史(4)』, 高等敎育出版社, 2006, 339쪽.

7) 趙建斌, 『〈鏡花緣〉叢考』, 山西人民出版社, 2010, 447~448쪽.

8) '탐험'의 사전적 의미는 "위험을 무릅쓰고 어떤 곳을 찾아가서 살펴보고 조사"하는 것이다. 〈경화연〉에서 당오는 해외 각국을 돌아보는 과정에 곤경에 처하기도 하고 위험에 직면하기도 하지만 위험을 무릅쓰고 여행을 계속한다. 따라서 당오의 여행이 탐험의 성격을 지니고 있는 것으로 볼 수 있기에 '탐험담'이란 용어를 사용했음을 밝혀둔다. 또 〈경화연〉에는 당오의 해양 탐험담 외에 당오의 딸 당소산이 아버지를 찾기 위해 중국에서 소봉래까지 갔다가 다시 돌아오는 과정도 포함되어 있다. 하지만 이 과정은 서사 전개가 간략하고 평이하며 해양 탐험의 성격도 강하지 않기에 본고에서는 당오의 해양 탐험담에만 주목하고자 한다.

화연>은 오랜 시간동안 연구자들의 관심을 받으면서 많은 연구업적이 이루어졌는데 주목할 만한 것으로 작자와 판본 고증, 구조와 주제의식, 번역 양상, 비교 및 영향관계 등에 대한 연구가 있다.9)

<태원지>와 <경화연>은 비슷한 시기의 작품으로 모두 중국에서 출발하여 바다로 탐험을 떠나며 바다 속에서 여러 나라를 거치게 되는 공통점을 가지고 있다. 바다를 통한 항해는 새로운 세계를 접하는 기회를 갖게 된다. 본래 중국 중심의 세계 인식을 기본으로 하고 있던 조선과 중국에 있어 새로운 세계와의 조우는 세계관에 변화를 가져다 줄 가능성이 매우 높다. 반면 기존의 세계관을 공고히 하는 방향으로 움직일 수도 있다.

두 작품에 나타난 해양 탐험담에 대한 면밀한 검토는 비슷한 시기에 조선과 중국이 가지고 있는 세계에 대한 의식의 양상을 밝히고 그 인식의 차이를 비교하는 데 유용할 것이다. 또 <경화연>은 일찍 조선에 유입되어 당시 지식인들에게 널리 향유되었으며 홍희복(洪羲福, 1794~1859)에 의해 <제일기언>으로 번역이 이루어지기도 했다. 따라서 조선시대 사람들에게 향유되었던 유사한 소재를 다룬 두 작품이라는 면에서 한층

---

9) 胡適, 「<鏡花緣>的引論」(1923), 『中國章回小說考證』, 上海書店, 1980; 孫佳迅, 「鏡花緣補考」 (1928), 『胡適文存』 3, 臺北遠東圖書公司, 1971; 정규복, 「제1기언에 대하여」, 『중국학논총』 1, 1984; 하정옥, 「<鏡花緣>研究」, 성균관대 박사학위논문, 1983; 육재용, 「<九雲記>에 미친 <鏡花緣>의 영향」, 『영남어문학』 21, 1992; 정용호, 「이여진의 <경화연> 연구」, 전남대 박사학위논문, 1997; 劉琴, 「<山海經>對<鏡花緣>的影響」, 『許昌學院學報』, 第24卷 第1期, 2005; 정용호, 「경화연과 한글 역본 제일기언의 비교연구」, 『중국소설논총』 26, 한국중국소설학회, 2007; 李雄飛·郭瓊, 「<鏡花緣>版本補敍」, 『中國文化研究』, 2007年 第3 期, 2007; 段春旭, 「<鏡花緣>中的海洋文化思想」, 『文學研究』 2010; 趙建斌, 앞의 책; 주숙하, 「文人的 主體意識的 再現-<第一奇諺>의 飜譯者인 洪羲福을 中心으로」, 『중국소설논총』 35, 한국중국소설학회, 2011; 정용호·민관동, 「<九雲記>에 미친 <鏡花緣>의 영향 연구」, 『중국인문과학』 49, 중국인문과학연구회 중국인문학회, 2011; 沈文凡·王賽馨, 「<鏡花緣>海外異國考論」, 『古籍整理研究學刊』 2011年第2期, 2011.

더 비교의 가능성을 열어둘 수 있다. 하지만 지금까지 <태원지>와 <경화연>에 대한 연구는 전공 영역에 따라 개별적으로 이루어졌다는 문제점을 가지고 있다. 특히 드물게 '해양 탐험담'을 담고 있는 두 작품에 대한 비교 연구는 아직 이루어지지 않았다.

따라서 본고는 평행 연구의 방법으로 <태원지>와 <경화연>의 해양 탐험담을 비교하고자 하는데 구체적인 논의 순서는 다음과 같다. 먼저 <태원지>10)와 <경화연>11)의 해양 탐험담 개관을 살피면서 비교를 위한 예비적 고찰을 진행할 것이다. 다음 두 작품에 나타난 해양 탐험담의 내용을 동기·과정·결과로 나누어 비교 분석한 후 해양 탐험담의 인식 지향에 대하여 규명하고자 한다.

2. 〈태원지〉와 〈경화연〉의 해양 탐험담 개관

<태원지>는 각 소제목에 따라 구분하면 모두 26회로12) 되어 있다. 이를 내용과 인물의 활동상에 따라 임성의 출생, 결의, 표류, 정벌, 임성의 즉위 등 다섯 개 서사단락으로 나눌 수 있다. 그리고 이것은 다시 크게

---

10) <태원지>에 관해서는 한국학중앙연구원 장서각 소장 『태원지』(청구기호 귀K4-6852 1~4)를 기본 텍스트로 하였다. 그리고 임치균 교주, 『태원지』(한국학중앙연구원, 2010.)와 임치균·배영환 옮김, 『태원지』(한국학중앙연구원, 2010.)을 참고하였다.

11) <경화연>에 관해서는 李汝珍의 『鏡花緣』, 道光十二年(1832) 廣州 芥子園刻本(中國基本古籍庫DB)를 텍스트로 하였다. 그리고 李汝珍, 『鏡花緣』(上海古籍出版社, 2006.)과 문현선 옮김, 『경화연』(문학과 지성사, 2011.) 그리고 박재연·정규복 교주, 『제일기언』(국학자료원, 2001.)을 참고로 하였다.

12) 본고에서 기본 텍스트로 하고 있는 한국학중앙연구원 장서각 소장 『태원지』는 장회소설(章回小說)이 아니지만 연구의 편리를 위해서 각각 그 소제목의 순서에 따라 회를 구분하였다.

'임성의 출생', '결의, 표류, 정벌', 그리고 '임성의 즉위'의 세 개의 서사 단락으로 분류할 수 있다. 첫 번째 단락은 제1회 초반으로, 임우(님우)가 북고산에 기도하여 아들 임성(님성)이 태어나는 내용이다. 두 번째 단락은 제1회 중반부터 제25회까지로, 제1회 종반까지는 임성이 커서 그를 따르는 조력자들과 결의하는 내용이고 제1회 종반부터 제13회 초반까지는 임성과 그의 조력자들이 바다에서 표류하는 내용이며, 제13회 중반부터 제25회까지는 임성과 그의 조력자들이 태원을 정벌하는 내용을 담고 있다. 세 번째 단락은 제26회로 임성이 태원의 임금으로 추존되어 부모를 모셔오고 덕화를 펴 태평성대를 누리는 내용이다.

세 개의 서사단락으로 나눈 근거는 '임성의 출생과 임성의 즉위'가 임성 중심의 서사인 반면에, "결의, 표류, 정벌"은 집단 중심의 서사이기 때문이다. 임성 중심의 서사는 '천명'의 부여와 실현을 그리고 있다면, 집단 중심의 서사는 천명의 확인과 실현 과정을 드러내고 있다는 점도 고려하였다. 전개 내용에 따라 <태원지>의 주요 구성 부분을 도표로 정리하면 다음과 같다.

임성의 출생 → 결의 → 표류 → 정벌 → 임성의 즉위

<태원지>의 해양 탐험담은 표류 과정이라고 할 수 있다. 임성과 그의 조력자들은 바다에서 큰 바람을 만나 표류하게 된다. 그들은 자정동·신명동·여인국·귀도 등 10개 섬과 나라들을 지나게 되는데 도중에 쥐·원숭이·여우 등 다양한 요괴와 귀신을 만나 퇴치하며 이 과정에서 임성은 하늘이 주는 전국 옥새를 얻게 된다. 나중에 임성은 조력자

들과 함께 태원 땅에 들어가 그 곳을 정벌하고 통일을 이룬 후 왕위에 등극하게 된다.

<경화연>은 20권 100회로 이루어진 장회 소설이다. 구조를 분류함에 있어서 학자에 따라 차이를 보이는데 서사단락을 두 개, 네 개, 다섯 개, 여섯 개 등으로 나눈 다양한 분류법이 있다.

필자는 사건의 전개와 내용에 따라 <경화연>의 구조를 크게 네 개의 서사단락13)으로 나눌 수 있다고 생각한다. 첫 번째 단락은 제1회부터 제6회까지 백화선자(百花仙子)와 다른 99명의 화신(花神)들이 득죄하여 선계로부터 적강하며 백화선자가 당오(唐敖)의 딸로 태어나게 되는 내용이다. 두 번째 단락은 제7회부터 40회 전반까지 당오가 해양 탐험을 하고 소봉래에 가서 신선이 되는 내용이다. 세 번째 단락은 40회 후반부터 94회까지 당소산의 활동을 위주로 '심부담(尋父譚)'과 중국으로의 복귀와 활약이 전개되는 부분이다. 네 번째 단락은 제95회부터 제100회까지인데 측천 무후의 폐위와 재녀 과거를 개최할 데 관한 조서를 내리는 부분이다.

필자가 이렇게 구분하는 근거는 각 내용의 중심인물의 변화에 따른 것이다. 첫 번째 단락에서는 천상을 중심배경으로 하여 백화선자가 중심이 된다. 물론 이때 측천 무후도 등장을 하지만 초점은 백화선자에 맞추어져 있다. 두 번째 단락에서는 인간 세상을 배경으로 당오, 세 번째 단락에서는 당오의 딸로 환생한 백화선자 당소산이 중심인물이 된다. 네 번째 단락에서는 주로 인간 세상을 배경으로 측천 무후를 토벌하는 서승지(徐承志)·낙승지(駱承志) 등이 중심인물이 된다. 전개 내용에 따라 <경화

---

13) 李漢秋·胡益民은 『淸代小說』(安徽敎育出版社, 1989) 제9장에서 사분법을 주장하고 있는데 <경화연>을 설자(楔子), 전반, 후반, 결미로 나누고 있다. 정용호도 <경화연>구조를 1~6회 도입, 7~40회 전반, 41~94회 후반, 95~100회 결말 4개 부분으로 보고 있다. 정용호, 앞의 논문(1997), 35~40쪽 참조

연〉의 주요 구성 부분을 도표로 정리하면 다음과 같다.

선계에서 적강 → 당오의 해양 탐험 → 당소산의 심부담 및 복귀
와 활약 → 측천 무후의 폐위

〈경화연〉에서 당오의 해양 탐험담은 제7회부터 제40회 전반까지 등
장하고 있다. 과거 시험에 탐화로 급제하였지만 그 자격을 박탈당한 당
오는 임지양(林之洋)·다구공(多九公) 등과 함께 해외로 나간다. 그들은 군
자국(君子國)·흑치국(黑齒國)·백민국(白民國)·양면국(兩面國) 등 33개의 기
상천외한 나라들을 지나며 다양한 경험을 하게 되고 신기한 동식물들을
접하게 되며 견문을 넓힌다. 이 과정에서 당오는 천상에서 속세에 내려
온 100명 화신(花神) 중 해외에서 떠돌아다니는 12명화를 만나 도와주고
공덕을 쌓은 후 소봉래(小蓬萊)에서 신선이 된다.

〈태원지〉와 〈경화연〉은 해양 탐험담이라는 유사한 소재를 다루면서
도 그 양상에서는 큰 차이를 보인다. 이제 두 작품에 등장하는 해양 탐험
담의 내용과 인식 지향을 구체적으로 살펴보면서 비교하고자 한다.

3. 해양 탐험담의 내용 비교

(1) 해양 탐험의 동기

해양 탐험에서 탐험의 동기는 매우 중요하다. 탐험의 동기에서 그 목
적을 예견할 수 있기 때문이다. 〈태원지〉와 〈경화연〉의 탐험 동기는

서로 다른데 이는 탐험의 지향점이 다르다는 것을 암시한다.

〈태원지〉에서 탐험의 동기는 피화(避禍)이고 처음에 정했던 목적지는 조선이다.14) 원나라 지정 연간에 임응·종황·조정·하승 등과 함께 오랑캐를 몰아내고 천하를 도모하려던 임성은 그를 찾으려는 원나라 병사들을 피해 조선으로 도망하려고 한다.

조정 왈 내 일즉 드르니 동방의 흔 나라히 이시니 굴온 됴션이라 본디 산쉬 명녀흐고 인물이 번화흐며 녜악법되 삼황오뎨룰 본바드니 의관문물이 쏘흔 셩뎨명왕을 법밧고 능히 부즈즈효와 군의신튬과 부부유별과 댱즈유 유경당을 삼가는 고로 텬보동방녜의지국이라 혼다 흐니 아둥이 이제 새도록 비룰 트고 갈진디 가히 챡흔 나라흘 어더 무옴의 품은 일을 도모흐야 게 가 의지흐리라흐고 비룰 두로혀 졍히 힝하려 흐더니……15)

조정은 조선을 예악과 법도가 바르고 의관문물이 예법에 맞게 번성한 어질고 착한 나라라고 하면서 함께 조선으로 갈 것을 권한다. 그리하여 임성 일행은 조선을 목적지로 하고 떠나는데 뜻밖에 큰 바람을 만나게 된다.

바람에 의하여 표류함으로써 처음에 정했던 목적지인 조선으로 향하려던 임성 일행은 곤경에 빠지게 된다. 임성 자신도 어디로 갈지 몰라 두려워하고 의심스러워하며16) 불가항력적인 상황에 놓이게 된다. 화를 피

---

14) 원나라 때의 한국은 고려시대이다. 그런데도 조선이라고 한 것은 작가가 작품을 창작할 당시가 조선시대여서 그렇게 하였을 것으로 추정된다. 이는 의도적인 실수라고 할 수 있는데, 원나라를 청나라에 가탁한 것임을 드러내기 위한 의도가 내포된 것이다. 원나라를 청나라의 가탁으로 보고 해석한 논의는 임치균, 앞의 논문(2010, 124~129쪽)을 참조했다.

15) 〈태원지〉 권지일 11b~12a

16) 덕지 왈 졀도의 표박흐야 인젹이 업스니 하놀이 우리룰 망케 흐시미라 이룰 쟝촛 엇지 흐리오. 〈태원지〉 권지일 13a

해 원나라를 떠나기 전에 임성은 종황의 말을[17] 통해 자신이 천명을 받았음을 알게 된다. 임성에게 천명이 있다면 이는 분명 왕이 된다는 말이다. 그런데 중국에서 오랑캐의 천명이 다하지 않았다고 하니 아직 중국에는 임성의 천명이 없다고 볼 수 있다. 조선으로 간다고 했으니 임성의 천명은 어쩌면 조선에서 이루어질지도 모를 일이다. 이런 상황에서 갑자기 표류를 하게 된다. 천명의 장소가 조선도 아닌 것이다. 그렇다면 임성의 천명은 어디에서 실현될 것인가?

작가의 앞선 서술 덕에 독자들은 임성의 표류가 천명과 관계가 있을 것으로 추측할 수 있게 된다. 하지만 임성의 천명은 중국이나 조선에 있는 것이 아니다. 이는 임성이 바람이 잔잔해진 틈을 타 배를 돌려 중국이나 조선으로 향하려고 할 때 다시 대풍이 불어 의도하지 않은 곳으로 임성을 이끄는 장면에서 확실해진다. 자기의 천명이 어디에 있는지 모르는 임성은 망망대해에서 거듭 표류하면서 점차 천명을 확인하고, 또 실현할 수 있는 길을 찾게 된다. 따라서 임성의 해양 탐험의 최종 목적은 천명의 실현이라고 할 수 있다. 천명의 실현이 해양 탐험의 목적이 됨으로써 임성의 해양 탐험은 자발적 의지가 아닌 운명론적 방식을 따르게 된다.

〈경화연〉에서 당오는 여러 번 과거에 응시했다가 마지막에 탐화에 오르게 된다. 하지만 전에 반역을 도모했던 서경업(徐敬業)·낙빈왕(駱賓王) 등과 호형호제했다는 이유로 탐화자격을 박탈당하게 된다. 실의에 빠진 당오는 혼자 여행을 하다가 '몽신관(夢神觀)' 사찰을 보고 한탄하면서 신선이 되고 싶다는 생각을 밝힌다.

---

17) 텬흐롤 쥬류흐야 명쥬롤 엇고져 흐더니 이제 텬힝으로 쟝군을 만나니 쟝군의 용뫼 뇽봉지즈와 텬일지푀 잇고 덕이 삼화의 비홀지라. 진실노 갑옷술 흐번 쩔치면 텬하롤 뎡흐시리니 …… 쟝군의 긔상이 하놀이 닌신 셩쥐니 실노 그 곡졀을 아지 못홀지라. 〈태원지〉 권지일 6a

"나 당오의 나이가 어느새 반백이다. 지금까지 해온 일들을 이제 생각
해보면 정말 꿈만 같구나. 예전에는 좋은 꿈과 나쁜 꿈을 모두 꾸었지만
이제는 속세의 덧없음을 깨닫고 신선의 길을 가고 싶다. 앞으로 어떻게 될
지 예측할 수 없으니 천지신명께 가르쳐달라고 구해보는 것이 어떨까?"[18]

그리고 사찰에 들어가 기도하고 절을 한 뒤 신상 옆에 앉아 있다가 꿈
을 꾸게 된다. 꿈속에서 당오는 신상의 모습을 한 노인을 만나며 그에게
서 '신선이 되리라'는 예언과 신선의 길에 들어설 수 있는 방법을 전해
듣게 된다. 원래 신선이 되고 싶어 하던 당오는 이 말을 들은 후 신선을
목표로 하게 된다. 그런데 꿈에서 제시한 신선이 되는 방식이 매우 독특
하다. 해양으로 나가 12명화를 찾아야만 한다는 단서가 붙어 있다. 신선
이 되겠다는 목표를 세운 당오는 이로 인해 해양으로 나서려고 마음을
먹는다. 즉 당오의 해양 탐험은 자아 의지에 따른 자발적인 행동이며 그
진정한 목적은 신선이 되고자 하는 것이다. 여기서 꿈은 당오에게 여행
의 동기를 제공한다. 만일 당오가 이러한 꿈을 꾸지 않았다면 해양 탐험
은 결코 이루어지지 않았을 것이다.

당오의 해양탐험이 자발적 의지에 따른 것이기는 하지만 그 안에는 사
회비판적 의미도 내재되어 있다. 그 세계 속에서 결코 자신의 뜻을 펼 수
없다는 한계를 인식한 결과라고 보아도 무리가 없다.

이여진은 뛰어난 재능을 가졌음에도 불구하고 자신의 뜻을 펼 수 없었
는데[19] 이는 과거에 급제한 실력을 가지고 있음에도 뜻을 이루지 못하는

---

18) "我唐敖年已半百,歷來所做之事,如今想起,眞如夢境一般.從前好夢歹夢俱已做過,今看破紅塵,意欲求
   仙訪道,未卜此後何如,何不去求神明指示?" 李汝珍, 〈鏡花緣〉 卷二 第七回
19) 이여진은 학식이 뛰어났지만 팔고문(八股文)을 좋아하지 않았기에 과거 시험에서 좋은
   성적을 거둘 수 없었고 겨우 현승(縣丞)과 같은 말단 관직에 머물러 있었다. 章培恒・駱
   玉明 主編, 『中國文學史(下)』, 復旦大學出版社, 1996, 558쪽.

소설 속 당오의 형상과 비슷한 데가 있다. 이여진은 소설이라는 가상공간을 빌어 자기의 울분을 토로하고 이상적인 세계에 대한 동경을 담으려고 했다. 〈경화연〉 중의 당오의 형상에는 바로 이러한 작가 자신의 모습이 당시 사회의 일단면과 함께 투영된 것이라 볼 수 있다. 불합리와 비리가 성행하는 사회에서 작가는 자기의 꿈과 이상을 당오에게 기탁하였으며 신선이 되는 것에 최고의 가치를 부여하였다.

〈태원지〉에서 임성과 〈경화연〉에서 낭오의 해양 탐험은 모두 현실에 불만을 가지고 또 자신의 한계를 인식한 상황에서 시작된 것이라 할 수 있다. 하지만 임성의 해양 탐험의 동기는 피화이고 목적은 천명의 실현이며 당오의 해양 탐험의 동기는 꿈이고 목적은 신선이 되는 것이다.

(2) 해양 탐험의 과정

〈태원지〉에서 임성 일행은 선후로 외로운 섬, 자정동, 바위섬, 한 섬, 신명동, 여인국, 희미한 섬, 수려한 섬, 귀도1, 귀도2[20] 등 10곳을 거쳐 태원 땅인 서안국 청릉현에 도착한다. 〈태원지〉에서 임성 일행이 지나가는 곳, 도착 방식, 만나는 대상들의 특징, 갈등 및 해결 방식 등을 표로 제시하면 [표 1]과 같다.

---

20) 〈태원지〉에서 귀도1과 귀도2의 지역은 겹치는데 임성 일행이 귀도1에서 귀신을 물리친 다음 섬을 떠나려고 몇 번이나 시도했지만 두 요괴의 장난으로 계속 원래의 곳에 돌아오기 때문이다. 하지만 싸우는 대상이 달라진 것을 고려하고 또 연구의 편리를 위하여 귀도1과 귀도2로 나누어 분류하였다.

[표 1] 〈태원지〉의 해양 탐험 과정 분석

순서	도착지	도착 방식	대상의 특징	갈등 및 해결 방식
1	외로운 섬 (외로온 셤)	표류	응천(응텬)은 모습이 웅장하고 위풍이 당당하였지만, 흉측하고 험상궂어 사람 같지 않았다.	임성 일행이 해적인 응천(응텬) 및 그 수하들과 싸운다. 응천을 죽이고 도적의 소굴을 없애며 신기한 배와 보물들을 얻게 된다.
2	자정동 (ᄌ정동)	표류	사람들이 긴 수염에 새 부리와 같은 입을 가지고 있었다.	임성 수하의 100여 명의 병사들이 갑자기 사라졌는데 부적을 이용하여 사람으로 둔갑한 쥐 요괴들을 처단한다. 병사들을 구하고 요괴의 소굴에 불을 질러 소탕했다.
3	바위섬 (바회셤)	표류	머리가 구렁이만큼 큰 흰 이무기	임성의 병사 몇 명이 갑자기 사라진다. 허수아비에 붉은 부적을 붙여 이무기 요괴를 잡는다.
4	한 섬 (훈 셤)	표류	동해의 신은 머리와 수염이 푸르고 몸이 붉었으며 눈망울은 검푸른 빛을 띠고 있었다. 용모와 말소리가 예사 사람 같지 않다.	배에 양식이 나흘 정도 먹을 것밖에 남지 않았다. 동해의 신(동히 신영)이 하늘의 뜻을 받들어 임성 일행을 위로했는데 반석 위에 쌀 1천여 석과 살찐 고기 수백여 덩이가 쌓여 있었다.
5	신명동 (신명동)	표류	얼굴과 모습이 모두 원숭이와 같았다. 맨 앞의 우두머리는 눈망울이 금방울 같았고, 이마는 툭 튀어나왔으며 입은 뾰족하여 극히 흉악해보였다.	임성 일행이 원숭이요괴들과 싸우는데 요괴들에게 독약을 탄 술을 마시게 하여 이긴다. 원숭이 요괴와 호랑이들을 모두 처단한다.
6	여인국 (녀인국)	요괴의 인도	절세미인으로 변장한 여우 요괴들	여우 요괴들은 음탕한 마음이 일기도 했지만 결국 요술로 임성 일행을 홀려 잡아먹으려 한다. 붉은 개가죽에 부적을 붙여서 여우 요괴들을 처단한다.
7	희미한 섬 (희미훈 셤)	표류	황금빛 지네	일부 부하 장수들과 병사들이 독기를 쏘여 눈을 뜨지 못한다. 종황이 사람들의 앓는 눈에 침을 바르고 주문을 외워 눈을 치료해준다. 부적을 써서 황금빛 지네를 처단한다.

순서	도착지	도착방식	대상의 특징	갈등 및 해결 방식
8	수려한 섬 (수려혼 셤)	용왕의 술법	서해(셔히) 용왕21)은 높은 관을 쓰고 붉은 옷을 입고 있었는데, 얼굴이 범상치 않았고 기운은 안정되어 보였다.	서해 용왕이 배 안의 보배를 빼앗으려고 한다. 서해 용왕이 임성을 보고 천명을 받았음을 알고 사죄한다.
9	귀도1	표류	짐승의 몸을 한 귀신, 뱀의 몸을 한 귀신, 뿔 가진 귀신, 머리가 셋인 귀신 등 잡귀들.	수많은 귀신들이 일행을 공격한다. 부적을 써서 귀신들을 묶은 후 죽인다.
10	귀도2	요괴의 요술	두 괴물이 나타났는데 키는 세 길이 넘고, 머리는 큰 가마솥 같았으며, 주먹은 쇠돌 같아 매우 강해 보였고 눈동자에서 금빛이 나온다.	계속 항해하지만 보배(옥새)를 빼앗으려는 요괴의 요술로 귀도를 벗어날 수 없다. 천문진(天文陳)으로 요괴를 대처하고 음양신명봉으로 요괴를 죽인다.

    〈경화연〉에서 당오 일행은 선후로 33개 나라를22) 거치면서 여러 가지 경험을 하게 되며 마지막에 소봉래에 도착하게 된다. 이 중에서 갈등을 겪게 되거나 12명화를 만나게 되는 10개 나라를 중심으로 순서,23) 도

---

21) 〈태원지〉 권지이 20a에는 용왕이 스스로 "남히 광니왕"이라고 하는 대목이 나온다. 하지만 문맥상 임성 일행이 서해에 온 걸 고려할 때 이 부분은 아마 '셔히 용왕(광덕왕)'의 오기인 듯하다.

22) 〈경화연〉에서 사람들의 대화를 통해서 국명이 간접적으로 언급되는 나라들까지 합하면 모두 43개 정도 된다. 본고에서는 그 중에서 임성 일행이 항해하면서 실제로 지난 나라 33개만 연구대상에 포함시켰다. 통과한 나라들을 순서대로 제시하면 (1)군자국(君子國), (2)대인국(大人國), (3)노민국(勞民國), (4)섭이국(攝耳國), (5)무장국(無腸國), (6)견봉국(犬封國), (7)원고국(元股國), (8)모민국(毛民國), (9)비건국(毘騫國), (10)무계국(無臍國), (11)심목국(深目國), (12)흑치국(黑齒國), (13)정인국(靖人國), (14)기종국(跂踵國), (15)장인국(長人國), (16)백민국(白民國), (17)숙사국(淑士國), (18)양면국(兩面國), (19)천흉국(穿胸國), (20)염화국(厭火國), (21)수마국(壽麻國), (22)결흉국(結胸國), (23)장비국(長臂國), (24)익민국(翼民國), (25)시훼국(豕喙國), (26)백려국(伯慮國), (27)무함국(巫咸國), (28)기설국(歧舌國), (29)지가국(智佳國), (30)여아국(女兒國), (31)헌원국(軒轅國), (32)삼묘국(三苗國), (33)장부국(丈夫國) 등이다.

착지, 도착 방식, 만나는 대상들의 특징, 갈등 및 해결 방식, 12명화, 출처24) 등을 표로 정리하면 다음 [표 2]와 같다.

[표 2] 〈경화연〉의 해양 탐험 과정 분석

순서	도착지 (나라)	도착 방식	대상의 특징	갈등 및 해결 방식	12명화	출처
1	군자국 (君子國)	항해	사람들의 언행이 엄전하며 공손하고 예의 바르다.	군자국 근처 동구산(東口山)에서 호랑이를 만나는데 낙홍거(駱紅藥)가 와서 호랑이를 죽인다. 어부의 그물에 걸린 염금풍(廉錦楓)을 구해주려고 어부와 마찰이 생긴다. 당오가 어부에게 은자 백 냥을 주고 염금풍(廉錦楓)을 구해준다.	낙홍거(駱紅藥)를 만나 살림에 보태라고 은자를 주며 도와준다. 낙홍거는 후에 당오의 며느리로 된다. 그리고 염금풍(廉錦楓)을 구해준다.	『山海經傳』 『博物志』 『太平御覽』 『後漢書』
7	원고국 (元股國)25)	항해	상반신 피부는 보통 사람과 같았지만 다리 아래는 솥바닥처럼 검다.		스승 윤원(尹元)의 딸 윤홍유(尹紅萸)를 만난다. 윤원, 윤홍유 등이 기거할 곳을 주선해주고 윤홍유에게 좋은 배필을 구해준다.	『山海經傳』 『藝文類聚』 『廣博物志』 『淮南鴻烈解』
12	흑치국 (黑齒國)	항해	치아까지 포함해 온몸이 새까만데 입술과 눈썹이 붉다.	흑치국 소녀(여홍미, 노자훤)들과 학문을 논쟁하다가 난처한 지경에 이른다. 땀을 빼고 도망 나온다.	여홍미(黎紅薇)와 노자훤(盧紫萱)을 만난다. 여홍미와 노자훤은 후에 당규신과 함께 중국에 간다.	『山海經傳』 『太平御覽』 『廣博物志』 『南史』
16	백민국	항해	하얀 얼굴에 붉은 입술,	백민국 경계에서 일행이 산예에게 쫓기는데 위자	위자앵(魏紫櫻)을 만나서 은자를 준다.	『山海經傳』 『博物志』

23) [표 2]에 제시한 순서는 나라를 통과하는 순서를 가리킨다.
24) 〈경화연〉에 등장하는 나라들의 출처는 중국기본고적고(中國基本古籍庫) DB에서 검색하였는데 하나의 국명이 여러 문헌에 많이 나온 경우에는 그 중에서 『산해경전(山海經傳)』을 비롯한 몇 개 중요한 것만 밝혔다.

순서	도착지 (나라)	도착 방식	대상의 특징	갈등 및 해결 방식	12명화	출처
	(白民國)		아름다운 눈매를 가졌다. 하얀 옷을 입고 하얀 모자를 써서 깔끔하였지만 학식은 별로였다.	앵(魏紫櫻)이 조총으로 산예를 쏘아 일행을 구해준다.		『說略』 『文選』
17	숙사국 (淑士國)	항해	사람들이 전부 유건을 쓰고 직종에 상관없이 선비 복장을 하고 있다.	부마를 노엽혀 곤경에 처한 사도무아(司徒嫵兒)를 구해준다. 사도무아를 통해 서승지(徐承志)의 일을 알게 되고 부마의 감시를 받는 서승지(徐承志)를 도와 탈출시킨다.	사도무아(司徒嫵兒)를 만나서 구해준다.	『山海經傳』 『說略』 『廣博物志』
18	양면국 (兩面國)	항해	호연건(浩然巾)을 쓰고 있는데 호연건 속에는 또 다른 끔찍한 얼굴이 숨어 있다.	난파를 당한 서여용(徐麗蓉)을 구해준다. 호연건을 두른 강도들이 공격하자 서여용이 탄궁(彈弓)과 탄환(彈丸)으로 당오 일행을 구해준다. 서승지와 서여용이 서승지를 잡으러 온 숙사국 군사들과 복수하러 온 강도떼들을 물리친다.	서여용(徐麗蓉)을 구해주고 서승지와 사촌임을 알려준다.	『山海經傳』 『咸賓錄』
20	염화국 (厭火國)	항해	얼굴이 새까맣고 원숭이처럼 생긴 사람들이 입에서 불꽃을 뿜어댔고 발걸음이 느리다.	당오 일행이 염화국 사람들에게 돈을 주지 않자 그 사람들이 입에서 불꽃을 뿜어대면서 당오 일행을 공격했다. 화염을 피해 배로 도망을 쳤는데 현고국에서 놓아준 인어들이 와서 물을 뿜어 일행을 도와준다.		『山海經傳』 『博物志』 『太平御覽』 『類雋』

순서	도착지 (나라)	도착 방식	대상의 특징	갈등 및 해결 방식	12명화	출처
27	무함국 (巫咸國)	항해		한 남자가 요지형(姚芷馨)을 죽이려는 것을 보고 당오가 남자를 가로막고 요지형을 구해준다. 수많은 사람들이 설형향(薛馨香)을 위협하자 또 당오가 나서서 설득하여 설형향을 구해주다. 그들을 다른 곳으로 이사 가도록 도와준다.	요지형(姚芷馨)과 설형향(薛馨香)을 구해 준다.	『山海經傳』 『水經注』 『太平御覽』 『路史』
28	기설국 (歧舌國)26)	항해	사람들이 중얼중얼 입에서 맴돌듯이 말하기에 알아듣기 힘들다.	음운학을 배우려고 하지만 거절당한다. 다구공이 세자와 왕비의 병을 고쳐주고 또 다른 약 처방을 알려주어 겨우 음운학을 배울 수 있다. 당오가 지난음(枝蘭音)의 복부 팽창병을 고쳐주려고 하지만 해당지에서 약재를 구할 수 없다. 그래서 지난음(枝蘭音)을 양녀로 들이고 함께 길을 떠난다.	지난음(枝蘭音)이 당오의 양녀로 들어와 함께 동행한다. 지난음의 병을 고쳐준다.	『山海經傳』 『廣博物志』 『格致鏡原』
30	여아국 (女兒國)27)	항해	남자들은 치마를 입고 화장, 전족을 하며 집안일을 한다. 반대로 여자는 장화와 모자 등 남자 복장을 하고 바깥일을 하는데 안팎의 구분이 다르다.	임지양이 국왕의 눈에 들어 왕비로 간택되며 화장과 전족을 하며 고초를 겪는다. 당오가 여아국에서 하수를 다스리고 임지양을 구한다. 곤경에 처한 세자 음약화(陰若花)를 구출하여 같이 길을 떠난다.	음약화(陰若花)를 궁에서 구출한다. 음약화는 임지양을 아버지로 모시고 동행한다.	『山海經傳』 『太平御覽』 『廣博物志』

　〈태원지〉와 〈경화연〉의 해양 탐험의 과정을 살펴보면 임성 일행과 당오 일행은 모두 오랜 시간동안 바다를 떠돌면서 탐험 과정 중에 많은 지역 혹은 나라를 지나게 된다. 그리고 그들은 만나는 대상들과 갈등이 생기며 자기 방식에 따라 갈등을 해결하게 된다. 이런 면에서는 유사성을 보이지만 임성 일행과 당오 일행이 낯선 지역에 도착하는 방식에는 차이가 있다.

　[표 1]에서 볼 수 있다시피 〈태원지〉에서 임성 일행의 탐험 과정에는 표류가 주를 이루었다. 그들은 처음에 조선을 목적지로 정했지만 바람에 따라 망망대해에서 거듭 표류할 수밖에 없게 되었다. 〈태원지〉에는 표류 외에 요괴나 귀신의 요술 혹은 용왕의 술법에 의해 섬에 도착하게 되는 경우도 있다. 그리하여 그들은 갈수록 방향을 잃게 되며 자기의 의지에 상관없이 보이지 않는 힘에 의해 끊임없이 미지의 세계인 낯선 섬으로 향하게 된다.

　이와 달리 [표 2]에서 볼 수 있다시피 〈경화연〉에서 당오 일행의 해양 탐험은 자발적인 항해에 의해 공간적 이동이 이루어진다. 전반 여행 과정에서 맨 마지막 소봉래에 가는 경우를 제외하고 배의 방향을 돌릴만한 대풍이 등장하지 않으며 당오 일행은 계획했던 여행 코스에 따라 해외 각국을 돌아보게 된다.

　〈경화연〉에서 당오 일행이 통과하는 많은 나라들은 오랫동안 해외무역을 하던 임지양이나 다구공이 전에 다녀왔던 나라들이어서 그 나라에 대해 대체적으로 파악하고 있는 상황이었다. 또 직접 다녀오지 못한 나

---

25) '원고국(元股國)'은 기존 문헌에 '현고국(玄股國)'으로 기재되어 있다.
26) '기설국(岐舌國)'은 기존 문헌에 '기설국(岐舌國)'으로도 기재되어 있다.
27) '여아국(女兒國)'은 기존 문헌에 '여자국(女子國)'으로 기재되어 있다.

라라고 해도 그들은 이미 습득한 지식을 통해 그 나라에 대해 어느 정도 파악하고 있다.28) 〈경화연〉에서 당오 일행이 지난 나라들은 『산해경전(山海經傳)』·『박물지(博物志)』·『태평어람(太平御覽)』·『광박물지(廣博物志)』·『설략(說略)』·『남사(南史)』 등 여러 기존 문헌에서 출처를 찾아볼 수 있다.29) 33개 나라중 비건국(毘騫國)을 제외한 32개 나라는『산해경전(山海經傳)』이나 『산해경광주(山海經廣注)』30)에서 출처를 찾을 수 있었으며 다른 문헌에 있는 출처들도 실은 『산해경(山海經)』의 기록을 인용한 부분들이 많았다. 당오 일행은 이런 기존 문헌의 지식을 통해 해외 많은 나라들에 대해 어느 정도 알고 있었다고 볼 수 있다. 〈경화연〉에 등장하는 이런 나라들은 기존의 지식정보와 결합되어 대체적으로 파악이 가능한 기지(旣知)의 공간으로 설정되어 있다.

　〈경화연〉에 등장하는 나라들은 『산해경(山海經)』의 영향을 많이 받고 있지만 『산해경(山海經)』의 기록과 일부 변별성을 보이기도 한다. 작가는 기존 문헌에서 소개되었던 이런 나라들의 특징을 바탕으로 하면서 예술적 가공을 거쳐 소설에 기상천외한 해외 여러 나라들을 등장시킨다. 일

---

28) 〈경화연〉에는 이런 내용들이 많이 언급되고 있는데 그 중의 한 예로 정인국(靖人國)에 도착했을 때 당오는 나라 구경을 하기 전에 이미 옛날 사람들이 정인국을 쟁인국(諍人國)이라고 불렀고 사람들의 키가 여덟아홉 촌밖에 안 된다는 것을 알고 있었다.

29) 기존 문헌에 '천흉국(穿胸國)'은 '천흉국(穿匈國)' 또는 '관흉국(貫匈國)'으로, '결흉국(結胸國)'은 '결흉국(結匈國)'으로, '익민국(翼民國)'은 '우민국(羽民國)'으로, '지가국(智佳國)'은 '지가국(智加國)'으로 기재되어 있다. 그리고 '시훼국(豕喙國)'은 '시훼(豕喙)' 또는 '시훼민(豕喙民)'으로, '양면국(兩面國)'은 '양면인(兩面人)'으로 표현되고 있다.

30) 『산해경전(山海經傳)』과 『산해경광주(山海經廣注)』는 모두 『산해경(山海經)』의 이본들이다. 『산해경』은 이본이 많은데 현전하는 이본들 중 가장 오랜된 것은 진(晉)나라 때 곽박(郭璞)의 『산해경전(山海經傳)』이며 이는 후대의 『산해경』 이본들에 큰 영향을 미쳤다. 명말 청초(明末淸初) 때 학자 오임신(吳任臣)은 곽박(郭璞)의 『산해경전(山海經傳)』을 기초로 하면서 많은 부분을 보충하여 『산해경광주(山海經廣注)』를 집필했는데 이 이본도 후에 널리 보급되었다.

부 나라들은 기존 문헌의 지식으로 파악하기에는 부족했고 또 실제 경험이 부족했던 탓으로 오해도 하게 되고 곤란도 겪게 된다.[31] 이는 〈경화연〉의 해외 공간이 일부 미지(未知)성도 지니고 있음을 말해준다. 즉 〈경화연〉의 해외 공간은 기지성과 미지성이 혼합되어 있지만 큰 틀에서 볼 때 기지성이 더 강하다고 할 수 있다.

〈태원지〉의 표류 과정에서 등장하는 섬들은 구체적인 지명 대신 '외로운 섬', '바회섬', '흔 섬' 등과 같이 어딘지 알 수 없는 불분명한 섬들이 많다. 〈태원지〉에 등장하는 지명들 중에서 기존 문헌에서 출처를 찾을 수 있고 또 사람들에게 가장 잘 알려져 있는 것은 아마 '여인국'일 것이다. 하지만 〈태원지〉에 등장하는 여인국은 〈경화연〉의 여인국과도 다르고 기존 문헌에서 나온 여인국과도 전혀 다른 곳이다. 여인국의 여인들은 임성 일행에게 자기네 여인국은 임성 일행이 알고 있는 여인국이 아니라고 말하는데[32] 그들의 여인국은 실은 요술로 이루어진 환상적인 공간이었을 뿐이다. 경국지색의 여인국 여인들도 모두 여우 요괴들이었고[33] 으리으리하던 궁궐과 성곽도 나무 등걸과 돌무더기에 지나지 않았으며 그 많은 촌가도 실은 흙덩이와 수풀에 불과했다.[34] 보는 사람들의

---

31) '흑치국'에서 당오와 다구공은 소녀들의 학식을 하찮게 여기고 학문을 논쟁하다가 크게 봉변을 당했다. 이와 반대로 '백민국'에서 당오와 다구공은 학당 서생들의 학문이 뛰어난 줄 알고 공손히 대하고 감히 선비라는 말도 못하다가 결국 그들의 학식이 황당하고 별로였음을 알게 된다.

32) 그 녀즈들이 서로 보고 우으며 답왈 첩등인들 엇지 녀인국 잇는 줄 모르리오마는 그 녀인국은 사롬이 장대ᄒᆞ고 얼골이 츄악ᄒᆞ며 흉괴ᄒᆞ고 우리나라 사롬은 다 절식이니 일놈서 우리 나라히 대히 듕앙의 이셔 듕국으로 더브러 절원ᄒᆞᆫ 고로 듕국의 됴공ᄒᆞᄂᆞᆫ 일이 업스미 아국은 예셔 머지 아냐 겨유 빅여 리ᄂᆞᆫ ᄒᆞ니라 〈태원지〉 권지일 44a~44b

33) 구 공쥬와 모든 시녜 다 죽은 후의 모다 보니 녀왕과 구 공쥬ᄂᆞᆫ 혹 ᄭᅩ리 닐곱 다ᄉᆞᆺ 셋 가진 여이오 시녀 등도 ᄯᅩ흔 여러 휘 늙은 여이러라 〈태원지〉 권지이 8a

34) 그 궁뎐과 셩곽은 다 석은 나모등걸과 돌무더기오 금옥긔명이란 거슨 다 사롬의 두골

눈을 현란하게 하던 모든 것들은 결국 여우 요괴들의 요술에 의해 이루
어진 가상적이며 허구적인 공간이었다.

이처럼 〈태원지〉에 등장하는 섬들은 기존 문헌에서 분명한 출처를
찾을 수 있는 섬이 아니라 환상과 허구에 의존하여 만들어낸 것이다. 임
성 일행은 이런 섬들에 와본 적이 없고 다른 경로를 통해 구체적인 정보
를 파악한 것도 아니다. 이런 섬들은 임성 일행에게 미지의 공간으로 인
식된다.

임성 일행은 이런 미지의 공간에서 때론 혼란을 겪으면서도 여러 가지
계교와 술법으로 요괴와 귀신들을 제압한다. 그들은 "요괴가 지닌 습성
을 기지하고 이용"[35]하며 또 기존 정보를 적극 활용[36]하여 요괴들을 대
처한다. 이는 〈태원지〉의 해양 공간이 일부 기지성도 가지고 있음을 보
여준다. 즉 〈태원지〉의 해양 공간은 미지성과 기지성이 혼합되어 있지
만 큰 틀에서 볼 때 미지성이 좀 더 강하다고 할 수 있다.

탐험 공간의 성격을 볼 때 〈경화연〉과 〈태원지〉는 기지성과 미지성
이 혼합되어 있다는 점에서 유사성을 보인다. 하지만 〈경화연〉은 기지
성이 더 강하고 반면에 〈태원지〉는 미지성이 더 강하다고 볼 수 있다.

〈태원지〉의 표류 과정에서 임성 일행이 만나는 대상들은 '응텬', '쥐
요괴', '대망 요괴', '진납 요괴' 등 요괴나 귀신, 혹은 '동히 신영', '셔히

과 게짝지 조개껍질이라 덕지 등이 가시 덤불 속의 셔셔 등장으로 더브러 서로 보고
과연 실싁하야 급히 도라올싀 그 만혼 쵼새 다 흙뎡이와 수풀 쓰롬이라 〈태원지〉 권
지이 8a-8b
35) 홍현성, 앞의 논문, 307~308쪽.
　　홍현성은 원해는 미지 공간이지만 요괴가 지닌 속성을 고려하면 기지 공간이기도 하
　　기에 미지와 기지의 공간성을 모두 지니는 곳으로 보았다.
36) 종황은 일찍이 바다 가운데에 이무기가 있는데 사람과 금수를 보면 불어서 공중으로
　　올린 후 삼킨다는 말을 들은 적이 있다. 바위섬에서 병사 몇 명이 갑자기 사라지자 종
　　황은 이 말을 생각하고 이무기의 요술임을 간파하고 대처한다.

농왕' 등과 같은 신적인 존재들이다. 임성 일행은 탐험 과정에서 해당지의 요괴나 귀신들과 갈등이 생기며 무력이나 술법으로 그들을 제압하고 처단한다. 전반 탐험 과정에서 종황은 주문을 2번 읽고 부적을 5번 써서 요괴를 제압하며 임응이 음양신명봉으로 요괴를 쳐 죽이는 장면도 3번 나온다. 임성 일행이 요괴를 대처하는 방식은 주로 무력과 술법으로 평정하는 것이며 '즈정동'과 같은 곳은 불을 질러 소탕하기도 했다. 임성 일행은 간난신고를 겪으면서 어렵게 표류하지만 가는 곳마다 악한 무리를 제거함으로써 점차 평안한 세계로의 전진이 이루어지게 된다.

〈경화연〉에서 당오 일행이 33개 나라를 지나면서 만나는 대상은 요괴가 아닌 사람들인데 이들 중에는 모양과 형체가 특이한 경우가 많다. 심목국(深目國)에서 눈이 손바닥에 달려 있는 사람도 보았고 양면국(兩面國)에서 얼굴이 두 개인 사람도 보았으며 익민국(翼民國)에서 등에 날개가 달려 있어 날아다닐 수 있는 사람들도 보았다. 그들이 만난 대상은 불가사의한 모습을 하고 있지만 요괴도, 귀신도, 신령도 아닌 사람들이다. 해외 여러 나라들을 돌아다니면서 당오 일행은 이렇게 끊임없이 특이한 거주민들을 만나게 된다.

〈경화연〉에서 임성 일행은 전반 여행 과정에 33개 나라를 지나게 되는데 스쳐지나가는 나라, 입국 후 구경만 하는 나라, 입국 후 갈등을 겪는 나라 등 세 개 부류로 나눌 수 있다. 이는 〈태원지〉에서 임성 일행이 각 지역마다 갈등을 겪었던 것과 차이가 있다. 〈경화연〉에서 스쳐지나가는 나라들로는 무장국(無腸國)·견봉국(犬封國)·무계국(無啟國) 등이 있다. 이런 나라들에 대한 언급은 지식정보나 그 나라에 대한 인식 등을 전달하려는 것을 주요한 목적으로 하고 있다. 입국 후 구경만 하는 나라들로는 대인국(大人國)·노민국(勞民國)·정인국(靖人國)·시훼국(豕喙國)·지가국

(智佳國) 등이 있다. 당오 일행은 이런 나라들을 구경하면서 겪은 신이한
체험을 직접 보여준다. 입국 후 갈등을 겪은 나라들로는 군자국(君子國)·
흑치국(黑齒國)·백민국(白民國)·숙사국(淑士國)·양면국(兩面國)·염화국(厭火
國)·무함국(巫咸國)·기설국(歧舌國)·여아국(女兒國) 등 9개 나라가 있다.
〈경화연〉에서 12명화 중 윤홍유(尹紅萸) 한 명을 제외한 낙홍거(駱紅蕖)·
염금풍(廉錦楓)·여홍미(黎紅薇)·노자훤(盧紫萱)·위자앵(魏紫櫻)·사도무아(司
徒嫵兒)·서여용(徐麗蓉)·요지형(姚芷馨)·설형향(薛馨香)·지난음(枝蘭音)·음
약화(陰若花) 등 11명화의 출현은 모두 이런 갈등과 관련이 있다. 즉 〈경
화연〉에서 당오 일행이 탐험 과정에서 겪는 갈등은 해외에 있는 12명화
를 찾고 도와주는 행위와 밀접한 관련이 있다.

  〈경화연〉에서 당오 일행의 갈등 해결 방식은 〈태원지〉와 차이가 난
다. [표 2]에서 볼 수 있다시피 당오 일행이 갈등을 해결하는 방식은 주
로 도망·교환·설득·구출 등 네 가지가 있다. 백민국(白民國)에서 맹수
산예(狻猊)에게 쫓길 때나 염화국(厭火國)에서 염화국 사람들의 공격을 받았
을 때나 그들은 모두 도망을 가는 방식으로 곤경에서 벗어나려 한다. 또
어떤 갈등은 교환을 통해 해결하고자 하는데 여아국(女兒國)에서 임지양이
여아국 국왕의 왕비로 간택되어 고초를 겪을 때 당오는 여아국의 하수를
다스리며 그 대가로 임지양을 궁궐에서 구해준다. 그리고 상대방을 설득
하는 방식도 보이는데 무함국(巫咸國)에서 설형향(薛馨香)의 목숨을 위협하
는 사람들을 설득하여 설형향을 위기에서 구해준다. 또 백민국(白民國)에
서는 위자앵(魏紫櫻), 염화국(厭火國)에서는 인어들의 도움을 받아 곤경에서
구출되어 위기를 모면하기도 한다.

  〈태원지〉에서 임성 일행이 탐험 과정에 해당지의 세력들과 상반되는
입장에 처해서 무력과 술법으로 상대방을 제압하고 평정하는 부분들은

〈경화연〉에 나타나지 않는다. 〈태원지〉와 〈경화연〉에서는 모두 갈등
이 나타나고 있지만 〈경화연〉의 갈등 해결 방식은 〈태원지〉에 비해
훨씬 유연하고 소극적이라 할 수 있다. 그럼 갈등을 해결함에 있어서 왜
이런 차이가 나는지 생각해볼 필요가 있다.

　〈태원지〉에서 임성의 해양 탐험의 목적은 '천명의 실현'이다. 임성
일행이 탐험 과정에서 처단하는 대상들은 그들에게 해를 주는 요괴나 귀
신들이다. 이런 간악한 무리들을 제압하고 무찌르면서 임성은 점차 영웅
성을 확대해가게 되는데 이는 천명을 실현할 수 있는 담보가 된다. 이와
달리 〈경화연〉에서 당오 일행이 탐험 과정에서 만나는 대상들은 요괴
나 귀신이 아닌 사람들이다. 또 당오의 해양 탐험의 목적은 '신선이 되는
것'이다. 신선이 되려면 12명화를 찾아서 도와줘야 하고 또 선행을 쌓아
야 한다. 불가피하게 갈등이 초래되었다고 해도 그들은 쌍방이 될수록
피해를 적게 볼 수 있는 방식으로 갈등을 해결하여 목적에 달성해야 하
는 것이다.

(3) 해양 탐험의 결과

　임성과 당오는 길고긴 탐험 여정을 통해 모두 각자의 탐험 목적에 달
성하게 된다. 〈태원지〉에서 임성 일행은 1년 넘게 망망대해를 떠돌다가
사람들이 사는 섬을 발견하게 된다.

　　미빅이 오리 보다가 대열 왈 내 망긔ᄒ니 반ᄃ시 인셰오 요괴 잇ᄂ 셤
　이 아니로다 ᄃ쟝이 다 밋지 아니코 노흘 저어 나아가더니 홀연 ᄇ라보
　니 비 ᄒᆫ 쳑이 슌류ᄒᆞ야 오거ᄂᆞᆯ ᄃ쟝이 모다 보니 ᄒᆫ 사ᄅᆷ이 빗머리의 단

정히 안즛고 두 낫 쳥의동ᄌᆞ 좌우의 시립ᄒᆞ여시니 의관이 졍졔ᄒᆞ고 풍치 헌앙ᄒᆞ더라37)

그들이 간난신고를 헤치고 도착한 곳은 태원 땅인 서안국 서진방 도주 청릉현이었다. 의관이 가지런하고 풍채가 당당한 이 사람은 바로 임성이 천명을 받았음을 다시 알려주는 태원 사람 평기이이다. 임성 일행은 태원 땅에 와서 평기이를 통해 임성이 천명을 받았음을 다시 한 번 확인하게 된다. 그리고 임성은 다섯 나라를 통일하고 임금이 되어 천명을 실현하며 태원 땅을 다스리게 된다.

　　<경화연>에서 당오 일행은 아홉 달 넘게 항해하여 장부국(丈夫國)까지 여행을 마친다. 그다음 불사국(不死國)에 가려고 했지만 사흘 동안 휘몰아치는 바람에 표류하여 큰 산이 보이는 섬에 도착한다.

　　꼬박 사흘을 휘몰아친 뒤에 바람이 좀 잦아들기 시작하자 온 몸의 힘을 다해서 배를 겨우 산기슭에 댔다 …… 다구공이 말했다. "이곳은 해외 남쪽의 끝입니다. 폭풍이 아니었다면 이곳에 왔을 리가 있겠습니까? 제가 어렸을 때 지나가긴 했지만 산에 오른 적은 없습니다. 이곳에 소봉래라는 섬이 있다고 들었는데 거기일지도 모르겠군요. 앞으로 계속 가다가 누군가 있다면 찾아가서 물어볼 수 있겠네요." 두 사람은 다시 한참을 걸었는데 맞은 편에 석비가 있었으며 '소봉래'라는 큰 세 글자가 새겨져 있었다.38)

---

37) <태원지> 권지이 34b~35a
38) 一連刮了三日,這纔略略小些,費盡氣力,纔泊到一個山脚下. …… 多九公道∶"此處乃海外極南之地. 我們若非風暴,何能至此.老夫幼年雖由此地路過,山中卻未到過.惟聞人說此地有個海島,名叫小蓬萊, 不知可是?我們且到前面,如有人烟,就好訪問."又走多時,迎面有一石碑,上鐫小蓬萊三個大字. 李汝珍, <鏡花緣> 卷八 第三十九回

표류 끝에 도착한 이 섬은 바로 소봉래였다. 그들의 원래 가려던 곳은 불사국이었지만 폭풍 때문에 결국은 해외 남쪽 끝에 있는 소봉래에 오게 된 것이다.

일찍 당오가 해외 탐험을 시작하기 전에 '몽신관' 사찰에 들어가서 꿈을 꾼 적이 있다. 꿈속에서 신상의 모습을 한 노인이 당오에게 12명화를 찾아서 도와주고 선행을 쌓으면 장차 소봉래에서 신선의 대열에 끼게 될 것이라고 예언한 적이 있다. 결국 당오는 예언대로 선경 같은 소봉래에서 글을 남기고 바라마지 않던 신선이 되고 임지양, 다구공 등 나머지 사람들은 다시 중국에 돌아가게 된다.

〈태원지〉에서 임성과 〈경화연〉에서 당오는 모두 각자 이루고자 했던 탐험 목적을 실현했다는 면에서 유사성을 보이지만 그 실현방식은 서로 다르다. 임성은 태원 땅에 들어가 태원의 임금이 되어 천명을 실현한다. 반면에 당오는 탐험을 마치고 소봉래에 들어가 신선이 되어 오랜 소망을 실현하게 된다.

4. 해양 탐험담의 인식 지향 비교

임성 일행과 당오 일행은 모두 중국에서 출발하여 배를 타고 해외로 떠나면서 다른 공간으로의 이동이 이루어진다. 해양 탐험담은 두 작품의 서사 구성에서 빠질 수 없는 중요한 부분이 된다. 여기에서는 주로 소설 속 주인공들의 세계에 대한 인식에 주안점을 두고 해양 탐험담의 인식 지향에 대해 살펴보고자 한다.

〈태원지〉에서 임성 일행이 마지막에 도착한 태원 땅은 중국을 전혀 인식하지 못하고 지어 중국이라는 존재도 모르는 새로운 공간이다. 태원은 중국과 가히 비견할 수 있는 새로운 공간이며 중화권을 벗어난 지역이다. 중국을 세계의 중심에 있는 제일의 대국으로 알고 있던 그들의 인식은 변화를 가져오며 중국을 "상대적인 공간"39)으로 인식하게 된다. 즉, 중국 밖에 태원이라고 하는 또 다른 큰 나라가 있다는 것을 알게 되었으며 그곳은 중국과 다른 세계임을 알게 되었다. 임성 일행이 태원에 들어오기 전에 태원 사람과 중국 사람은 서로의 존재조차도 모르고 있었다.

> 미빅이 대경 왈 일즉 셔안국을 듯지 못ᄒ여시니 이는 반ᄃ시 듕원 ᄯᅡ히 아니오 희듕 각별 고이혼 ᄯᅡ히로다 듕쟝이 경동치 아니 리 업더니 도시 놀나 왈 고이ᄒ다 우리 텬하의는 다만 태원이라 아라시니 엇지 ᄯᅩ다시 듕원이 잇ᄂᆞᆫ 줄 알니오 미빅이 경문 왈 태원이란 말이 더욱 심히 고이ᄒ니 원컨디 ᄌᆞ시 닐너 나의 의심을 결케 ᄒ라40)

종황은 임성 일행 중에서 가장 박학다식하고 지혜로운 사람이다. 태원 사람 평기이 역시 임성에게 천명을 전해주고 태원의 역사를 정확히 말해주며 임성 일행이 태원을 정복하는 데 계책을 내여 큰 공을 세운 박학다문한 사람이다. 하지만 그들은 중국 외에 태원이 있고, 태원 외에 중국이 있다는 것을 전혀 모르고 있었다. 이것은 중국과 태원이 전혀 소통되지 않았던 두 공간임을 의미한다. 즉 중국 사람이 태원에 온 적이 없었고 태원 사람 역시 중국에 가본 적이 없었으며 양자 사이에는 서로의 존재를 알려주는 매개체도 없다는 것이다.

물론 작가가 이렇게 설정한 데는 거리, 자연 조건, 대외 인식 등 여러

---

39) 임치균, 앞의 논문(2009), 367쪽.
40) 〈태원지〉 권지이 35b~36a

가지 요인이 있을 수 있다. 하지만 중국과 태원을 갈라놓은 아주 중요한 요인은 임성 일행을 위협하고 곤경에 빠뜨리게 했던 요괴와 귀신들이라고 생각된다. 이런 요괴와 귀신들이 그동안 요충에 웅거해 있으면서 수많은 사람들의 목숨을 빼앗고 그들의 가는 길을 막아섰던 것이다.[41]

임성 일행은 중국에서 태원으로 가는 과정에 이런 간악한 요괴들과 귀신들을 모두 퇴치한다. 그들은 오랜 시간동안 중국과 태원을 가로막고 갈라놓았던 무리들을 소탕하고 태원 땅에 들어가게 된다. 임성 일행은 중국에서 출발하여 간난신고를 이겨내고 몸소 태원으로 가는 길을 개척하게 되는 것이다. 앞에서 태원은 중화권을 벗어난 지역으로서 중국과 다른 새로운 세계라고 했다. 임성 일행의 태원 진출은 중국과 태원 즉 새로운 세계와 소통의 가능성을 열어두게 된다. 임성이 즉위한 후에 부모님을 중국에서 태원까지 모셔오는 것은 바로 이 면에서 큰 상징적 의미를 가진다고 볼 수 있다. 중국에 계신 부모님을 태원에 무사히 모셔옴으로써 중국과 태원의 소통의 가능성을 다시금 확인시켜준다고 볼 수 있다.

〈경화연〉에서 당오 일행은 해외 무역을 하고 있는 임지양의 의도에 따라 먼 길을 돌아가며 많은 나라들을 돌아보게 된다.

당오가 머리를 흔들며 말했다. "제 기억으로는 우리들이 바다로 나와서 지난 나라들 중 제일 먼저 군자국에 도착했고 그다음으로 대인국, 숙사국을 지나 여아국까지 모두 서른 나라를 방문했습니다. 아홉 달이 지나서야 이곳에 도착했지요. 그렇다면 군자국 국왕이 이곳에 왔다가 가려면 일 년 반이 걸리는 것이 아닙니까? 이렇게 먼데 방문차 온다는 것은 아닐

---

41) 임성 일행이 지났던 '외로운 섬', '자정동', '바위섬', '신명동', '한 섬', '여인국', '귀도' 등에서는 모두 사람을 해치는 응천·쥐·이무기·원숭이·지네·여우 등 여러 요괴와 귀신들이 출현했다.

듯합니다." 다구공이 말했다. "우리야 물건을 팔기 위해서 길이 멀다고
해도 장사 판로를 따라 돌아온 것이므로 곧장 온 것이 아니기에 시간을
지체했지요. 그들이 곧장 온다면 며칠이나 걸리겠습니까? 예전에 군자국
에서 오씨 형제와 한담할 때 그 집 하인이 국왕이 헌원국에 가려 한다고
말했지요. 또 전에 여아국에서 약화 조카가 궁에 있을 때도 국왕이 헌원
국에 오려 한다고 임형에게 말했고요. 두 국왕은 모두 우리보다 나중에
출발했지만 먼저 도착했다는 것을 알 수 있지요. 곧장 왔다는 명백한 증
거로 될 수 있죠. 하지만 이 두 나라 국왕이 왜 여기에 왔는지는 제가 가
서 알아봐야겠습니다."[42]

당오 일행은 중국에서 헌원국까지 오는 데 아홉 달이 걸렸다. 헌원국
은 당오 일행이 탐험 과정에서 들른 31번째 나라이고 끝에서 세 번째 나
라이다. 그리고 군자국은 그들이 해외 각국을 여행하면서 제일 처음 들
렀던 나라로 중국에서 군자국까지 가는 데는 며칠밖에 소요하지 않았다.
당오의 생각대로 하면 군자국에서 헌원국까지 왔다 가는 데 일 년 반이
걸려야 한다. 하지만 실제로 군자국에서 헌원국까지 오는 데 곧장 오면
별로 시간이 걸리지 않는다. 군자국과 여아국 국왕이 당오 일행보다 늦
게 출발했지만 더 일찍 도착한 것은 그들이 곧장 왔기 때문이다. 당오 일
행은 판로를 따라 돌아오다 보니 시간이 훨씬 더 걸렸던 것이다. 이것은
다시 말해서 중국부터 헌원국까지 거리는 별로 되지 않고 마음만 먹으면
어렵지 않게 올 수 있다는 것이 된다.

---

42) 唐敖搖頭道 : "小弟記得我們自從今正來到海外, 所過之國, 第一先到君子, 其次大人, 淑士, 以至女
兒, 共計三十國, 走了九月多, 纔到此地. 若君子國王來此, 往返豈不要走年半之久? 如此遙遠, 特
來拜望, 只怕未必." 多九公道 : "我們因要賣貨, 不問道路遙遠, 只檢商販通處繞去, 所行之地並非
直路, 所以耽擱. 他們直來直往, 何須多日? 當日我們在君子國同吳氏弟兄閒談, 他家僕人曾有國王
要到軒轅之説. 前在女兒國, 若花姪女在宮, 亦向林兄言過, 國王要來軒轅. 可見二位國王俱在我
們之後, 卻到在我們之先, 直來直往, 卽此可爲明證. 但這兩國畢竟爲何到此, 待老夫且去打聽." 李
汝珍, 〈鏡花緣〉 卷八 三十八回

헌원국(軒轅國) · 삼묘국(三苗國) · 장부국(丈夫國)을 지난 당오 일행은 사흘 동안 휘몰아치는 바람에 표류하여 마지막에 '소봉래(小蓬萊)'에 도착한다. 그들이 도착한 '소봉래'는 '해외 남쪽의 끝'[43]이었다. 그들은 본래 불사국(不死國)에 가려고 했지만 폭풍 때문에 사흘 동안 표류하여 소봉래까지 왔던 것이다. 서해에 위치한 헌원국에서 소봉래 즉 해외 남쪽 끝까지 오는데 그 여정은 '1만 여리'[44]에 불과하다. 이로부터 해외 이국들의 지리적 공간이 별로 크지 않음을 짐작할 수 있다.

　〈경화연〉에는 해외 여러 나라들이 중국 문물의 교화를 받았고 또 중국과 중국 문화를 숭상하는 대목들이 많이 나온다. 군자국에 왔을 때 군자국의 재상 오지화(吳之和) · 오지상(吳之祥) 두 형제는 당오 일행이 중국에서 왔다는 것을 듣고 성인의 나라 천조에서 온 귀인이라고 반긴다. 또 폐방(弊邦)이 바다 한구석 궁벽한 곳에 있으면서 그나마 지식을 좀 습득한 것은 천조 문물의 교화를 받아들였기 때문[45]이라고 스스로 낮추면서 겸손하게 말하기도 한다. 그리고 비건국에 반고(盤古) 때 문서를 보러 갔을 때 비건국의 관원이 당오 일행이 천조에서 왔다는 말을 듣고 공손히 맞으며[46] 문서를 보여주는 대목도 보인다. 흑치국에서는 서당의 선생이 '천조는 만국의 으뜸'이고 성인의 나라로, 사람들의 인품과 학문이 모두 비범하다[47]고 하였다. 또 흑치국에서 선비를 뽑을 때 중국의 법도를 따

---

43) "此處乃海外極南之地……" 李汝珍, 〈鏡花緣〉 卷八 三十九回

44) "……至於程途, 若以此風約計, 每日可行三五千里. 今三日之久, 已有一萬餘里." 李汝珍, 〈鏡花緣〉 卷八 三十九回

45) "敝鄕僻處海隅, 略有知識, 莫非天朝文章敎化所致." 李汝珍, 〈鏡花緣〉 卷三 十一回

46) 那官吏聞是天朝上邦來的, 怎敢怠慢, 當卽請進獻茶,取鑰匙開了鐵櫥. 李汝珍, 〈鏡花緣〉 卷四 十六回

47) "小子素聞天朝爲萬國之首, 乃聖人之邦, 人品學問,莫不出類超羣……" 李汝珍, 〈鏡花緣〉 卷四 十六回

라 시부(詩賦)로 뽑는다고 했고 흑치국 소녀들도 『논어』, 『주역』 등 경전
들에 능통하며 백민국에서도 서당 서생들이 『논어』, 『맹자』 등 경전들을
열심히 배운다.

해외 여러 나라들이 중국을 만국의 으뜸으로 추존하고 중국 문물의 교
화를 받았다는 것은 결국 중국 중심의 사고방식이며 이는 중화주의에 기
인한 것으로 보인다. 이러한 중화주의로 말미암아 당시 중국 사람들은
천하의 중심에 위치하고 있으며 주변의 이국이나 이민족은 지리적 공간
이 작을 뿐만 아니라 문화적 가치도 작다고 인식[48]하였다. 따라서 이런
중화주의 사고방식은 "중국은 문화의 중심이며 문명의 표본"[49]이라는
인식을 내포하고 있었다. 〈경화연〉의 해양 탐험담에는 이런 지리적, 문
화적 우월 의식을 가지고 '천조(天朝)' 사람의 입장에 서서 해외 이국들을
관조하는 부분들이 많이 보인다.

〈경화연〉에는 상술한 중화주의 인식 외에 중국 기존 문화에 대한 자
기반성과 비판 의식도 내재되어 있다. 군자국에서 작자는 오지화·오지
상 형제의 입을 빌어 중국의 많은 사회 풍속의 폐단을 예리하게 비판하
고 있다. 오지화·오지상은 장례 풍속, 소송(訴訟), 소 도살, 과도한 연회
등 11가지 풍속의 폐단을 지적하였고 당오와 다구공은 그 훈계에 탄복한
다. 또 여아국에서 임지양은 여아국 국왕의 왕비로 간택되어 전족(纏足)을
하고 귀를 뚫는 등 고초를 겪는다. 전족을 하고 귀를 뚫는 풍속 역시 중
국의 오랜 풍속인데 작자는 임지양이 여아국에서 고통을 호소하는 것을
통하여 이런 풍속과 문화의 폐단을 지적하고 있다.

〈경화연〉의 해양 탐험담이 담고 있는 이런 자기반성과 비판 의식은

---

48) 葛兆光, 『宅玆中國-重建有關"中國"的歷史論述』, 中華書局, 2011, 109쪽 참조.
49) 余定國 著, 姜道章 譯, 『中國地理學史』, 北京大學出版社, 2007, 206쪽.

당시 사회 인식과 상통하는 바가 있다. 청나라 옹정(雍正) 5년(1727)부터 남양(南洋)으로의 항해 금지를 해제하면서 남양 무역이 재개되었다.[50] 대외 무역이 날로 활성화되면서 중국 사회의 폐쇄적인 국면이 어느 정도 완화되었는데 보다 넓은 안목을 가진 사람들이 많아졌다. 가경제·도광제 시기에 와서 청나라는 전성기로부터 쇠퇴기로 전환하면서 사회적 위기가 심화되었다. 이런 사회적 배경 속에서 외국 문물을 접할 수 있는 기회가 많아지면서 근대적 의식에 눈을 뜨기 시작하고 중국 기존 문화를 반성하려는 지식인들이 많아지게 되었다.

〈경화연〉과 〈태원지〉의 주인공들은 해양 탐험 초기에는 모두 중국 중심의 세계 인식을 기본으로 하고 있었다는 면에서 유사성을 보인다. 그러나 해양 탐험을 거치면서 〈태원지〉에서는 이런 중화주의 인식이 변화를 가져와 중화권을 벗어난 새로운 세계를 지향하며 그 세계와의 소통의 가능성을 열어두고 있다. 반면 〈경화연〉에서는 이런 중화주의 인식을 고수하면서 중국 기존 문화에 대해 반성하고 비판한다는 면에서 두 작품은 서로 차이점을 보인다.

5. 결론

본고는 〈태원지〉와 〈경화연〉의 해양 탐험담에 대해 비교 연구를 시도하면서 해양 탐험 양상을 고찰하고 해양 탐험담에 담겨진 두 나라 사람들의 인식 지향을 밝히고자 하였다. 지금까지 진행된 논의를 간단히

---

50) 樊樹志 著, 김지환 외 옮김, 『100가지 주제로 본 중국의 역사』, 고려대학교 출판부, 2007, 724쪽.

정리하면 다음과 같다.

먼저 〈태원지〉와 〈경화연〉의 해양 탐험담 개관을 살피면서 예비적
고찰을 진행하였다. 다음 이를 바탕으로 해양 탐험의 동기·과정·결과
세 부분으로 나누어 해양 탐험담의 내용을 비교했다. 임성과 당오는 모
두 현실에 불만을 가지고 또 자신의 한계를 인식한 상황에서 해양 탐험
을 시작하였다. 임성의 해양 탐험의 동기는 피화이고 천명을 실현하는
데 목적을 두고 있다. 반면에 당오의 해양 탐험의 동기는 꿈이고 목적은
신선이 되는 것이다. 임성의 탐험은 운명론적 방식을 따르고 있고 당오
의 탐험은 자발적 의지에 따른 것이다. 탐험 공간의 성격을 볼 때 〈태원
지〉와 〈경화연〉은 기지성과 미지성이 혼합된 양상을 보이지만 〈태원
지〉는 미지성, 〈경화연〉은 기지성이 더 강하다고 볼 수 있다. 임성 일
행과 당오 일행은 모두 오랜 시간동안 바다를 떠돌면서 많은 지역 혹은
나라를 지나게 되며 만나는 대상들과 갈등이 생기기도 한다. 하지만 그
들의 도착 방식, 만나는 대상, 갈등 해결 방식 등은 일부 변별성을 보인
다. 결과적으로 임성과 당오는 모두 각자의 탐험 목적을 실현하게 된다.
하지만 그 실현 방식은 서로 다른데 임성은 임금이 되어 천명을 실현하
고 당오는 신선이 된다.

마지막으로 해양 탐험담의 인식 지향에 대해 살펴보았다. 〈태원지〉와
〈경화연〉에서 주인공들은 해양 탐험 초기에는 모두 중국 중심의 세계
인식을 기본으로 하고 있다는 면에서 유사성을 보인다. 하지만 해양 탐
험을 거쳐 세계에 대한 인식은 변화를 가져오는데 〈태원지〉의 해양 탐
험담은 중화권을 벗어난 세계를 지향하고 있으며 그 세계와의 소통의 가
능성을 열어두고 있다. 이와 달리 〈경화연〉의 해양 탐험담은 여전히 중
화주의 사고방식을 고수하면서 기존 문화에 대한 자기반성과 비판 의식

이 내재되어 있다고 볼 수 있다.

본고는 <태원지>와 <경화연>의 해양 탐험담에만 주목해서 다루다 보니 시기적으로 앞서 있고 또 후대의 해양 탐험 소재에 깊은 영향을 미친 <삼보태감서양기통속연의(三寶太監西洋記通俗演義)> 등 소설과의 영향 관계는 검토하지 못했다. 다른 작품과의 연관성 및 영향 관계에 대한 연구는 후속 논고를 기약한다.

참고문헌

1. 자료

문현선 옮김, 『경화연』, 문학과 지성사, 2011.

박재연・정규복 교주, 『제일기언』, 국학자료원, 2001.

임치균 교주, 『태원지』, 한국학중앙연구원, 2010.

임치균・배영환 옮김, 『태원지』, 한국학중앙연구원, 2010.

『태원지』(한국학중앙연구원 장서각 소장 청구기호 귀K4-6852 1~4)

郭璞 撰, 『山海經傳』, 中國基本古籍庫 DB

吳任臣, 『山海經廣注』, 中國基本古籍庫 DB

李汝珍, 『鏡花緣』, 芥子園刻本, 中國基本古籍庫DB

李汝珍, 『鏡花緣』, 上海古籍出版社, 2006.

張華, 『博物志』, 中國基本古籍庫 DB

2. 단행본

樊樹志 著, 김지환 외 옮김, 『100가지 주제로 본 중국의 역사』, 고려대학교 출판부, 2007.

劉再復・林崗 지음, 오윤숙 옮김, 『전통과 중국인』, 플래닛, 2007.

葛兆光, 『宅玆中國-重建有關"中國"的歷史論述』, 中華書局, 2011.

魯迅, 『中國小說史略』, 上海古籍出版社, 2011.

余定國 著, 姜道章 譯, 『中國地理學史』, 北京大學出版社, 2007.

袁行霈 主編, 『中國文學史(4)』, 高等敎育出版社, 2006.

章培恒・駱玉明 主編, 『中國文學史(下)』, 復旦大學出版社, 1996.

趙建斌, 『<鏡花緣>叢考』, 山西人民出版社, 2010.

齊裕焜, 『中國古代小說演變史』, 敦煌文藝出版社, 2012.

3. 논문

김용기㉠, 「<태원지>의 서사적 특징과 왕조교체」, 『고소설연구』 34, 한국고소설학회, 2012.

김용기㉡, 「<태원지>의 海洋 漂流와 島嶼間 이동의 의미-영웅의 자아실현을 중심으로」, 『島嶼文化』 41, 국립목포대학교 도서문화연구원, 2013.

오상학, 「조선후기 圓形 천하도의 특성과 세계관」, 『지리학 연구』 제35권 3호, 2001.

육재용, 「<九雲記>에 미친 <鏡花緣>의 영향」, 『영남어문학』 21, 1992.

이명현, 「<태원지>의 표류와 정복에 나타난 타자인식」, 『다문화콘텐츠연구』 14, 중앙대학교 문화콘텐츠기술연구원, 2013.

임치균㉠, 「<태원지> 연구」, 『고전문학연구』 35, 한국고전문학회, 2009.

임치균㉡, 「조선후기 소설에 나타난 청나라 지배의 중국에 대한 인식의 변화와 의미」, 『장서각』 24, 한국학중앙연구원, 2010.

정규복, 「제1기언에 대하여」, 『중국학논총』 1, 1984.

정용호㉠, 「이여진의 <경화연> 연구」, 전남대 박사학위논문, 1997.

정용호㉡, 「경화연과 한글 역본 제일기언의 비교연구」, 『중국소설논총』 26, 한국중국소설학회, 2007.

정용호·민관동, 「<九雲記>에 미친 <鏡花緣>의 영향 연구」, 『중국인문과학』 49, 중국인문과학연구회 중국인문학회, 2011.

조희웅, 「낙선재본 번역소설 연구」, 『국어국문학』 62·63, 국어국문학회, 1973.

주숙하, 「文人的 主體意識의 再現-<第一奇諺>의 飜譯者인 洪羲福을 中心으로」, 『중국소설논총』 35, 한국중국소설학회, 2011.

하정옥, 「<鏡花緣>研究」, 성균관대 박사학위논문, 1983.

허순우, 「중화주의 균열이 초래한 주체의식의 혼란과 극복의 서사-<태원지>」, 『고소설연구』 33, 한국고소설학회, 2012.

홍현성, 「<태원지> 시공간 구성의 성격과 의미」, 『고소설연구』 29, 한국고소설학회, 2010.

段春旭, 「<鏡花緣>中的海洋文化思想」, 『文學研究』 2010.

劉 琴, 「<山海經>對<鏡花緣>的影響」, 『許昌學院學報』, 第24卷 第1期, 2005.

劉 凌, 「<鏡花緣>與<格列佛旅行記>的異同分析」, 『考試週刊』, 2008年第26期, 2008.

李雄飛·郭瓊, 「<鏡花緣>版本補敍」, 『中國文化研究』, 2007年 第3期, 2007.

徐 寧, 「國圖所藏李氏朝鮮後期的圓形地圖研究」, 『中國地理歷史論叢』, 第17卷 第4輯, 2002.

沈文凡·王鬠馨, 「<鏡花緣>海外異國考論」, 『古籍整理研究學刊』 2011年第2期, 2011.

IV. 〈태원지〉와 문화콘텐츠

〈태원지〉의 MMORPG 콘텐츠화 가능성 탐구

－세계관과 공간의 제시를 중심으로－

1. 서론

본고는 고소설을 디지털 게임으로 개작(改作)[1]하는데 필요한 사항들을 큰 틀에서 살피고, 그중에서 고소설 연구자가 중심이 되어 수행할 수 있는 영역을 살펴보는데 목적이 있다. 고소설을 콘텐츠화 하는 문제, 특히 게임 콘텐츠화 하는 문제에 대해서 본고와 문제의식을 공유하는 논문들은 이미 여럿이 제출되어 있다. 고전서사와 디지털 게임을 연관 지어서 연구하기 시작한 것은 2000년대 초반이다. 김용범은[2] 컴퓨터 게임에서 시나리오가 중요하다는 것을 역설하고 고전서사가 게임의 시나리오에 신화적 상상력을 제공해 줄 수 있다는 점을 지적했다. 이후 신선희[3]는 게

---

1) 하나의 서사는 창작 당시에는 단 하나의 매체에 담겨져 있다. 그러나 시간이 지날수록 소설이 극화(劇化)되고, 민담이 소설화 되는 예에서 알 수 있듯이 다양한 매체에 담겨지게 된다. 어떤 특정 서사가 다양한 매체에 옮겨 질 때 바뀐 매체에 어울리도록 변형되면서도 해당 서사가 담고 있는 정체성을 유지토록 하는 작업을 본고에서는 개작이라고 한다.
2) 김용범, 「문화컨텐츠 산업의 창작소재로서 고전소설의 활용가능성에 대한 연구」, 『민족학연구』 4, 한국민족학회 2000.

임에서 시나리오가 차지하는 위치를 실제 게임을 통해 살펴보고 고전서
사와 게임시나리오의 접맥가능성에 대해서 살펴보았다. 고전서사를 게임
에 직접적으로 접목하는 연구를 가장 많이 한 연구자는 안기수이다. 그
는 먼저 영웅소설들의 특징이 게임 콘텐츠와 잘 어울림을 지적 한 후4)
특히 영웅서사의 게임 스토리텔링화에 대해서 관심을 가지고 연구를 진
행하였다.5) 그리고 <홍길동전>이나 <전우치전> 등 실제 고소설 작품
을 실제 게임에 적용시키는 연구를 진행해 오고 있다.6) 이처럼 고소설을
게임에 직접 접목시키는 연구는 다양한 작품을 통해 이루어 졌다. 예를
들자면 <명주보월빙>,7) <바리데기>,8) <삼국유사>,9) <삼한습유>,10)
<조웅전>,11) <태원지>,12) <홍길동전>13) 등이다. 이러한 연구들은 실

3) 신선희, 「고전 서사문학과 게임 시나리오」, 『고소설연구』 17, 한국고소설학회, 2004.
4) 안기수, 「영웅소설의 게임 콘텐츠화 방안 연구」, 『우리문학연구』 23, 우리문학회, 2008.
5) 안기수, 「한국 영웅소설의 게임 스토리텔링 방안 연구」, 『우리문학연구』 29, 우리문학
   회 2010.
6) 안기수, 「영웅소설 <조웅전>의 게임 스토리텔링 연구」, 『어문론집』 46, 중앙어문학회,
   2011.
   _____, 「영웅소설 <유충렬전>의 게임 스토리텔링 연구」, 『어문론집』 51, 중앙어문학
   회, 2012.
   _____, 「영웅 스토리에 수용된 '요괴퇴치담'의 게임화 방안 연구」, 『어문론집』 55, 중
   앙어문학회, 2013.
   _____, 「<홍길동전>의 게임 스토리텔링 방안 연구」, 『어문론집』 58, 중앙어문학회, 2014.
   _____, 「<금령전>의 게임스토리텔링 방안 연구」, 『어문론집』 63, 중앙어문학회, 2015.
   _____, 「고소설 <전우치전>의 게임화 방안 연구」, 『어문론집』 67, 중앙어문학회,
   2016.
7) 김경희, 「고전소설을 활용한 온라인게임의 서사화 방안-<명주보월빙>을 중심으로」,
   한국외국어대학교 교육대학원 석사논문, 2005.
8) 나주연, 「게임의 구비문학 활용과 그 가치」, 건국대학교 석사논문, 2007.
9) 양지욱, 「문화콘텐츠의 개발과 적용 연구 삼국유사소재 스토리를 중심으로」, 선문대학
   교 박사논문, 2014.
   정동환, 「스토리텔링을 활용한 디펜스 게임 캐릭터 디자인 연구-신라 제30대 문무왕(文
   武王)을 중심으로-」, 『한국디자인포럼』 39, 한국디자인트렌드학회, 2013.
10) 김윤선, 「<삼한습유>의 디지털스토리텔링 활용방안-RPG 게임 시나리오를 중심으로」,
    한국교원대학교 대학원 석사논문, 2014.

제 작품을 두고 그것에 어울릴만한 게임 장르를 탐색했다는 점, 작품이 게임에서 구현될 수 있는 방안을 구체적으로 모색했다는 점에서 소기의 성과를 내고 있다. 또 이재홍은 구비문학에 게임 소재와 제재가 있으며 그것이 매우 중요한 것임을 지적하고[14] 이를 중심으로 한국형 게임 스토리텔링의 창작을 역설했다는 점[15]에서 주목할 만하다.

이러한 선행 연구들은 대부분 고전서사와 디지털 게임의 특징을 비교하여 양자간의 공통점을 찾고 그 공통점을 중심으로 서사→게임의 개작 가능성을 찾고 있다. 또 대상 작품에서 아이템 등 게임에 적용시킬 소재를 찾아내거나, 아예 실제 산업현장에서 쓰일 수 있는 게임 시나리오를 제시하기도 한다. 나아가 대개 한국형 게임을 만들어 내어야 한다거나 한국의 서사를 게임의 콘텐츠화 하여야 한다는 등의 당위적인 주장을 하고 있다. 이러한 주장은 물론 매우 올바른 주장이다. 그러나 기존 연구들은 고전 서사의 게임화 문제를 지나치게 문학의 입장에서 바라보고 있다. 다시 말해 게임의 특성과 재미 곧 게임성을 제대로 파악하여 그것에 어울리는 고전 서사를 제시하는 방법을 제안하고 있지 못하고 있다는 말이다. 게임의 스토리와 캐릭터·아이템 등의 창작에 고전서사를 이용한다고 해서 그것이 곧바로 게임성의 확보로 이어지지는 않을 것이고, 한국

---

11) 이용진, 「고전소설 『조웅전』의 에듀게임(Edu-game)화 방안연구」, 한국외국어대학교 교육대학원 석사논문, 2007.
12) 이명현, 「<태원지>의 서사적 특징과 대중문화적 가치-게임 스토리텔링과의 유사성을 중심으로-」, 『동아시아고대학』 39, 동아시아고대학회 2015.
13) 홍성기, 「한국고전문학의 게임 스토리텔링-<홍길동전>을 활용한 게임 스토리텔링-」, 국민대학교 교육대학원 석사논문, 2011.
14) 이재홍, 「문화원형을 활용한 게임스토리텔링 사례 연구」, 『한국문학과 예술』 7, 숭실대학교 한국문학과 예술연구소, 2011.
15) 이재홍, 「Game Storytelling과 인문학 교육의 한 방향」, 『한국문학과 예술』 8, 숭실대학교 한국문학과 예술연구소, 2011.

적인 게임이 되는 것도 아닐 것이다. 따라서 여러 논문들의 매우 올바른 제안이 실제로 구현되지 않는 이유는 이들 연구에 대해 게임 산업계가 잘 모르기 때문만은 아닌 것으로 보인다.

이러한 상황을 개선하기 위해 우리는 우선 디지털 게임의 특징을 알아보아야 한다. 게임에는 서사적인 요소가 강하게 들어있기는 하지만 문학의 서사와는 전혀 다른 차원의 것이다. 2장에서는 이를 문학의 입장이 아닌 게임의 입장에서 이해해 보도록 하겠다. 또 게임의 특징을 고려하며 문학작품을 게임으로 개작할 때 유의해야 할 점을 알아보도록 한다. 3장에서는 고소설 〈태원지〉를 이용하여 고소설 연구자가 게임 산업에 기여할 수 있는 방법을 모색해 보도록 하겠다.

2. 디지털 게임의 게임성과 서사

(1) 게임과 서사의 관계

디지털 게임 이전에도 게임 곧 놀이는 존재해 왔고 그것은 종종 진지한 고찰의 대상이 되어 왔다.[16] 그리고 세칭 오락실에서 접할 수 있었던 아케이드 게임과 집에서 TV에 연결시켜 즐기던 콘솔게임을 지나 컴퓨터를 이용한 PC게임이 보편화되자 이들 디지털 게임에 관한 여러 분석과 논의가 쏟아져 나오기 시작했다. 디지털 게임의 성장과 그에 대한 관심 속에서 게임 특히 디지털 게임을 독자적 학문의 대상으로 취급하고자 하는 게임학(Ludology)이 성립되기에 이르렀다. 게임학이 진행됨에 따라 여

---

16) 요한 하위징아의 『호모 루덴스』는 1950년에 출판된 노작이다.

러 연구자들에 의해 게임을 게임답게 하는 구성하는 요소가 다양하게 제시되어 왔다. 이 연구들을 바탕으로 게임을 형성하는 공통 분모를 추리면 다음의 네 가지 정도로 요약된다. 규칙(rule), 결과(outcome), 경쟁(conflict), 자발성(voluntary)이 그것이다.[17] 규칙(rule)은 게임 내부에서 지켜야 하는 사항들로 게임 외부의 현실 속 규칙과는 확연히 다르다. 따라서 이 규칙(rule)은 게임의 안과 밖을 구분하는 경계선으로 인식되기도 한다. 결과(outcome)는 게임 안에서 규칙에 따라 행동했을 때 나타나는 사항들이다. 키보드의 화살표나 마우스를 조작했을 때 상호작용으로 나타나는 여러 사항들부터, 퀘스트를 수행했을 때 주어지는 다양한 보상, 최종적으로는 이기고 지는 것까지를 포괄하는 개념이다. 경쟁(conflict)은 게임의 규칙을 지키며 결과를 얻는 과정(곧 게임을 하는 과정)에서 나와 같은 목표를 가진 누군가와 이기려고 다투는 것이다. 특히 컴퓨터 게임은 혼자서는 할 수 없으며 경쟁자는 프로그램일 수도, 옆자리 동료 일수도, 다수의 불특정 사람일 수도 있다. 자발성(voluntary)은 이 모든 일들이 스스로의 의지에 의해 일어나고 있는 측면을 지적한 것이다. 이 요소들은 게임의 역사와 다양한 장르를 통하여 그 적용이 다시 자세히 분석되어야 할 것들이지만 거시적 관점에서 게임의 본질인 동시에 게임성의 좋은 지표가 된다.

그런데 위에서 제시한 게임의 기본 요소들을 자세히 살피면 게임에 서사의 자리는 없어 보인다. 다양한 게임의 장르 중에서 비교적 이해가 쉬운 슈팅게임(Shooting Game)을 예로 들어 보자. 이 게임의 규칙(rule)은 직관

---

17) 한혜원은 호이징하의 『호모루덴스』(1950)에서 제스퍼 줄의 『Introduction to game time』(2005)까지 다양한 학자들의 게임에 관한 학설을 검토하여 게임의 요소를 추렸다. 한혜원 『디지털 게임 스토리텔링』, 살림, 2005, 15~17쪽. 동일한 주제에 관해 '최유찬 『컴퓨터 게임의 이해』, 문학과학사, 2002.'의 '1장 게임이란 무엇인가'를 함께 참고할 수 있다.

적이며 간단하다. 화면 하단에 비행기 한 대가 떠 있고 화면의 상단에서
는 적기가 쏟아져 내려온다. 하단의 비행기가 게이머의 비행기이다. 게이
머는 스틱을 움직여 자신의 비행기를 조종하고 버튼을 눌러 미사일을 쏜
다. 이 미사일에 적기가 맞으면 적기는 폭파되고 적기가 쏜 미사일에 내
비행기가 맞아도 역시 폭파된다. 게이머의 비행기가 폭파되지 않고 오랫
동안 버티는 것이 이 게임의 규칙이자 게임성의 핵심이다. 이러한 비행
슈팅 장르의 게임에 서사가 있는 경우도, 없는 경우도 있지만18) 서사가
게임성에 핵심적인 요소가 아니라는 점은 누구나 쉽게 납득할 수 있다.
서사란 '시간의 흐름에 따라 기록한 사건의 모음'으로 일반적으로 발단-
전개-위기-절정-결말로 대표되는 플롯을 통해 사건의 유기적 구성을 취
하는 장르이다. 반면 게임은 규칙(rule)과 결과의 예술인 것이다.

그렇다면 서사에 게임의 기본 요소들이 들어 있는가? 아무리 훌륭한
서사작품이라도 그 자체로 게임의 요소를 가지고 있는 것은 아니다. 가
령 톨킨의 『반지의 제왕』은 훌륭한 서사이고 영화로 제작되어 큰 성공을
거두었다. 그러나 영화의 스토리와 시각 요소를 그대로 살린 PS2용 동일
제목의 게임은 그다지 좋은 평가를 받지 못했다. 그리고 당연하게도 상
업적으로도 큰 성공을 거두지 못했다.19) 이러한 실례를 기반으로 게임학
자들은 게임과 서사를 전혀 별개의 것으로 이해해야 한다고 주장하기도
했다.20) 게임에서 중요한 것은 플롯이 아니라 규칙(rule)이기 때문이다. 서

---

18) 서사가 없는 비행 슈팅 게임으로 그 유명한 <gallag>(일본명 galaga로 우리나라에서
복제해 들여오며 이름을 바꾸었다.)를 예로 들 수 있다. 서사가 있는 게임의 대표작은
<1945>를 예로 들 수 있는데 세계대전을 배경으로 각 나라의 비행기를 조종하여 적
을 물리치는 것이 기본 뼈대로 설정되어 있다.

19) 반대로 게임을 영화로 제작한 사례도 있는데 현재 15탄까지 나온 <파이널 판타지>의
스토리를 기반으로 2001년 제작한 동일 제목의 영화가 그것이다. 이 작품 또한 게임
의 성공에 비하면 초라한 흥행 성적을 거두었다.

사와 게임이 별개라는 주장은 현재 수많은 논쟁과 연구를 통해 상당부분 수정되고 있다. 그런데 이러한 논란과는 별개로 서사와 게임의 관계에 관한 연구사는 우리에게 분명한 사실 한 가지를 알려 주었다. 게임은 기존의 서사학으로는 설명할 수 없다는 점이다. 다시 반복하여 강조하자면 소설 혹은 영화에 드러나는 서사를 디지털 게임으로 충실히 옮긴다고 해서 게임성이 보장되는 것은 아니다.[21]

여기서 우리는 질문을 던질 수 있다. 위의 예와 같이 게임에서 서사가 필수적이고도 중요한 요소가 아니라면 게임에서 서사는 점차 사라지고 규칙(rule) 등 위에서 제시한 게임의 요소가 강조되는 방향으로 발전해야 하지 않는가? 결과만을 놓고 보면 게임의 역사는 정 반대로 흘러갔다. 모든 게임에서 서사는 더 많은 비중을 차지하게 되었으며 더 중요해 지고 있다. 단순한 퍼즐게임이나 슈팅게임에서 조차 서사를 덧붙이고 있으며 서사의 비중이 점점 더 높아지고 플롯 또한 정교해 지고 있다. 이러한 현상은 자유도가 높은 RPG 장르의 경우 특별히 돋보인다. 우리나라에서 성공한 블리자드 작 〈디아블로(Diablo)〉의 경우 게임 전체의 스토리와 각 캐릭터들의 배경 스토리 그리고 각종 규칙(rule)을 설명하기 위한 공

---

20) "게임은 내러티브로 분석되어서는 안된다. 게임은 스펙터클과 그 생산 방식이라는 관점에서 이해되어야 한다."(박상우, 「스펙터클로서의 게임과 판타지 경험」, 『디자인 문화 비평』 6, 안그라픽스, 2002.) 게임은 영화가 주는 스펙터클에 비해 게이머에게 훨씬 밀접한 스펙터클 곧 볼거리를 주며 이를 통해서만 게임을 이해하고 분석할 수 있다고 보았다. 이러한 관점은 후에 극복되는 것으로 '놀이가 지니는 휘발적 경험을 안정적이고 공통적인 상으로 만들어 내는데 텍스트가 지대한 기여를 했다'고 평가하기도 한다.(박상우, 「컴퓨터 게임과 놀이의 텍스트화」, 『에피스테메』 3, 고려대 응용문화연구소, 2009.)

21) 당연한 주장을 반복해 강조하는 이유는 서사문학 연구자들이 이것을 자주 망각하기 때문이다. 독특한 작품 혹은 신기한 소재를 종종 게임화 될 수 있는 것으로 이야기 하곤 한다. 이것들은 서사 자체의 흥미나 서사 속 환상성을 뜻하는 것이지 게임 서사의 흥미나 게임의 환상성 등에 직접 연결되는 것은 아니다.

식·비공식 가이드북[22]이 출판되었으며 게임의 시작과 중간 중간 그리고 대미에 각종 서사진행 동영상을 집어넣어 게임의 배경이 되는 전사(前史)와 중요 장면을 서술 및 묘사하고 있다. 이러한 예는 모든 디지털 게임 장르에서 발견되는 공통된 현상이다. 상황이 이렇다면 질문을 바꾸어야 할 것이다. 게임에서 서사의 역할은 무엇인가? 또 게임의 서사란 어떻게 구현되는가? 아직 게임학 연구가 미진한 상태에서 다양한 디지털 게임 장르 모두에 적용될만한 합의된 일반론을 제시하기는 힘들지만 서사성이 특히 중요하게 강조되는 MMORPG 장르를 예를 들어 게임의 서사성을 이해해 보도록 하겠다.

(2) MMORPG 게임에서의 서사

MMORPG(massively multi-player online role playing game)는 롤플레잉 게임(RPG)의 일종으로 수백 명 많게는 수만 명 이상의 많은 유저가 동시에 접속하여 함께 RPG게임을 즐길 수 있도록 한 게임의 장르를 뜻한다.[23] 불특정 다수가 한 디지털 공간에서 게임을 즐기는 다중성과 동시성을 강조하는 MMO와 롤플레잉 게임(RPG)의 합성어이다. MMORPG의 특성을 이해하기 위해서 우선 RPG[24]에 대해 알아보고자 한다. MMORPG는

---

22) 김상현 등 역, 『디아블로 3 공식 가이드북』, 에우미디어, 2012. 이외에도 디아블로 시리즈 별로 공식 비공식 가이드북이 출판되어 있다.

23) 한국에는 1996년 〈바람의 나라〉를 기점으로 〈리니지〉가 흥행에 성공하며 MMORPG의 붐이 일었으며 현재에도 〈리니지2〉, 〈리니지m〉, 〈월드 오브 워크래프트〉 등이 흥행에 성공하여 서비스 되고 있다.

24) Role Playing Game의 약자이다. 굳이 번역하자면 '역할놀이' 쯤으로 번역된다. 롤플레잉은 역할 수행 혹은 역할 연기 등을 뜻하며 디지털 게임에서는 게임 속 가상의 캐릭터가 가진 역할을 수행하는 게임을 뜻한다. 매우 단순화 시켜 말하면 아이들의 소꿉장난에서 남편 혹은 부인의 역할을 수행하며 노는 것과 유사하다고 할 수 있다.

RPG를 대단히 많은 사용자가 즐기는 것이기 때문이다. RPG게임은 플레이어가 어떤 시대 어떤 인물이 되어 그와 같은 경험을 하도록 만든 게임의 형태이다. 예를 들어 보자면 우리는 게임 작가가 디지털로 만들어 놓은 임진왜란 당시의 가상세계 속에서 이순신장군이 되어 볼 수도 있고, 중세 서양을 배경으로 이름 없는 기사가 되어 볼 수도 있다. 게임 속의 세계는 실제 세계를 정확히 고증해 놓은 것부터 환상성이 강조된 것까지 다양하며 환상성이 강조된 경우 신화·민담 및 환상 소설의 영향을 받아 그들이 제시하는 배경과 상당부분 흡사하다. 때문에 이 겹치는 지점 곧 환상성이 서사문학이 게임화 될 수 있는 지점으로 왕왕 지적되고는 한다. 그러나 전통 서사와 게임의 서사는 전혀 다른 기제를 가지고 있다.

전통적인 서사는 저자로부터 주어진 사건, 그리고 사건의 유기적 결합체인 플롯을 통해 특정 시점(이순신 장군, 서양 중세의 기사)에 독자가 동일시되도록 유도함으로써 독자로 하여금 감정을 이입하도록 한다. 반면 게임이 독자의 감정을 유도하는 방법은 전혀 다르다. 게임은 인물이나 아이템과 같은 요소들을 가상 공간에 적절하게 배치해 놓고 그 가상 공간 안에 플레이어의 분신 곧 캐릭터를 위치시킨다. 게이머는 이 캐릭터를 통해 게임 속 가상 세계를 자유롭게 여행하게 된다. 여기서 자유롭게 다닐 수 있다는 것은 디지털 게임의 작가가 의도한 바와는 전혀 상관없이 다녀도 게임의 진행과 재미에 어떤 영향도 끼치지 않는다는 뜻이다. 그리고 그 여행 과정에서 자신이 조종하는 캐릭터와는 다른 존재들, 예를 들어 다른 캐릭터·아이템 등과 상호 작용을 하게 된다. 그리고 이를 통해 가능성으로만 존재하던 여러 사건을 능동적으로 체험하게 된다. 이때 서사는 소설과 같이 이미 정해져 있는 대로 진행되는 것이 아니라 게이머가 능동적으로 창조하는 것이다. 게이머는 어떤 인물에 감정을 이입하는 독서와는 달리, 어떤 인물을 실제적이고도 구체적으로 체험하게 된다. 이 체험이 게임 서사의 핵심이다. 이러한 체험은 게이머에게 서사의 감정이입보다 훨씬 구체적이고 실제적인 영향을 주는 것으로 평가된다.

그렇다고 해서 RPG게임에 기존 서사에 비견될만한 것이 전혀 존재하지 않는 것은 아니다. 게임의 작가는 난이도의 조정이라든가, 어떤 장소의 탐험을 유도하는 퀘스트의 제시와 그 성공에 대한 대단히 큰 보상 등의 방법을 사용하여 게이머가 할 수 있는 수많은 선택을 일정한 방향으로 유도할 수 있다. 게임의 작가가 게이머가 할 수 있는 경험을 어느 정도 제어 하고자 하는 이유는 게이머에게 자신이 제시하고자 하는 서사를 전달하고자 함과 동시에 최고의 게임성을 맛볼 수 있도록 하기 위한 배려이기도 하다. 그러나 이러한 시도는 가능성 제시일 뿐 절대적인 것이 아니며 게이머는 종종 이 가능성을 무시한 채 자신만의 서사를 즐긴다.

MMORPG는 이러한 특징을 가진 RPG를 수천 수만 명에 달하는 다수의 사용자가 동시에 즐기는 것이다. MMORPG는 위의 단락에서 설명한 대로 게임의 제작자가 마련해 놓은 이야기를 즐길 수도 있다. 그리고 게임성과 별도로 다수의 게이머간 상호작용을 통해 전혀 다른 이야기와 재미를 만들어 내기도 한다. 게이머간 상호작용을 통해 생성된 서사는 널리 알려진 <리니지2>의 '바츠 해방전쟁'이 대표적이다.

<리니지2>는 규칙(Rule)상 게임 속 세계에서 혈맹(血盟)이라는 게이머 모임을 결성할 수 있다. 그리고 혈맹을 중심으로 각 지역의 중심이 되는 성(城)을 점령할 수 있도록 되어있다. 성을 점령한 집단은 게임 속 세계에서 세금을 걷는 다던가 게임 캐릭터를 죽이는 척살령(刺殺令)을 발동하는 등의 방법으로 정치행위를 할 수 있다. 리니지2의 제1서버인 바츠 서버에는 DK(Dragon Knights)혈맹이 게임 서비스 초기부터 성을 장악하였고

고율의 세금을 강제로 징수하여 막대한 경제적 이익을 누렸다. 그리고 그에 반기를 드는 게이머들의 캐릭터들을 척살령을 발동하여 가차 없이 죽이는 방식으로 불만을 억누르고 집권하고 있었다. 이에 저항하여 붉은 혁명 혈맹이라는 소수 혈맹이 잠시 성을 탈환한 사건을 기폭제로 하여 2004년 6월 수천 명의 시위대가 DK혈맹이 장악한 성 앞 길목을 막고 폭정을 규탄하는 시위를 벌여 게임 속 세계 곳곳에서 충돌이 벌어졌다. 수 개월간의 항쟁 끝에 2004년 11월 DK혈맹은 반DK연합군에게 모든 성을 빼앗기고 사냥터로 도망치게 된다. 이 전쟁에 참여한 사용자는 연인원 20만명에 달했던 것으로 보고되고 있다.25)

이러한 사례는 기존의 선형적 서사와는 전혀 다른 게임적 서사가 따로 존재함을 보여준다. 이 게임적 서사는 게임 작가가 의도한 내부의 잠재적 서사와, 유저들이 개별적으로 혹은 협동해서 만들어 내는 개인적 서사를 동시에 반영한 것이다. 그리고 디지털 게임 특히 MMORPG는 이러한 게임적 서사성이 잘 드러나도록 설계되어야만 한다.

(3) 서사를 게임으로의 개작하는 방법

전통 서사의 본질과 게임 서사의 본질은 동일한 것인가? 하나의 서사

---

25) 이에 대한 자세한 분석은 '이인화, 『한국형 디지털 스토리텔링−리니지2 바츠 해방 전쟁 이야기』, 살림, 2005.'를 참고할 수 있다. 사용자의 입장에서 현장을 기록한 책으로 '명운화, 『바츠 히스토리아』, 새움, 2008.'이 있다. 이후 연합군의 분열과 타락, DK혈맹의 재탈환 2007년 제2차 바츠 해방전쟁의 발발과 중립연대의 승리 등 게임 내의 전쟁과 사연은 수년간 이어지게 된다. 명운화의 저서에 이 전쟁에서 지어졌던 격문과 호소문 등이 갈무리 되어 있으며 각종 신문기사 및 인터넷·블로그 등에서도 쉽게 확인 할 수 있다. 또 바츠 해방전쟁은 다양한 예술 영역의 소재로 활용되기도 했는데 대표적인 예로 2012년 경기도 미술관에서 바츠 해방전쟁을 주제로 '바츠혁명전' 전시가 개최된 것을 들 수 있다.

학으로 통합 가능한가? 민담, 극, 소설, 그림, 영화 사이의 전환처럼 게임
도 기존의 서사와 전환이 가능한가? 이 질문에 대한 답은 아직 격렬하게
논쟁 중이어서 보편적인 결론을 도출해 내고 있지는 못하지만 매우 큰
틀에서의 몇 가지 합의는 이루어 져 있다. 게임은 새로운 서사의 유형이
며 게임과 서사 간의 전환 곧 개작(改作)은 각 장르의 특징을 이해한 후
다양한 요소들이 고려하며 진행되어야 한다는 것이다.

> 게임을 영화로 바꾸기 위해서는 인터랙티비티의 감각과 비디오 게임에
> 서의 많은 부분을 선택하여 반복되거나 벗어나지 않는 방법으로 전달하
> 는 방법을 알아야 한다.···반대로 영화를 게임으로 바꾸는 것은······선형적
> 인 줄거리를 가지고 다차원적인 인터랙티브 경험으로 전환하는 방법을
> 알아낼 필요가 있다. 사용자는 어떤 식으로 게임 세계에 참여할 것인가?
> 어떤 종류의 일을 수행할 것이며 목표와 임무는 무엇인가? 인물들은 단순
> 화 되어야 하며 중요한 특징만 부각시킨다. 또 보다 많은 이야기 요소를
> 추가시킬 필요가 있다26)

전술한 바와 같이 현대 디지털 게임에 있어서 간단한 슈팅 혹은 퍼즐
장르 등 일부를 제외하면 대부분의 디지털 게임 특히 RPG 장르는 그 진
행이 확정적이지 않다. 확정된 것은 미리 게임 작가에 의해 규정된 '규칙
(rule)'뿐이다. RPG는 특정 속성이 부여된 인물과 아이템 등을 가상 세계
안에 배열해 놓고 선택하도록 한다. 그리고 선택은 '결과'를 초래한다.
이러한 논리에 따르면 게임이 진행되는 경우의 수는 선택 가능한 수의
총합만큼 존재한다. 쉽게 말해 길을 가다 갈림길이 나오면 어느 쪽이든
선택할 수 있으며 어느 쪽을 선택하든 그에 따른 결과를 얻게 된다. 갈림

---

26) 캐롤린 핸들러 밀러, 변민주·이연숙 역, 『디지털미디어 스토리텔링』, 커뮤니케이션북
　　스, 2006, 63쪽.

길을 선택할 수 있는 경우의 수 만큼 게임이 진행되는 경우의 수가 생기지 않겠는가?

반면 영화에서는 작가에 의해 이미 확정된 진행을 따라가기만 할 뿐이다. 따라서 게임을 영화화 하려면 게임의 수많은 선택지를 게임의 작가가 의도한 바, 그리고 게이머가 느끼는 게임의 보편적인 재미에서 벗어나지 않는 방향으로 선택해 확정해 놓을 필요가 있다. 그것은 마치 수 없이 많은 바둑 기보(곧 경우의 수)에서 단 하나의 기보(경우의 수)를 골라내어 이것이 바둑이라고 보여주는 작업이 가질 수 있는 어려움과 같은 것이다. 반대로 영화를 게임으로 바꾸려면 이미 확정된 영화의 플롯을 이용해 게임에 사용할 규칙(rule)을 만들어야 한다. 그리고 게이머가 규칙(rule) 안에서 선택할 수 있게끔 해야 한다. 또 영화에서 보여주지 않은 선택을 할 경우에 대비하여 영화에서 보여 주지 않은 설정이나 배경을 준비해야 한다. 곧 영화에서 단편적으로 제시되는 배경을 확대하여 그 전체를 가상의 세계로 준비해야 한다. 단순화 시켜 말하면 영화의 서사를 게임의 규칙(rule)으로 바꾸고 영화에 스쳐 지나간 배경을 이용해 가상의 세계를 만드는 일견 매우 이상해 보이고 생경한 작업이다. 그러나 이 작업은 문학·고소설작품을 게임화 하는 작업과 핵심적인 부분에서 동일하다. 따라서 게임의 작가는 사건을 플롯에 맞추어 사건을 조직하는 사람이 아니라 특정한 이야기가 가능하도록 규칙(rule)을 창조하는 사람이다. 또 규칙(rule)이 구현될 세계를 창조하는 사람이기도 하다.

(4) 규칙(rule)을 이해하기 위한 전사(前史), 규칙이 구현되는 세계

전술한 바대로 게임을 이루는 핵심은 규칙(rule)과 결과이다. 우리가 어떤 게임을 하고 싶다면 당연하게도 우선 규칙(rule)을 익혀야만 한다. 바둑을 두고 싶다면 바둑의 규칙을 익혀야만 하는 것이다. 바둑의 규칙(rule)을 모르는 사람에게 바둑을 두는 행위는 전혀 이해 못할 불가해한 것이지만 규칙(rule)을 이해하는 사람에게는 시간을 잊을 정도의 몰입감을 선사하는 신선들의 게임이다. 문제는 이 규칙(rule)들이 쉽지만은 않다는 점이다. 게임의 규칙이 복잡하고 변수가 많을수록 게임의 재미는 증가하지만 규칙을 익히는 일은 어려운 것이 된다.

　이때 필요한 것이 전사(前史)이다. 전사란 게임에 앞선 이야기이다. 보통은 게임을 시작하기 전 볼 수 있는 5분 내외의 동영상으로 제시되며 별도의 문서로 제작되기도 한다. 게이머는 이 전사를 통해서 게임의 일반적 전제조건 내지 규범을 파악한다. 또 게임 플레이에 의미를 부여해 주는 장치로 게임적 서사의 중요한 동기이기도 하다. 여기서 우리가 특히 주목할 지점은 게임의 일반적 전제조건을 알려주는 세계관으로서의 전사이다.[27]

　한국에서 너무나도 유명한 게임 블리자드의 실시간 전략 게임 〈스타크래프트〉는 잘 알려 진대로 기계문명이 발전한 인간종족인 테란, 정신이 고도로 발달해 기계과 정신이 합쳐진 문명으로 발전한 외계인 종족 프로토스, 동물이 진화한 저그 세 종족간의 전쟁을 모티브로 한 게임이다. 인간종족이 사용하는 해병, 비행기, 탱크 따위야 쉽게 이해가 가지만 프로토스나 저그의 병기들은 게임 작가에 의해 완전하게 창작된 것이다. 그 창작이 단순히 인간의 탱크에 대응되는 외계종족의 대포, 인간의 비행기에 대응되는 외계종족의 비행체를 디자인만 변형시켜 표현한 것이

---

27) 前史는 실제로 세계설정 혹은 세계관이라는 이름의 이야기체로 게임 홈페이지에 게시되기도 한다.

아니라 저그와 프로토스의 개성을 살려 완전히 다른 논리를 구현하는 것으로 만들어 냈다. 게이머들은 당연히 이들에 대해 생소하게 느끼고 이들을 운용하는 데 어려움을 느낄 것이다. 〈스타크래프트〉는 복잡한 게임 규칙(rule)에서 생기는 재미가 극대화 된 게임이지만 이 게임을 즐기기 위해선 우선 이 생소함을 없애고 게임의 규칙(rule)을 게이머가 받아들여야 한다. 이때 게이머는 〈스타크래프트〉의 전사(前史)를 통해 저그는 지능이 낮고 야생의 감각이 발전한 동물이 특정 계기를 통해 하나의 정신으로 통합되어 진화를 거듭한 종족임을 알게 된다. 저그의 모든 건물, 유닛들은 모두 생물이며 심지어 하나의 생물이 분화되고 진화한 것이다. 이야기 형태로 제공되는 전사(前史)의 정보를 따라 게이머들은 저그의 건물은 공격을 받으면 피를 흘리고, 완전히 파괴되지 않으면 상처가 아물듯 스스로 치료되어 원래의 생명력으로 복원되는 게임 속 상황을 직관적으로 자연스럽게 받아들일 수 있게 된다. 또 인간의 탱크처럼 포를 쏘는 지상 유닛은 없고, 대신 거대한 코끼리 같은 유닛이 존재하여 근처의 적을 상아 비슷한 거대한 뿔로 공격하는 등의 조금 더 상세한 설정을 게임의 전사를 통해 이해하게 된다. 생소한 유닛에 대에 대해 저항감 없이 빠르게 습득할 수 있게 되는 효과도 있다.

　〈스타크래프트〉의 유닛은 하나하나마다 자세한 설정과 사연이 있으며 이 설정과 사연은 더 방대한 각 종족의 역사와 관련이 있다. 그리고 전혀 다른 배경과 논리를 가진 세 종족이 전투를 벌이게 되는 우주적인 사건의 역사 또한 존재한다. 게이머는 처음부터 이 전체의 이야기를 알고 게임을 즐기는 것은 아니다. 5분 내외의 동영상으로 제공되는 전사에 이 모든 이야기를 담아 낼 수도 없다. 게임의 홈페이지나 게임북을 통해 이 모든 정보를 따로 제공하지만 모든 게이머가 그것을 읽고 습득해야만 게임을 즐길 수 있는 것은 아니다. 다만 게임의 모든 설정은 고유의 논리적인 배경이 있고 이 배경은 직관적이고도 함축된 형태로 전사를 통해 제공된다는 사실을 강조하고자 한다. 전사는 세세한 규칙(rule)의 전제조건 곧 상세한 세부 규칙들의 출발이 되는 큰 규칙을 제공해 주는 역할을 하며 게이머는 이를 토대로 복잡한 세부 규칙(rule)을 자연스럽게 받아들이게 된다. 전사는 MMORPG에서도 동일한 의도로 이용된다. MMORPG의 기본적인 캐릭터인 용사와 마법사, 요정의 존재와 이들의 특징 등은 톨킨의 『반지의 제왕』이나 유럽 여러 민족의 신화·민담을 기반으로 만들어진 것이다. 다만 누구나 다 아는 이야기의 구체적 변용을 전사로 제시하고 있을 뿐이다.

디지털 게임의 무대가 되는 가상 공간은 하나의 완전한 세계이다. 우리가 살고 있는 현실과 다른 세계를 창조하는 이유는 현실 세계와는 다른 규칙(rule)이 적용되는 장소를 만들기 위해서이다. 이 세계는 마법의 힘, 절대악 등이 존재하여, 이 세상과는 다른 규칙(rule)이 존재하는 곳이다. MMORPG의 세계는 캐릭터 아이템 등이 적절한 위치에 존재하도록 계산된 결과물이며, 이들과 플레이어간의 상호작용 속에서 이야기가 만들어지도록 철저하게 기획의 세계이다. 그리고 이때 만들어 지는 이야기는 게임의 작가에 의해 의도된 규칙(rule)의 적용을 받는다. 이런 점에서 게임을 하는 행위는 다른 규칙(rule)이 적용되는 세계의 체험이다. <월드 오브 워크래프트(World of Warcraft 이하 WOW)>에서는 "타우렌 종족은 칼림도어 중부의 광활한 땅에 살고 있는 거대한 야수종족이다. 그들은 자연을 섬기고 야생 생물과 정령들의 균형을 유지하며 살아간다. 거대한 체구, 야수와 같은 힘을 지니고 있음에도 불구하고 지극히 평온한 타우렌은 평화로운 부족 사회의 유지 힘쓴다. 하지만 이들을 자극하면 그들의 모든 힘을 쏟아 부어 상대를 짓밟아 버리는 무자비한 적으로 돌변한다."라는 설명을 제시하고 있다. 게이머가 게임상의 타우렌 종족이 살고 있는 칼림도어 중부로 여행을 가면 그곳에서 타우렌 종족을 만나는 경험을 할 것이다. 이러한 여행은 현실이나 〈WOW〉의 다른 공간과는 다른 그곳만의 특별한 규칙(rule)을 적용받는 다는 뜻이다.[28] 〈WOW〉는 대단히 넓은 세계를 가지고 있는데 게임 상의 캐릭터가 걸어서 장소를 이동하려면 실제 현실세계에서 수 시간 혹은 수 십 일이 걸리기도 한다. 말을 타거나 심지어 용을 타고 이동하면 그 규정된 속도에 따라 시간을 단축시킬 수 있다. 이러한 설정은 작가에 의해 설정된 규칙(rule)이다. 따라서 게임 그리고 게임 속 특정한 공간에 머문다는 것은 게임 그리고 게임 속 각 공간이 담고 있는 전사(前史) 다시 말해 특별한 규칙(rule) 속으로 들어가는 것과 같다. 게임의 공간은 이처럼 게임의 규칙과 직접적인 관계를 맺고 있으며 양자가 유기적으로 연결되어 있을수록 재미있는 게임이라고 말할 수 있다.

3. 〈태원지〉의 MMORPG 개작을 위한 전제들

(1) 〈태원지〉의 세계관과 MMORPG의 세계관

〈태원지〉의 주인공은 임성과 여러 호걸들이다. 이들은 중원에서 원나

---

28) 이러한 설정은 〈WOW〉의 세계안에 가득하다. 홈페이지에 게시된 지역의 설명을 예를 들자면 다음과 같다. "엘윈 숲이란 장소는 아제로스대륙에 인간문명이 처음으로 시작된 드넓은 삼림지대로 먼 옛날 로데론 남쪽, 카즈모단 북쪽의 스트롬이라는 인류 최초의 문명이 형성된 곳에서 떨어져 나온 일부의 사람들이 거칠고 험한 모험 끝에 정착한 곳이다."

라를 몰아내고 새로운 나라를 세우려는 뜻을 가진 사람들이다. 따라서 작품의 중요한 테마는 이들이 나라를 세우는 것이다. 그런데 이들의 건 국이 실현된 곳은 자신들의 고향 중원이 아닌 태원(太原)이라는 미지의 대 륙이다. 따라서 임성과 여러 호걸이 중원에서 태원으로 이동하는 긴 여 행이 또 하나의 중요한 테마이다. 〈태원지〉는 탐험과 건국의 서사가 조 합된 소설인 것이다.29) 이명현은 이 두 서사와 디지털 게임을 비교해 탐 험의 서사를 RPG 특히 〈WOW〉의 퀘스트에, 건국 서사를 전략 시뮬레 이션 게임에 알맞은 것으로 분석하고 있다.30) 필자도 이러한 결론에 큰 이견은 없다. 그러나 이명헌의 주장은 〈태원지〉와 〈WOW〉의 표면적 유사성에 근거를 둔다는 점에서 문제가 있다. 〈태원지〉의 해양서사와 〈WOW〉의 퀘스트가 모두 개별 에피소드들로 구성되어 있으며, 이 에 피소드들을 모두 확인하면 숨겨져 있던 맥락이 드러나며 전체 서사를 구 성하게 되므로 이 둘은 유사하다는 것이다. 2장에서 누누이 말한 바와 같이 문학의 서사와 게임의 서사는 매우 큰 차이가 있다. 〈WOW〉 퀘 스트의 스토리를 〈태원지〉의 것으로 모두 교체함으로 해서 새로운 게 임이 된다면 새로운 게임의 개발은 극단적으로 말하면 스토리의 교체일 뿐이다.

우리가 주목해야 할 것은 게임의 규칙(rule)이며 규칙(rule)이 제시되는 세계관이다. 〈WOW〉의 세계는 유럽의 신화와 민담에 근원을 두고 있 지만 그것을 더욱 확장시켜 다양한 상상의 종족, 기묘한 식생, 자연환경 등을 대단히 넓은 폭의 공간을 통해 제공하고 있으며 이들이 각자 담고 있는 이야기 곧 새로운 규칙(rule)을 체험하는 경험 자체에 게임의 목적이

---

29) 임치균, 「태원지 연구」, 『고전문학 연구』 35, 한국고전문학회, 2009, 369쪽.
30) 이명현, 앞의 논문.

있다. 〈태원지〉에도 분명 새로운 식생과 미지의 존재를 탐험하는 재미가 있기는 하다. 그런데 여기에만 천착한다면 〈태원지〉는 〈WOW〉를 구성하는 세계의 일부 혹은 작은 퀘스트의 소스를 제공할 수 있는 자료 외에 별다른 의미가 없을 것이다. 〈WOW〉와 〈태원지〉를 비교하려면 서사의 표피가 아니라 〈태원지〉의 세계관을 추출해 비교해야만 의미가 있다. 〈태원지〉 주인공의 목표는 나라를 세우는 것이다. 조금 더 자세하게는 오랑캐의 나라인 원을 물리치고 중화를 회복하는 것이다. 그러나 국가는 인간이 뜻을 세우고 노력한다고 어찌 할 수 있는 것이 아니었다. 거기에는 하늘의 허락, 곧 천명(天命)이 필요하다.

> 어젯밤에 하늘을 우러러 살펴보니 모든 별이 제 자리에서 빛나고 있었고, 나라에 불길하다는 혜성도 나타나지 않았습니다. 이것은 오랑캐의 천명이 다하지 않았음을 보여주는 것입니다. 그러니 오랑캐를 가볍게 칠 수도 없는 일입니다.[31]

> 귀신도 헤아리지 못할 묘책이 있었던 제갈공명은 강유, 위연, 왕평, 마대와 같은 용감한 장수들을 수하에 거느리고 있었소. 하지만 기산에서 여섯 번이나 조조의 위나라를 공격했지만 결국 성공하지 못한 것을 모두 알고 있을 것이오. 이렇게 된 것은 지혜와 용기가 부족했기 때문이 아니라 바로 천명 때문인 것이오. 불행하게도 지금 오랑캐 원나라의 천명이 아직 다하지 않았으니 어찌 망령되이 움직일 수 있겠소.[32]

소설에서 천명은 절대적인 것이다. 천명이 있다면 무도한 오랑캐조차도 중원에 나라를 세울 수 있다. 반면 도가 있는 훌륭한 사람이라도 천명

---

31) 임치균·배영환 역, 『태원지』, 한국학중앙연구원 출판부, 2010, 17쪽.
32) 위의 책, 18쪽.

이 있다면 그것이 오랑캐의 나라라고 하더라도 함부로 전복할 수 없다. 이 천명은 〈태원지〉 전체를 관통하여 영향력을 행사한다. 해양에서 펼쳐지는 탐험 서사에서는 주인공의 천명을 반복적으로 확인하고 전국 옥새 등의 물질적 증거를 찾아 징험한다. 곧 여행은 천명을 받은 자의 자기 확인의 여정인 것이다.[33]

　　"바다의 하찮은 족속들은 모두 동해신(東海神)인 해약(海若)이 거느린 것들입니다. 해약이 이미 천명이 주공에게 향한 줄 알고 물에 사는 생물들에게 우리를 훼방하지 못하도록 다 금지시킨 것입니다. 이전에 있었던 모든 요괴의 작변을 신이 약간 제어를 하기는 하였으나, 그 모든 것이 어찌 저 종황의 재주 때문이었겠습니까? 주공이 천명을 받았기 때문입니다. 주공이 만일 평범한 사람이었다면 이 같은 대해에서 그만한 곤경을 겪고도 어찌 한 사람도 상한 사람 없이 지금까지 올 수 있었겠습니까"[34]

　그런데 해양탐험 서사에서의 천명과 작품 후반 건국 서사에서의 천명은 결이 달라 주의를 요한다. 해양탐험 서사의 천명이 올바름에 관한 자기확신의 과정을 통해 자신의 정체성을 세우는 기제로 작용한다면, 작품 후반 건국서사에서의 천명은 화(華)와 이(夷)의 경계를 지우는 전복의 기제로 작용한다.

　　"서해의 해적 임성이 종황 등과 함께 서안국을 이미 멸망시키고 스스로 대흥왕이 되어 날마다 병사를 모아 훈련하고 있습니다. 머지않아 우리나라에 들어와 도적질을 할 것입니다."[35]

─────────

33) 김용기는 해양 탐험을 임성과 호걸들이 자신들의 정체성을 확립는 것으로, 태원에서의 건국을 자아를 실현하는 것으로 이해했다. 김용기, 「〈태원지〉의 海洋 漂流와 島嶼 間 이동의 의미-영웅의 자아실현을 중심으로」, 『도서문화』 41, 도서문화연구원, 2013.
34) 임치균・배영환, 앞의 책, 103쪽.

"무도한 해적이 무단히 남의 나라를 탈취하고 또 이렇게 창궐하니 내 비록 나라를 위하여 도적을 소탕하지는 못하였으나, 어찌 도리어 도적에게 무릎을 꿇어 의를 저버리겠느냐?"36)

위의 예문은 주인공 일행이 도착한 신세계 태원의 서진방사 홍식이 금국의 왕 금요채에게 올린 장계의 일부와 토국이 멸망할 때 토국의 충신인 황승과 후국주가 종황에게 한 말이다. 임성과 그의 일행은 중원에서 한족(漢族)으로서 화이(華夷)의 질서를 내세웠지만, 태원에 이르자 침입자이자 도적과 해적으로 규정된다. 중원에서는 오랑캐를 물리치려던 인물이 태원에서는 오랑캐 입장에 놓이는 것이다.37) 이것의 의미를 어떻게 해석하든 충격적인 전복이다. 화이론에서 화(華)와 의(義)는 항상 일치하는 것이었다. 중원 사람인 임성이 보기에 원나라는 이민족의 정권이기 때문에 자신을 화(華)로 규정했다. 그리고 이와 동시에 당연하다는 듯 자신들을 의(義)로 규정하고 있다. 천명이 그 증표였다. 그런데 태원에서 임성과 그의 일행은 의(義)일지는 몰라도 화(華)는 아니었다. 위 예문에 의하면 화(華)가 아닐 뿐 아니라 명백히 이(夷)인 것이다. 그리고 이(夷)의 입장에서 천명을 받아 창업을 하고 있다. 이는 임성의 적, 중원의 원나라가 가진 입장과 본질적으로 동일한 것이다.

위의 분석을 바탕으로 〈태원지〉의 기본적인 세계관을 추출해 볼 수 있다. ①현재는 어지러운 난세이며 치세의 상태로 돌아가야만 한다. ②천명은 절대적인 것이며 천명을 받은 자만이 나라를 세울 수 있다. ①은 〈태원지〉뿐만 아니라 〈삼국지연의〉를 포함한 연의소설 대부분의 출발

---

35) 위의 책, 199쪽.
36) 위의 책, 268쪽.
37) 홍현성, 「태원지 시공간 구성의 성격과 의미」, 『고설연구』 29, 고소설학회, 2010, 313쪽.

점이다. ②또한 흔히 볼 수 있는 것이다. 그런데 <태원지>는 하필이면 이(夷)에 속하는 원나라가 절대적인 천명을 받은 시점을 작품의 배경으로 하고 있다. 그리고 임성 일행은 모험 끝에 발견한 태원 대륙에서 이(夷)의 입장에 서서 천명을 수행한다. 따라서 ③화(華)와 이(夷)는 주인공이 위치한 공간에 따라 변환되는 가변적인 것이다라는 세 번째 세계관을 추출해 낼 수 있다. 작품의 창작시기를 강문종이 논한 대로[38] 1746년으로 본다면 이것은 고소설뿐만 아니라 우리나라의 여타 전통 기록문학에서도 찾아보기 힘든 매우 특별한 전복의 경험이라 할 수 있다. 바로 이 부분이 <태원지>의 백미 중 하나이기도 하다. 이러한 작품의 세계관은 <태원지>의 연구가 심화되며 밝혀진 것들이지만 곧바로 RPG의 규칙으로 전환될 수 있는 것들이기도 하다.

RPG의 규칙은 거대한 세계관을 아우르는 규칙에서 캐릭터의 동작을 조종하는 규칙까지 층위가 다양하다. 고전서사 연구는 일단 게임의 전사(前史) 혹은 세계관을 제시하는데 매우 중요하다. 현재 우리나라의 게임제작 및 향유는 매우 높은 수준에 올라 있는 것으로 이야기되고 있지만 제작하거나 향유하는 게임의 세계관은 서양의 것을 즐기거나 그것을 차용하는 수준으로 보인다. 한국적 게임들이라고 말해 지는 것들은 대개 배경, 디자인, 소재 등의 차원에 머무르고 있으며 스토리를 차용하는 경우에도 작품의 특질과 게임성을 융합시키지 못하고 있다.[39] 고전서사의 연구는 게임의 세계관과 게임의 목적, 그리고 성취감에 관한 정보를 게임작가에게 줄 수 있으며 이것이 서양의 신화·민담이 차지하고 있는 자리

---

38) 강문종, 「한문본 <태원지> 연구」, 『고소설연구』 42, 고소설학회, 2016.
39) 대표적인 예로 NHN의 <바리공주의 전설> 1, 2 시리즈를 들 수 있다. 이 게임은 <바리신화>의 스토리를 따르고 있고 아이템 등을 작품에서 차용해 쓰고 있다. 그러나 이 게임의 게임성은 <바리신화>와는 아무 관련이 없어 보인다.

를 교체할 수 있을 때 비로소 한국적 게임이 창작될 수 있을 것이다.

〈태원지〉를 활용한 디지털 게임은 주인공 임성과 동일한 체험을 하게 꾸며져야 하며 이러한 경험을 통해 〈태원지〉의 세계관을 이해해야만 한다. 다시 말해 고소설 〈태원지〉의 독자가 느꼈을 충격 화(華)가 장소의 이동에 따라 이(夷)가 되는 충격을 게임 〈태원지〉에서는 게이머가 동일하게 느껴야 한다. 이것이 〈태원지〉를 게임으로 개작하는 가장 중요한 일이며, 한국적 게임을 만드는 첫 걸음 이라고 할 수 있다. 나아가 우리는 한국적 게임을 향유할 수 있게 되며 세계에 우리 고유의 세계관을 알릴 수 있게 될 것이다.

(2) 게임 속 해양세계 창작의 예시

〈태원지〉의 주된 무대는 바다, 그리고 미지의 대륙인 태원이다. 이들은 모두 상상의 소산이다. 그런데 그 출발점은 실제 역사시간 속 중국의 한 공간이다. 그곳은 원나라 지원(至元) 을유년(1285, 세조22) 중국 강남의 금릉(金陵)이다. 임성은 이해 10월 16일에 태어났다. 임성이 훌륭한 왕재를 진 사람으로 사람들을 모와 반란을 꿈꾸자 조정에서 임성의 존재를 알아채고 추적해온다. 그러자 임성은 해상으로 도피한다. 그의 나이 20세, 갑진년(1304) 3월의 일이었다. 여기서부터 이들의 해양체험이 시작된다. 바다에서 급작스러운 풍랑을 만나 표류하던 임성 일행은 이름을 알수 없는 섬에 도착한다. "순식간에 천 리를 떠내려갔다."고 하였으니 짧은 시간에 엄청난 거리를 이동한 것이다.

임성 일행은 이 섬에서 해적 웅천의 수하 반수, 여의와 대결하여 승리한다. 반수와 여의는 이 섬에서 서쪽으로 1400여 리를 가면 웅천의 본거지 영도가 있다는 정보를 준다. 영도와 주변 350여 개 섬이 모두 웅천에게 속해 있다고 했으니 군도(群島)이다. 그리고 이 섬과 중국의 거리를 8만 리로 설정하였다. 결국 임성 일행은 매우 짧은 시간에 전혀 다른 세계로 이동한 것이다.

이후 웅천 일당을 소탕한 임성 일행은 군도를 떠난다. 이들은 중국이 있을 것으로 짐작되는 서쪽을 향하였으나 풍랑에 떠밀려 도리어 동쪽으로 향한다. '나흘 낮 사흘 밤'을 표류한 이들은 또 다른 섬에 도착한다. 쥐 요괴의 소굴이 있는 섬이었다. 쥐 요괴를 소탕한 이들은 다시 '여러 낮밤을 거쳐' 이무기의 섬에 도착한다. 여기서 식수를 확보한 일행은 다시 십여 일 동안 서쪽으로 항해한 끝에 또 다른 섬에 도착한다.

일행은 이 섬에서 동해 신의 도움을 받아 식수와 식량을 얻는다. 이때는 종황이 올린 기우제의 제문에 갑진년 5월 14일로 되어 있으니, 표류한 지 2개월 정도 지난 것 때였다. 동해 신의 전언에 따르면 당시 일행이 있던 섬은 중국과 57만리 떨어진 곳이었다. 2개월 사이에 이동한 것이니 섬에 체류한 시간을 제외하면 하루에 1만 리 이상 이동하였다는 것이다.

일행은 다시 5일 동안 항해하여 작은 섬에 도착하여 원숭이와 범을 퇴치하고 또다시 여행을 통해 여인국(女人國)에 도착하여 다시 위기를 넘긴다. 이후 닭 요괴의 섬을 거쳐 옥새를 얻는다. 곧이어 도착한 섬에서 서해 용왕을 만나고, 또 천대왕과 지대왕의 섬을 지난다. 그리고 다시 항해를 거듭한 끝에 비로소 태원에 도착한다. 9개의 섬을 거친 여정이었다. 태원에 도착한 일행이 곧바로 전쟁에 돌입하여 청릉현을 손에 넣은 것이 을사년(1305) 정월의 일이었다. 따라서 이들이 바다에서 보낸 기간은 약 10개월 정도이다. 이를 요약하면 다음의 표와 같다.

대륙	귀도	섬	섬	여인국	신명동	섬	돌섬	자정동	영도	대륙
태원	천리안 순풍이	광리왕	닭	여우	원숭이	동해신	이무기	쥐	웅천	중원
	적	조력자	적	적	적	조력자	적	적	적	

책을 매체로 한 고소설 〈태원지〉에는 위 표처럼 바다 위에서의 모험이 선형적으로 제시되어 있다. 게임으로 만든 〈태원지〉는 저 선형적 서사만으로 게임 안에 물리적 세계를 창조해야만 한다. 그런데 디지털 게임 〈태원지〉 속 가상의 바다가 소설과 비슷하다고 해서 〈태원지〉의 개작이라고 말할 수 있을까? 나아가 애초에 저 정보만으로 작품의 해양 세계를 완전히 복원 할 수 있을까? 사실 그것은 온전히 새로운 상상이며 게임 작가의 몫이다. 이 창조에 한국 고유의 캐릭터와 디자인을 사용하는 것이 좋겠지만 그것 또한 게임 디자이너의 몫이다. 섬의 배치, 알지 못하는 생명체의 지력이나 체력 등의 구체적 능력 따위는 연구자의 연구 범위 밖이다. 그것이 게임 작가에 의해 새롭게 창조되었다고 해서 고소설 〈태원지〉의 작품성이 디지털 게임 〈태원지〉에서 훼손된 것도 아니다. 그렇다면 고소설 연구자는 무엇을 제공해야 하는가?

전술한 바와 같이 〈태원지〉의 해양 탐험은 임성이 자신의 천명을 확인하여 정체성을 확립하는 곳이다. 이것이 게임 〈태원지〉에서 게이머가 바다로 나아가 경험해야 할 게임의 목적이다. 해적 웅천과 싸운 후 여인국으로 가건, 아니면 아예 처음부터 여인국을 맞닥뜨리건 순서는 게임에서는 아무런 의미가 없다. 무작위의 비선형적인 탐험 중 게이머는 세 번의 천명을 확인하면 되는 것이다. 첫 번째는 동해의 신에게 직접적인 도움을 얻으며 직접 천명의 언급을 듣는다. 두 번째는 남해 용왕 광리왕을 만나기 직전 바다 위에서 무지개 서광이 비치는 곳에서 '전국옥새'를 얻는 것이다. 세 번째는 광리왕을 만나 옥새를 보여주고 다시 천명을 확인받는 것이다. 이 조건을 완성하면 바다를 모험하던 게이머 앞에 태원으로 가는 길이 열리고 전혀 다른 모험을 할 수 있도록 규칙(rule)을 세워 놓기만 하면 게임 〈태원지〉의 해양탐험은 소설 〈태원지〉의 해양서사를 게임 버전으로 옮겨 놓았다 평가할 만하다. 연구자는 이러한 규칙의 제시를 통해 게임의 목적과 소설 〈태원지〉의 서사의 의미를 일치시키라는 조언을 주어야 한다. 따라서 연구자가 고전서사를 게임으로 개작하기 위해 해야 하는 본질적인 일은 소설 속 서사의 의미를 반추해 내고 그것을 지적해 주는 일이다. 이것은 게임 작가가 할 수 없는 연구자의 일이기도 하다.

4. 결론

게임은 기존의 서사학으로는 분석되지 않는 서사적 특성을 가지고 있다. 이른바 비선형성이다. 유기적 짜임새를 가진 고소설을 게임으로 개작하기 위해서는 고소설의 선형적 짜임새를 포기 해야만 한다. 대신 게임의 성립에 가장 중요한 규칙을 제공 해 주어야 한다. 본고는 고소설 〈태원지〉를 MMORPG로 개작하는 상황을 가정하여 작품의 중요 서사를 MMORPG의 세계관 곧, 규칙으로 전환하는 작업을 시도해 보았다. 또 그 규칙이 구현되도록 게임 속 해상세계를 구축할 때 필요한 점들을 살펴보았다. 고소설 〈태원지〉는 작품 전체를 통해 다음의 세 가지 전제를 제시하고 있다. ①난세를 바로잡아야 한다. ②천명은 절대적인 힘을 가지고 있으며 천명을 얻은 자만이 나라를 세울 수 있다. ③중심(華)과 주변(夷)은 절대적인 것이 아니라 가변적인 것이다. 게임 〈태원지〉는 이 세 가지를 체험할 수 있도록 창작되어야 한다. 이 규칙이 구현될 게임 속 세계 중 바다를 구축하기 위한 규칙을 제시하기도 했다. 주인공 임성이 나라를 세우게 될 태원 대륙에 가기 전 바다의 여러 섬을 탐험하게 해야 하고, 그 탐험이 끝나는 시점은 천명의 징표인 '전국옥새'를 찾고 용왕의 인정을 받은 후 여야만 한다. 이러한 규칙은 작품의 게임 개작을 위해 일부러 찾아 낸 것이 아니라 작품론과 수용론 속에서 자연스럽게 도출된 작품의 주제의식과 밀접한 연관이 있는 것이다. 지금까지 고소설을 게임으로 개작하는 문제를 다룬 연구들은 소재에 천착하거나 매우 구체적으로 연구를 진행해 왔다. 이제는 다양한 장르의 게임성을 이해하고 그에 맞는 서사를 찾아내어 작품의 주제 등을 실제 게임에서 '경험'할 수 있도록 하는 연구가 진행되어야 한다. 그리고 이러한 연구는 고소설 연구의 본령과 멀리 떨어져 있는 것이 아니다. 연구자에게 필요한 것은 서사와 게임 모두를 이해할 수 있는 시각뿐이다.

참고문헌

강문종, 「한문본 <太原誌> 연구」, 『고소설연구』 42, 한국고소설학회, 2016.

김경회, 「고전소설을 활용한 온라인게임의 서사화 방안-<명주보월빙>을 중심으로」, 한국외국어대학교 교육대학원 석사논문, 2005.

김상현 등 역, 『디아블로 3 공식 가이드북』, 에우미디어, 2012.

김용기, 「<태원지>의 海洋 漂流와 島嶼間 이동의 의미-영웅의 자아실현을 중심으로」, 『도서문화』 41, 도서문화연구원, 2013.

김용범, 「문화컨텐츠 산업의 창작소재로서 고전소설의 활용가능성에 대한 연구」, 『민족학연구』 4, 한국민족학회, 2000.

김윤선, 「<삼한습유>의 디지털스토리텔링 활용방안-RPG 게임 시나리오를 중심으로」, 한국교원대학교 대학원 석사논문, 2014.

나주연, 「게임의 구비문학 활용과 그 가치」, 건국대학교 석사논문, 2007.

명운화, 『바츠 히스토리아』, 새움, 2008.

박상우, 「스펙터클로서의 게임과 판타지 경험」, 『디자인 문화 비평』 6, 안그라픽스, 2002.

박상우, 「컴퓨터 게임과 놀이의 텍스트화」, 『에피스테메』 3, 고려대 응용문화연구소, 2009.

신선희, 「고전 서사문학과 게임 시나리오」 『고소설연구』 17, 한국고소설학회, 2004.

안기수, 「영웅소설의 게임 콘텐츠화 방안 연구」, 『우리문학연구』 23, 우리문학회, 2008.

안기수, 「한국 영웅소설의 게임 스토리텔링 방안 연구」, 『우리문학연구』 29, 우리문학회, 2010.

안기수, 「영웅소설 <조웅전>의 게임 스토리텔링 연구」, 『어문론집』 46, 중앙어문학회, 2011.

안기수, 「영웅소설 <유충렬전>의 게임 스토리텔링 연구」, 『어문론집』 51, 중앙어문학회, 2012.

안기수, 「영웅 스토리에 수용된 '요괴퇴치담'의 게임화 방안 연구」, 『어문론집』 55, 중앙어문학회, 2013.

안기수, 「<홍길동전>의 게임 스토리텔링 방안 연구」, 『어문론집』 58, 중앙어문학회, 2014.

안기수, 「<금령전>의 게임스토리텔링 방안 연구」, 『어문론집』 63, 중앙어문학회, 2015.

안기수, 「고소설 <전우치전>의 게임화 방안 연구」, 『어문론집』 67, 중앙어문학회, 2016.

양지욱, 「문화콘텐츠의 개발과 적용 연구 삼국유사소재 스토리를 중심으로」, 선문대학교 박사논문, 2014.

이용진, 「고전소설 『조웅전』의 에듀게임(Edu-game)화 방안연구」, 한국외국어대학교 교육대학원 석사논문, 2007.

이인화, 『한국형 디지털 스토리텔링-리니지2 바츠 해방 전쟁 이야기』, 살림, 2005.

이재홍, 「문화원형을 활용한 게임스토리텔링 사례 연구」, 『한국문학과 예술』 7, 숭실대학교 한국문학과 예술 연구소, 2011.

이재홍, 「Game Storytelling과 인문학 교육의 한 방향」, 『한국문학과 예술』 8, 숭실대학교 한국문학과 예술 연구소, 2011.

임치균, 「태원지 연구」, 『고전문학 연구』 35, 한국고전문학회, 2009.

임치균·배영환 역, 『태원지』, 한국학중앙연구원 출판부, 2010.

전경란, 『디지털 게임의 미학』, 살림, 2005.

정동환, 「스토리텔링을 활용한 디펜스 게임 캐릭터 디자인 연구-신라 제30대 문무왕(文武王)을 중심으로-」, 『한국디자인포럼』 39, 한국디자인트렌드학회, 2013.

최유찬, 『컴퓨터 게임의 이해』, 문화과학사, 2002.

최유찬, 『컴퓨터 게임과 문학』, 연세대학교 출판부, 2004.

캐롤린 핸들러 밀러, 변민주·이연숙 역, 『디지털미디어 스토리텔링』, 커뮤니케이션북스, 2006.

한혜원, 『디지털 게임 스토리텔링』, 살림, 2005.

홍성기, 「한국고전문학의 게임 스토리텔링-<홍길동전>을 활용한 게임 스토리텔링-」, 국민대학교 교육대학원 석사논문, 2011.

홍현성, 「태원지 시공간 구성의 성격과 의미」, 『고설연구』 29, 한국고소설학회, 2010.

* 이 책에 실린 글은 「<태원지>에 대한 개괄적 이해」와 「<태원지> 연구사」를 제외 하고는 학술지에 실린 논문을 취합한 것이다. 원 출전은 다음과 같다.

- <태원지>의 국적비정과 작품의 특징 ‖ 임치균, 「<태원지> 연구」, 『고전문학연구』 35집, 한국고전문학회, 2009.
- 한문본 <태원지(太原誌)> 연구 ‖ 강문종, 「한문본 <태원지(太原誌)> 연구」, 『고소 설연구』 42집, 한국고소설학회, 2016.
- <태원지>의 지리 공간과 어휘 ‖ 오화, 「고전소설 <太原誌>의 國籍 究明-지리 공 간과 어휘를 중심으로-」, 『장서각』 38집, 2017.
- <태원지>의 국어학적 특징 ‖ 이래호, 「근대국어 후기 자료로서의 한글 고전소설- 장서각 소장 고전소설 태원지를 중심으로-」, 『영주어문』 31, 영주어문학회, 2015.
- <태원지> 시공간 구성의 의미 ‖ 홍현성, 「<태원지> 시공간 구성의 성격과 의미」, 『고소설연구』 29집, 2010.
- <태원지>와 <경화연>의 해양 탐험담 비교 ‖ 오화, 「<태원지>와 <경화연>의 해양 탐험담 비교 연구」, 『한중인문학연구』 42집, 한중인문학회, 2014.
- <태원지>의 MMORPG 콘텐츠화 가능성 탐구 ‖ 김인회, 「<태원지>의 MMORPG 콘텐츠화 가능성 탐구-세계관과 공간의 제시를 중심으로-」, 『동양고전연구』 68집, 동양고전학회, 2017.

저자 소개

임치균 한국학중앙연구원 교수
강문종 제주대학교 교수
김인회 단국대학교 강사
이래호 남부대학교 교수
오 화 중국 양주대학교 교수
홍현성 아주대학교 강사

옛한글문헌연구총서 2
〈태원지〉의 종합적 연구

초판 인쇄 2018년 2월 13일
초판 발행 2018년 2월 23일

저   자 임치균·강문종·김인회·이래호·오화·홍현성
기   획 옛한글문헌연구회
펴 낸 이 이대현
펴 낸 곳 도서출판 역락
편   집 권분옥
디 자 인 홍성권

주   소 서울시 서초구 동광로46길 6-6(반포4동 577-25) 문창빌딩 2층
등   록 1999년 4월 19일 제303-2002-000014호
전   화 02-3409-2058, 2060
팩   스 02-3409-2059
이 메 일 youkrack@hanmail.net

ISBN 979-11-6244-132-9 94810
        979-11-6244-130-5(세트)

* 책값은 표지에 있습니다.
* 파본은 교환해 드립니다.

이 도서의 국립중앙도서관 출판예정도서목록(CIP)은 서지정보유통지원시스템 홈페이지(http://seoji.nl.go.kr)와 국가자료공동목록시스템(http://www.nl.go.kr/kolisnet)에서 이용하실 수 있습니다.(CIP제어번호: CIP2018004199)